Dietmar Cuntz

Traumwand

1

Sarah und Ruth saßen am Strand in Ostende an einem warmen Maitag. Sie schwiegen und betrachteten die Schiffe, die die Küste ansteuerten. Sarah war in einem Traum aus der letzten Nacht vertieft und nicht sehr gesprächig. Auch Ruth war wortkarg. Einige Minuten beobachteten sie die Personen, die an ihnen vorbeiliefen. Sobald sie ein bekanntes Gesicht sahen, grüßten sie oder nickten freundlich. Einigen Menschen begegneten sie täglich und unterhielten sich kurz. Beide hatten in den letzten Jahren viele Menschen aus Ostende und anderen Orten an der Küste kennengelernt. Auch durch ihr Mitwirken in einem Chor in Blankenberge waren sie einigen vertraut. Ruth war nicht nur aus eigenem Antrieb bestrebt, Kontakte zu pflegen. Auch im Interesse von Sarah war sie bemüht.

Ruth wusste, dass Sarah Schwierigkeiten hatten, sich auf andere Menschen einzulassen. Sarah zog sich gerne in ihre eigenen vier Wänden zurück. Sie suchte ihre Einsamkeit, die bei trauriger Stimmung manchmal zur Depression führte. Obwohl Ruth und Sarah schon älter als siebzig waren, waren beide noch körperlich fit. Beide achteten darauf, sich zu bewegen. Selbst und gerade an regnerischen Tagen überzeugten sie sich gegenseitig davon, einen Spaziergang zu machen. Mit Freude nahmen sie wahr, dass die Tage länger wurden. Nach einer halben Stunde drängte Sarah zum Aufbruch. „Lass uns noch etwas einkaufen. Was wollen wir kochen?" Ruth lachte. Sie spürte Sarahs Ungeduld. „Du hältst es nicht mehr aus. Die Läden schließen erst in drei Stunden." „Ja, aber ich habe Hunger. Und ich will was Anständiges essen. Kein Imbiss wie gestern." „Okay, dann gehen wir."

Gemeinsam liefen sie über die Promenade. Kurz bevor sie in die Langestraat einbiegen wollten, begegneten sie Wilma Geers. Sie hatten Wilma lange Zeit nicht gesehen. „Hallo Ruth und Sarah, habe euch beide lange nicht gesehen. Wie geht's?" „Das stimmt, uns geht es gut", antwortete Ruth. Sarah nickte. Sie kannten Wilma von gemeinsamen Chorproben. „Habt ihr Zeit für einen Kaffee?", fragte Wilma. „Eigentlich wollten wir Einkäufe erledigen. Aber das hat ja noch Zeit", entgegnete Sarah, die davon ausging, dass Ruth ähnlich dachte. So war es. Ruth nickte. Sie beschlossen, zur Strandpromenade zu gehen und setzten sich in den Außenbereich einer Bar. Dort bestellten sie einen Kaffee und plauderten einige Zeit über das Wetter und darüber, was sie in letzter Zeit erlebt hatten.

Plötzlich hielt Wilma inne. Traurige Gedanken berührten sie. „Was ist los?", fragte Ruth vorsichtig. Sie wollte Wilma nicht zu nahe treten. Andererseits vermutete sie, dass Wilma etwas auf dem Herzen hatte. Und etwas loswerden wollte. „Ach, eigentlich nichts Wichtiges. Weiß nicht, ob es euch interessiert." Ruth wurde neugierig, wollte sich aber zurückhalten. Kurzes Schweigen. „Okay, eine traurige Geschichte. Seit zwei Wochen ist meine Enkelin verschwunden. Sie hatte einen Autounfall in Ostende, bei dem ihre Freundin gestorben. Danach ist sie verschwunden. Seitdem haben wir nichts mehr von ihr gehört." Wilma wirkte bedrückt. Trotzdem war sie erleichtert, dass sie sich mitteilen konnte.

Ruth und Sarah sahen sich betroffen an. Ruth schluckte. Eine grausame Geschichte. Sarah erwartete, dass Ruth etwas sagen würde. Schließlich war Ruth diejenige, die bei Problemen immer sofort nach einer Lösung suchte. „Was habt ihr unternommen, um sie zu finden?" Wilma fuhr sich aufgeregt über die Stirn. „Du kannst dir nicht vorstellen, was wir alles unternommen haben. Wir haben sämtliche Freundinnen und Freunde von Angela angerufen, waren bei der Polizei und haben eine Suchaktion gestartet. Wir überlegen, ob wir zusätzlich einen Detektiv einschalten.“ „Wie alt ist Angela?“ „Sie ist zweiundzwanzig. An sich ist sie sehr vernünftig. Aber der Schock nach dem Unfall ...“ „Könnte einiges ausgelöst haben“, ergänzte Ruth. Sarah spürte, dass Ruth völlig eingenommen von dieser tragischen Geschichte war. Deshalb wollte sie sich zurückhalten. „War es ein Zusammenstoß mit einem anderen Auto?“ „Ja, bei der Auffahrt auf die Autobahn.“

„Was hat die Polizei getan, um Angela zu finden?“ „Das übliche. Sie haben Zeugen gesucht, die in der Nähe des Unfallortes waren. Sie haben sämtliche Bekannte von Angela befragt. Mit Drohnen haben sie gleich nach dem Unfall das Gebiet abgesucht. Wir hatten gehofft, dass sich Angela meldet oder in ein Krankenhaus geht. Vergeblich.“ „Was ist mit dem anderen Autofahrer passiert?“ „Der konnte bisher nicht gefunden werden. Er war wohl nicht stark verletzt. Er hat sich vom Unfallort entfernt. Sein Name ist unbekannt.“ „Das ist äußerst seltsam. Verständlich, dass Angela einen Schock hatte. Aber spätestens nach einer Stunde müsste sie doch als hilflose Person jemandem aufgefallen sein. Ich kann mir nicht vorstellen, dass sie den ganzen Tag durch die Straßen irrt, ohne dass jemand sie anspricht. War sie verletzt?“ Wilma zuckte mit den Schultern. „Das wissen wir nicht.“ Ruth spürte, dass Wilma zusehends Schwierigkeiten hatte, darüber zu reden. Wilma wiederholte sich oft und machte widersprüchliche Angaben. Deshalb war es besser, das Gespräch zu beenden.

„Wenn ich dir helfen kann …“ Wilma bedankte sich. Es war ihr peinlich, so ausführlich darüber gesprochen zu haben. „Jetzt habe ich euch so lange damit aufgehalten. Tut mir leid.“ „Nein“, erwiderte Ruth energisch, „ das braucht dir nicht leid zu tun. Ich werde dir gern helfen. Schließlich habe ich einen gewissen Riecher, was Gefahren anbelangt. Und als ehemalige Versicherungsagentin.“ Sarah kicherte. Sie begriff in welche Richtung die Reise ging. Ruth war gefangen und würde erst dann Ruhe geben, wenn alles geklärt war. Wilma gab Ruth ihre Handynummer und verabschiedete sich. Ruth und ihre Freundin gingen Einkaufen. „Es täte dir ganz gut, dich nicht sofort in fremde Sachen reinzuknien. Es gibt auch andere intelligente Ermittler in Ostende und Umgebung“, raunte Sarah verärgert, nachdem sie den Supermarkt mit einigen vollgepackten Tüten verlassen hatten. Ruth war betroffen. „Weiß nicht, was du wieder hast. Wilma hat etwas Schreckliches berichtet. Und ich habe sie gefragt, ob ich ihr helfen kann. Mehr nicht. Nach meinem Anstandsgefühl war das eine passende Antwort … oder etwa nicht?“ Sarah verzog ihr Gesicht. „Ich kenne dich und weiß genau, was du vorhast. Du wirst erst Ruhe geben, wenn du alles geklärt hast.“

Ruth wollte etwas erwidern, hielt sich aber zurück. Die Stimmung war sehr gereizt. Und es lag nicht an ihr. Was, zum Teufel, hatte sie falsch gemacht? Wilma hatte über ihre Sorgen berichtet, ohne aufgefordert worden zu sein. Ruth hatte sie in keiner Weise dazu gedrängt. „Lass uns nicht schon wieder streiten. Ich habe Wilma meine Hilfe angeboten. Das heißt nicht, dass ich für sie den Privatdetektiv spiele.“ Ruth hoffte, Sarah zu beruhigen. Es gelang ihr nicht. Sarah lachte. „Leider sagst du das immer … und dann lässt du dich von deinem Ermittlungseifer leiten. Ist ja auch kein

Fehler. So bist du halt. Aber ich möchte nicht, dass du dich wieder in Gefahr bringst.“ Ruth nickte. Sie hatte verstanden. Beide spürten, dass es besser war, über etwas anderes zu sprechen. Sie brachten den Einkauf nach Hause und kochten zusammen. Ruth half Sarah, den Salat zu waschen und die Kartoffeln zu schälen. Beide dachten über die schreckliche Geschichte nach. Jede von ihnen auf ihre Weise. Weder Sarah noch Ruth wollten darüber reden.

So schwiegen sie, und wenn sie etwas sagten, war es ohne Belang und betraf die Zubereitung des Essens. Sie einigten sich darauf, einen Rotwein zu dem Fisch mit den Kartoffeln und dem Salat zu trinken. Ruth übernahm im Einverständnis von Sarah die Auswahl. Sie fischte einen Burgunder Jahrgang 98 aus dem Regal und öffnete ihn. Vor dem Essen prosteten sie sich wie üblich zu und wünschten sich einen Guten Appetit. Das Essen schmeckte ihnen und sie freuten sich über ihr gelungenes Essen. Sarah lächelte, um Ruth davon zu überzeugen, dass der Streit von ihr aus beendet war. Ruth griff diese nette Geste sofort auf. „Wir sollten uns deshalb nicht in die Haare kriegen. Wilma wollte ihre Sorgen jemandem anvertrauen. Genauso hätte sie es auch einem anderen erzählen können. Es tut gut und entlastet, wenn man darüber redet.“ Sarah nickte. „Das stimmt. Und schließlich brachte uns Wilma auch Vertrauen entgegen. Ich bin dir nicht böse, wenn du mal nachsiehst, was es mit dem Unfall auf sich hat. Du musst ja nicht gleich die ganze Nacht im Internet suchen.“

Ruth lachte. Es beruhigte sie, dass Sarah einverstanden war. Vielleicht wollte Sarah selbst mehr über den Unfall erfahren. „Ich werde mir nach dem Essen den Unfallbericht ansehen. Sagte Wilma, der Unfall wäre auf dem Weg zur Autobahn passiert?“ „Ja, ihre Enkelin Angela fuhr auf der Autobahn Richtung Zandvoorde, sagte sie.“ Sie hörten Musik im Klassiksender und gingen ihren Gedanken nach. Nach einer halben Stunde zogen sie sich in ihre Zimmern zurück. Sarah übte Stücke von Händel und Corelli auf der Flöte. Sie suchte nach kurzen Stücken, die sie mit Begleitung von Ruth bei einer Aufführung des Kirchenchores spielen konnte. Ruths Klavierspiel hatte sich in letzter Zeit verbessert. Sie war eine gute Begleitung für Sarah und konnte gut den Rhythmus halten. Ruth wollte eigentlich etwas lesen. Aber ihre Gedanken waren bei dem Unfall, von dem Wilma Geers berichtet hatte.

Deshalb nahm sie sie sich vor, kurz im Internet nachzusehen, um ihre Neugierde zu befriedigen. Sie gab bei Google Unfall auf der Autobahn in Ostende ein. Sofort wurden einige Nachrichten angezeigt. Ihre Augen blieben beim neuesten Bericht hängen, der vor zwei Wochen veröffentlicht worden war. Erwähnt wurde ein Unfall auf der Höhe von Zandvoorde am 30. April. Ein Geisterfahrer hatte einen Frontalunfall verursacht. Nachts war er bei schlechter Sicht mit einem Fiat zusammengestoßen. An beiden Fahrzeugen entstand ein Totalschaden. Die Fahrerin des Fiats starb bei dem Unfall. Von dem Geisterfahrer, der den Unfall verursacht hatte, fehlte jede Spur. Die Polizei hatte, bisher erfolglos, eine aufwendige Suche gestartet. Der Wagen des Geisterfahrers war gemietet worden. Seltsam war, dass der Mieter des Fahrzeugs einige Tage vor dem Unfall verstorben war. Die Polizei fahndete nach der Person, die den für längere Zeit gemieteten Wagen gefahren war. Sämtliche Nachforschungen waren bisher erfolglos geblieben und es wurde dringend um Unterstützung der Bevölkerung gebeten.

Ruth musste den Bericht dreimal lesen, bis sie ihn verstanden hatte. Nach ihrer ersten Einschätzung deutete alles darauf hin, dass der Unfall nicht von anderen beobachtet worden war. Der Geisterfahrer, oder die Geisterfahrerin, hatte nach dem Unfall verletzt sein Auto verlassen. Und er hatte bemerkt, dass die Fahrerin des Fiats entweder schwer verletzt oder getötet worden war. Er hatte nicht die Polizei alarmiert oder einen Rettungswagen gerufen. Stattdessen hatte er sich vom Unfallort entfernt. Ruth vermutete, dass Wilmas Enkelin neben der getöteten Fahrerin gesessen hatte. War sie verletzt oder ebenfalls getötet worden? Warum war sie nach dem Unfall nicht entdeckt worden? Ruth grübelte einige Minuten. Sie war ratlos und fand keine Erklärung. Erschrocken zeigte sie Sarah den Bericht. „Glaubst du, dass Angela Geers in dem Auto gesessen hat?“ Sarah erschrak. Sie brauchte über zwei Minuten, um einen klaren Gedanken zu finden. „Das ist schrecklich. Ich gehe nicht davon aus, dass sie in dem Fahrzeug des Geisterfahrers gesessen hat, oder das andere Auto gesteuert hat.“

Ruth nickte. Sie hatte das Gleiche gedacht. „Woher wusste Wilma, dass Angela Geers in dem Auto gesessen hat?“ Sarah zuckte ratlos mit den Schultern. „Wahrscheinlich wusste Wilma, dass Angela mit der später verunglückten Fahrerin des Fiats unterwegs war. Was weiß ich? Jedenfalls ist der Geisterfahrer unbekannt.“ „Soll ich Wilma anrufen?“ Sarah zögerte. Sie ahnte, worauf diese Frage hinauslaufen würde. Erst würde Ruth sich wie jede mitfühlende Freundin nur Informationen beschaffen. Spätestens nach dem Anruf würde bei Ruth der Ermittlungsinstinkt geweckt werden, der bei ihr so stark vorhanden war, dass vieles andere verdrängt wurde. Sarah lachte verlegen. „Wir beide wissen, wohin das führt. Zuerst ist es Neugierde. Dann hat es dich gepackt. Und du ermittelst solange, bis alles aufgeklärt ist.“ Ruth nickte. Sie kannte ihre Schwäche. Oder jedenfalls das, was Sarah als ihre Schwäche bezeichnete.

„Dann wäre es vielleicht besser, nicht anzurufen“, sprach Ruth mehr zu sich selbst. „Das musst du entscheiden. Ich habe Angst, dass du dich wieder in etwas reinziehen lässt, was dich in Gefahr bringt. Ich bin dir nicht böse, wenn du dich erkundigst.“ Ruth überlegte. Was sollte sie mit dieser Antwort anfangen? Sie kannte Sarah und wusste, dass sie immer befürchtete, Ruth würde sich in Gefahr bringen. Das entsprach ihrem Wesen, sich möglichst von Gefahren fernzuhalten. Aber der letzte Satz zeigte ihr, dass Sarah Verständnis hatte, wenn sich Ruth erkundigte. Ruth musste selbst entscheiden. „Es kann nicht schaden, wenn wir gegenüber Wilma unser Mitgefühl zum Ausdruck bringen. Dazu gehört auch, dass wir erfahren, was passiert ist“, gab sich Ruth diplomatisch. „Das hast du so formuliert, dass niemand etwas dagegen einwenden kann. Aber dir geht es um was anderes. Pass auf!“ Sarah wollte Ruth rechtzeitig warnen. „Gut, ich werde Wilma anrufen. Dann kann ich immer noch entscheiden, was zu tun ist.“ Sarah nickte, obwohl sie böses ahnte.

Ruth griff zu ihrem Handy und rief Wilma an. Sie stellte das Gespräch laut, damit Sarah mithören konnte. Wilma meldete sich nach wenigen Sekunden. „Hallo Ruth, danke, dass du dich meldest. Ich hatte schon ein schlechtes Gewissen und wollte selbst anrufen. Es war mir peinlich, euch mit meiner Geschichte überschüttet zu haben. Wollte mich etwas entlasten.“ „Das macht nichts … Ich habe mir die Meldung zu dem Unfall angesehen. Ein einziges Drama. Ist Angela mit ihrer Freundin in dem Fiat gefahren?“ „Ja, sie waren nachts in Richtung Zandvoorde unterwegs. Ihre Freundin ist bei dem Unfall gestorben. Dieser Geisterfahrer. Ein rücksichtsloser

Kerl. Hätte doch wenigstens die Polizei oder einen Rettungsdienst rufen können, wenn er zu feige ist, sich zu stellen." „Und ihr habt seitdem kein Lebenszeichen von ihr bekommen?" „Nein", seufzte Wilma, „das ist es, was uns so umhaut. Meine Tochter, mein Schwiegersohn und ich können an nichts anderes denken. Wenn wir wenigstens wüssten, was ihr passiert ist und ob sie verletzt wurde."

Sarah sah Ruth eindringlich an. Sie wusste, dass es bei Ruth unter Hochdruck arbeitete. Mindestens zehn Fragen hatte sie auf den Lippen. Und Ruth musste sich bremsen, nicht wie eine Versicherungsagentin Routinefragen zu stellen. Aber Ruth bewahrte die Ruhe. „Wir fühlen mit dir. Was hältst du davon, wenn ich morgen bei der Polizei um Auskunft bitte? Ich kenne Kommissar Ray Maertens. Vielleicht kann er mir was über den Stand der Ermittlungen sagen" Wilma schwieg einige Sekunden. Sie hatte nicht mit dem Angebot gerechnet. „Oh Ruth, das wäre eine große Hilfe. Ich weiß, dass du früher in deinem Beruf heikle Ermittlungen hattest. Vielleicht kannst du etwas anstoßen, was bisher noch nicht überprüft wurde. Ich bin jedem dankbar, der uns in der Not hilft. Aber ich bin auch sicher, dass die Polizei sämtlichen Spuren nachgegangen ist." „Ich werde mich informieren und sage dir dann, ob es was Neues gibt." Ruth und Wilma sprachen noch fünf Minuten. Ruth machte Wilma Mut. „Vielleicht klärt sich alles von selbst auf. Ich hoffe, dass Angela bald gefunden wird." Wilma bedankte sich für den Anruf und sie beendeten das Gespräch.

„Das hast du gut gemacht", lobte Sarah Ruths einfühlsame Art. „So wie du das Gespräch geführt hast, war es sehr wohltuend für Wilma in den bitteren Stunden. Du hast Mut gemacht. Trotzdem bitte ich dich, nichts zu überstürzen. Wenn du willst, begleite ich dich morgen zu Kommissar Maertens.

Er weiß, dass du gute Ideen hast. Aber er kennt auch deine verbissene Art, mit der du dich immer wieder Gefahren aussetzt.“ Ruth lächelte. „Du sprichst immer wieder von Gefahren. Warum? Bisher konnte ich noch nichts entdecken, was auf eine Gefahr hinweist.“ „Das glaubst du doch nicht im Ernst?“, erwiderte Sarah giftig. Ruth zuckte mit den Schultern. „Dann erklär es mir bitte.“ „Also, nach meiner Einschätzung birgt das Ganze jede Menge Gefahren. Ein Geisterfahrer, der nach einem von ihm verschuldeten Zusammenstoß spurlos verschwindet, ohne wenigstens einen Rettungswagen zu rufen. Angela war Beifahrerin in dem Unfallauto. Und sie verschwindet. Das sieht für mich danach aus, als wollte der Geisterfahrer eine Zeugin aus dem Weg räumen.“

„Ja, so kann es sein“, räumte Ruth ein, „ aber es gibt auch andere Möglichkeiten.“ „Nein.“ „Doch, es könnte sein, dass Angela geflüchtet ist.“ „Warum sollte sie flüchten. Doch nur, um dem Geisterfahrer zu entkommen. Wenn sie gesehen hat, dass ihre Freundin verletzt wurde, wollte sie sicher einen Rettungsdienst rufen. Und das wurde von dem Geisterfahrer verhindert.“ Ruth konnte sich diesem Gedankengang nicht verschließen, obwohl sie sich auch einen anderen Ablauf vorstellen konnte. Um einen erneuten Streit zu vermeiden, wechselte sie das Thema. Beide waren müde. Sie sahen noch eine Komödie im Fernsehen. Es war besser, einen Streit zu vermeiden. Kurz vor elf Uhr verabschiedete sich Ruth von ihrer Freundin und wünschte ihr eine Gute Nacht. Sie ging ins Bad und wenig später in ihr Zimmer. Sie hatte die dramatische Geschichte aus ihren Gedanken verdrängt und schlief sofort ein.

2

Am nächsten Morgen wachte Ruth gut erholt auf. Sie ahnte, dass Sarah noch länger schlafen würde. Sie konnte die Zeit nutzen, um an der Morgengymnastik am Strand teilzunehmen. Später würde sie noch Brötchen besorgen für das gemeinsame Frühstück mit Sarah. Wider Erwarten saß Sarah schon am gedeckten Frühstückstisch. Ruth lachte. „Hatte nicht damit gerechnet, dass du so früh aufstehst." Auch Sarah lächelte. „Konnte nicht mehr schlafen. Wie geht es dir?" „Gut, ich habe vor, mich an der Strandgymnastik zu beteiligen. Kommst du mit?" Ruth machte diesen Vorschlag, obwohl sie davon ausging, dass Sarah keine Lust hatte. „Nein, danke für den Vorschlag. Aber du weißt, dass es mir noch zu früh ist. Ich trinke lieber meinen Kaffee." „Gut, dann bringe ich Brötchen mit, wenn ich fertig bin." Sarah nickte. Ruth ging wieder in ihr Zimmer und zog sich Jogginghose, Sweatshirt und Sportschuhe an. Im Bad wusch sie sich kurz Hände und das Gesicht. Jetzt konnte sie starten. Mit einem netten Gruß verabschiedete sie sich von Sarah. „Bis später." Ruth rannte die Treppe nach unten. Sie freute sich auf die Gymnastikrunde. Dann lief sie in Richtung Strand, bis sie die anderen Sportlerinnen sah. Vergnügt winkten sie ihr zu. Anscheinend warteten sie auf Ruth.

„Gut, dass du kommst. Wir wollten gerade anfangen", begrüßte Mina, die Leiterin der Gruppe, Ruth." „Ich habe mich geeilt", erwiderte Ruth und nahm ihre Position ein. Auch die anderen, meist jüngeren Frauen, freuten sich. Ruth war trotz ihres Alters dafür bekannt, dass sie die Gruppe antrieb und gerade den jüngeren Frauen das Gefühl gab, dass noch mehr Kraft in ihnen steckte. Sie machten zuerst einige Übungen zum Aufwärmen. Es war noch frisch und ein leichter Wind aus Nordwest begleitete sie. Trotzdem erwartete sie ein angenehmer Tag. Zehn Minuten machten sie Dehnungsübungen und anschließend rhythmische Tanzbewegungen. Erschöpft setzten sie sich danach auf den Boden und entspannten. „Genug für heute. Morgen geht es weiter“, bedankte sich Mina bei den Teilnehmerinnen. Ruth wischte sich mit einem Handtuch den Schweiß von der Stirn. Sie fühlte sich entspannt und hatte ihre Muskeln gelockert. Das war der Zweck der Übung.

Bevor sie Gruppe verließ, überlegte sie, ob sie Mina oder eine andere Frau aus der Gruppe auf den tragischen Autounfall ansprechen sollte. Schließlich war es ein furchtbares Ereignis über das berichtet worden war. Nur sie hatte davon nichts erfahren. Mina spürte, dass Ruth noch etwas sagen wollte und lächelte ihr zu. „Hast du von dem schrecklichen Unfall auf der Autobahn vor zwei Wochen gehört?“, fragte Ruth. „Ja, das ist schrecklich. Und angeblich ist der Geisterfahrer geflüchtet. Er konnte noch nicht gefunden werden.“ „Ich habe erst gestern davon gehört. Eine Bekannte hat mich darauf angesprochen. In dem Auto der verunglückten Fahrerin soll eine Freundin gesessen haben, die seitdem verschwunden ist.“ Mina erschrak. „Oh, davon wusste ich nichts. Und man weiß nicht, was ihr passiert ist?“ „Nein, die Familie ist in großer Sorge.“ „Kann ich mir vorstellen. Willst du ihnen helfen?“ Ruth zuckte mit den Schultern. „Das würde ich gern. Aber ich habe keine Ahnung, wo ich ansetzen soll.“ Mina wusste, dass Ruth früher als Versicherungsdetektivin gearbeitet hatte. Ihr war auch bekannt, dass sie sich immer wieder in Gefahr begeben hatte. „Bitte sei vorsichtig. Nicht nur um dich zu schützen. Auch aus Rücksicht auf Sarah.“

„Ja, auf Sarah werde ich Rücksicht nehmen. Ich soll dich von ihr grüßen.“ „Warum kommt sie nicht zum Training?“ „Du kennst sie doch. Es ist ihr noch zu früh und sie kann sich nicht überwinden. Es würde ihr guttun.“ „Vielleicht kannst du sie dazu bewegen, dich zu begleiten. Sie muss nicht an allen Übungen teilnehmen. Es reicht schon aus, wenn sie ihre Muskeln etwas lockert. Und dann kann sie sich auf eine Decke setzen und zuschauen.“ „Klar, das wäre gut. Ich werde es ihr sagen.“ Ruth verabschiedete sich. Sie ging zu einer Bäckerei, die sich in der Nähe der Strandpromenade befand. Bevor sie ihre Bestellung aufgab, wechselte sie einige Worte mit der Angestellten. Sie kannten sich schon über zwei Jahre. Aber Ruth vermied es, die Sprache auf den Unfall zu bringen. Das empfand sie als aufdringlich. Vielleicht bei einer anderen Gelegenheit. Sie sprachen über das Wetter und die steigenden Preise. „Was bleibt uns anderes übrig, als immer wieder die Preise anzupassen. Die großen Bäckereien diktieren die Preise. Zum Glück merken die Kunden den Unterschied zwischen unseren Brötchen und denen aus dem Supermarkt.“ Ruth nickte. Natürlich schmeckten ihr die Brötchen aus der Bäckerei besser. Und es war für sie klar, dass sie bis auf wenige Ausnahmen, in der Bäckerei kaufen würde. Ruth kaufte vier Brötchen und zwei Croissants. Dann ging sie nach Hause. Einige Möwen folgten ihr, in Erwartung einiger Brotkrumen.

Sarah saß immer noch am Frühstückstisch und verfolgte die Regionalnachrichten im Fernsehen. „Soll ich dir einen frischen Kaffee aufsetzen?“, begrüßte sie Ruth. „Ich bin noch nicht weiter als vor einer Stunde. Sehe mir gerade die Nachrichten an. Und ich wundere mich, dass wir nichts über das Unglück erfahren haben.“ Ruth nickte. „Ein Kaffee täte mir gut. Kann ich aber auch selbst machen. Die Meldung über den Unfall ist uns entgangen. Vielleicht haben wir auch etwas darüber gehört und es nicht für wichtig gehalten." „Ja, das kann sein. Es ereignet sich so viel. Und würden wir allem nachgehen …" Ruth ging in die Küche und stellte den Wasserkocher an. Später brühte sie sich einen Kaffee auf. „Wenn ich den Kaffee getrunken habe, gehe ich duschen. In einer halben Stunde können wir uns aufmachen." „Du willst also wirklich Kommissar Maertens besuchen?" „Ja, das hatten wir doch vereinbart." „Stimmt. Aber ich habe Zweifel, ob es richtig ist." „Ich kann auch allein gehen", schlug Ruth vor. „Nein, ich komme mit."

Ruth aß Brötchen mit Marmelade und trank den Kaffee. Sie war gespannt, wie Ray Maertens auf ihren Besuch reagieren würde. Sie hatte ihn seit über einem Jahr nicht gesehen. Aber sie war sich sicher, dass er sich an sie erinnern konnte. Der Eindruck, den sie auf ihn hinterlassen hatte, war stärker als das, was er sonst erlebte. Und Ruth glaubte, dass es nicht nur ein guter Eindruck war, den sie bei Maertens hinterlassen hatte. Trotzdem war ihr Umgang immer fair und höflich gewesen. Wenn Ruth den Eindruck bekäme, er würde ihr Interesse als Einmischung empfinden, dann konnte sie ihm entgegnen, dass eine Bekannte sie um Hilfe gebeten hätte. Das musste er akzeptieren. Schließlich kannte Maertens Ruths Instinkt, mit Nachdruck einer Sache auf den Grund zu gehen und dabei den direkten Weg zu wählen. Auch ihr kriminalistischer Sachverstand war ihm nicht verborgen geblieben. Einzig ihre Schwäche, Gefahren auszublenden, hielt ihn davon ab, Ruth nähere Informationen zu geben. Er hatte genug zu tun und konnte sie nicht auch noch vor sich selbst schützen.

Ruth duschte und cremte sich ein. Dann zog sie sich an. Nach kurzer Überlegung hatte sie eine Jeans und ein unauffälliges hellrotes Sweatshirt gewählt. Sarah spürte, dass Ruth entschlossen war, sich alle verfügbaren Informationen zu beschaffen. Wenn Kommissar Maertens ihnen nicht helfen wollte, würde sich Ruth an einen anderen Kommissar wenden. Sie verließen das Haus und gingen über die Langestraat vorbei am Kasino zum Polizeipräsidium. Den Weg zum Büro von Ray Maertens kannten sie. Vorsichtig klopfte Ruth an. Gerade bei Ray Maertens war es empfehlenswert, vorsichtig vorzugehen. Es galt jeden Eindruck einer Einmischung zu vermeiden. Mit etwas Fingerspitzengefühl konnte sie mehr erreichen. Wenn er ihr zuhören würde und ihr Aufmerksamkeit schenkte, wäre es schon gut. „Ja", drang es aus Maertens Büro. Ruth trat gefolgt von Sarah ein. Im Gegensatz zu früheren Treffen reagierte Maertens nicht schroff und abweisend.

„Guten Morgen, setzen Sie sich. Was kann ich für Sie tun?", erklärte er ungewöhnlich nett. Ruth und Sarah nahmen Platz. „Wir kommen auf Bitte einer Bekannten", begann Ruth etwas umständlich. Es entsprach nicht ganz der Wahrheit. „So?" „Ja, Frau Geers macht sich Sorgen um ihre Enkelin Angela Geers. Sie hatte einen Unfall. Und danach war sie verschwunden." „Wann war der Unfall?" Ray Maertens hoffte, alles schnell klären zu können. Ruth berichtete darüber, was ihr Wilma gesagt hatte. Außerdem erwähnte sie den Bericht, den sie in den Regionalnachrichten gelesen hatte. Ray zuckte zusammen. Was hatte Ruth mit dem Unfall zu tun, zu dem er seit zwei Wochen ermittelte? „Das war eine Tragödie. Ich bin mit einer Kollegin zuständig für die Aufklärung. Von dem Geisterfahrer fehlt jegliche Spur. Aber ich bin mir nicht sicher, ob eine weitere Frau in dem Unfallwagen saß.“ „Haben Sie Zweifel? Frau Geers hat gegenüber der Polizei doch mitgeteilt, dass ihre Tochter mit der verunglückten Fahrerin unterwegs war.“ „Das stimmt, aber bisher konnten wir nichts finden, was darauf schließen lässt, dass sich eine weitere Person in dem Auto befand.“

„Wie erklären Sie sich dann das Verschwinden von Angela Geers?“ Ray zuckte mit den Schultern. „Dafür kann es auch andere Gründe geben. Was weiß ich?“ „Wilma Geers und die Eltern von Angela sind sich sicher, dass Angela mit der getöteten Fahrerin unterwegs war. Warum glauben Sie das nicht?“ Ray fühlte sich etwas in die Enge getrieben. Trotzdem bemühte er sich um Höflichkeit. „Ich habe Verständnis, dass sich die Eltern und die Oma Sorgen machen. Aber bisher konnten wir nichts finden.“ Wurde das Auto auf Spuren untersucht?“ „Natürlich.“ Ruth spürte, dass sich Ray um eine ehrliche Antwort bemühte. Sie hatte nicht das Gefühl, abgewimmelt zu werden.

Verunsichert sahen Ruth und Sarah den Kommissar an. Hatte er eine ehrliche Antwort gegeben oder gab es Gründe für ihn auszuweichen? „Sie zweifeln also, dass eine weitere Person bei dem Unfall in dem Auto gesessen hat?“ „Ja, wir konnten bisher nichts finden, was den Verdacht auf ein weiteres Unfallopfer nahelegt. Aber wenn Sie klare Hinweise haben, teilen Sie es bitte mit.“ Ruth bedankte sich bei Ray Maertens. Sie war nicht genügend vorbereitet, um weitere Fragen zu stellen. Sie hatte keine näheren Informationen. „Gut, ich werde mit Wilma sprechen. Wenn ich weitere Hinweise erhalten habe, werde ich anrufen.“ Ray lächelte. „Machen Sie das. Aber bitte passen Sie auf, dass Sie sich nicht in Gefahr bringen.“ Ruth schluckte. Sie hatte diese Warnung in den letzten Tagen immer wieder gehört. Warum, zum Teufel, glaubten alle, sie vor einer Gefahr warnen zu müssen.

„Ich wüsste nicht, warum ich mich in Gefahr bringen sollte." Ray lächelte wieder. „So wie ich Sie einschätze, finden Sie bestimmt einen Weg. Bisher sind wir vergeblich auf der Suche nach dem verschwundenen Geisterfahrer. Wie Sie sicher wissen, ist die Person, die das Fahrzeug gemietet hatte, noch vor dem Unfall gestorben. Das macht es uns nicht gerade einfach. Wir wissen nicht, wer sich das Fahrzeug angeeignet hat. Wir können nicht einmal sagen, ob der Geisterfahrer bei dem Unfall verletzt oder sogar getötet wurde. Alles offene Fragen. Ich gehe davon aus, dass Sie sich mit meinen Antworten nicht zufrieden geben. Es könnte sein, dass der Geisterfahrer nicht gefunden werden will. Und alles unternimmt, um verborgen zu bleiben. Allein das ist ein Gefahrenmoment." Sarah nickte. Sie spürte, dass weitere Nachforschungen heikel waren. Ruth hingegen zuckte unbeeindruckt mit den Schultern. „Ich glaube nicht, dass mit einer besonderen Gefahr zu rechnen ist", entgegnete Ruth. Sie verabschiedete sich von Ray Maertens und verließ gemeinsam mit Sarah Rays Büro.

Nachdenklich gingen Ruth und Sarah durch die belebten Straßen in Richtung Casino-Kursaal. Ruth überlegte, warum Ray nichts daran glaubte, dass Angela in dem Unfallwagen saß. „Glaubst du, dass Ray uns eine ehrliche Antwort gegeben hat?", fragte sie ihre Freundin. Sarah zuckte unentschieden mit den Schultern. „Das frage ich mich auch. Einerseits wirkte er sehr entgegenkommend und auskunftsfreudig … Aber das kann täuschen. Ray kennt deine Bereitschaft, dich in jede ungeklärte Ermittlung reinzuhängen. Er vermutet, dass du dich in Gefahr begibst. Und er täte alles, um dich von

Ermittlungen fernzuhalten. Es war ein offenes und freundliches Gespräch. Gehen wir davon aus, dass er nichts über Angelas Verschwinden sagen kann." Ruth nickte. „Ich bin sicher, dass Wilma ihm versichert hat, dass Angela in dem Unfallwagen neben ihrer Freundin saß." „Ja, das glaube ich auch. Und Ray hat ja auch durchblicken lassen, dass Wilma mit ihm gesprochen hat. Ich gehe davon aus, dass er Wilmas Hinweisen gefolgt ist."

„Wir müssen mit Wilma sprechen. Sie muss uns sagen, warum sie so sicher und davon überzeugt ist, dass ihre Enkelin in dem Auto gesessen hat. Wenn sie uns davon überzeugt, werden wir Ray Maertens überzeugen. Oder siehst du eine andere Möglichkeit?" Sarah nickte, ihr war klar, dass Ruth nicht locker lassen würde. Sie brauchte die Gewissheit, dass Angela an der Unglücksfahrt teilgenommen hatte. Sie setzten sich in einem Park auf eine Bank. Sarah beobachtete die Möwen, die elegante Flugbewegungen machten auf der Suche nach Nahrung. Ruth rief Wilma an. Wilma meldete sich sofort. „Wir haben gerade mit Ray Maertens, dem zuständigen Kommissar, gesprochen. Er hat Zweifel, dass Angela in dem Unfallwagen saß." „Oh, ich weiß es. Er versichert uns immer wieder, dass er keine Anzeichen sehen kann, dass Angela an dem Unfall beteiligt war. Und auf meine Frage, wie er sich Angelas Verschwinden erklären kann, weicht er aus. Er hat eine Suchmeldung veranlasst. Aber es fehlt jeglicher Hinweis, dass das Verschwinden im Zusammenhang mit dem Unfall stehen könnte. Dabei haben wir ihn dringend darum gebeten. Warum kann er nicht auf einen möglichen Zusammenhang hinweisen? Ich verstehe das nicht."

Ruth fand keine schnelle Erklärung. „In mancher Beziehung ist Ray sehr eigen. Er will sich nicht in die Karten schauen lassen. Er unterscheidet gewissenhaft zwischen hell und dunkel und klebt an seinen Prinzipien fest wie ein Kaugummi auf dem Asphalt.“ „Was schlägst du vor?“ „Ich bitte dich, sämtliche, auch noch so abwegige, Hinweise zu suchen, dass sich Angela mit ihrer Freundin an diesem Abend treffen wollte. Vielleicht hat sie jemand gesehen auf dem Weg zu ihrer Freundin. Oder wurde sie von ihrer Freundin mit dem Auto abgeholt?“ „Nein, sie haben sich irgendwo getroffen. Mir sind ihre Worte noch im Ohr: „Es kann spät werden. Ich fahre mit Jenny in einen Club.“ Das waren ihre letzten Worte, bevor sie gegangen ist. Es muss ein Zusammenhang bestehen“, versicherte Wilma. „Schon gut“, beruhigte Ruth, „Ich werde versuchen, etwas herauszufinden. Hat sich denn auf die Suchmeldung niemand gemeldet?“ „Nein“, jammerte Wilma. Sie beendeten das Gespräch.

Ruth beobachtete gemeinsam mit Sarah die Möwen. Sie wollte Sarah nicht stören. Beide genossen die Wärme und den leichten Wind. „Was hat Wilma gesagt?“, unterbrach Sarah nach zwei Minuten die Stille. „Wilma hat den Kommissar immer wieder darauf hingewiesen, dass Angela in dem Auto gemeinsam mit Jenny Ruuter gesessen hat. Ray glaubt ihr nicht und hat sie abgewiesen.“ „Verdammt, warum macht er es Wilma so schwer?“ Ruth zuckte mit den Schultern. „Verstehe ich auch nicht. Er verlangt von ihr Beweise dafür, dass Angela mitgefahren ist. Wie sollen die Eltern von Angela solche Beweise bringen?“ „Vielleicht können die Eltern von Jenny Ruuter bestätigen, dass Jenny von Angela begleitet wurde.“ „Ja, daran habe ich auch schon gedacht. Aber die werden am Tod ihrer Tochter leiden und haben andere Probleme.“ „Trotzdem könnten sie Wilma helfen. Wenn sie gegenüber Ray Maertens bestätigen, dass Jenny nicht allein gefahren ist …“ „Wird Ray dem nachgehen müssen. Soll ich

Wilma nochmal anrufen? Fragen, ob sie Jennys Eltern gebeten hat, Ray zu informieren?“ „Nein“, erwiderte Sarah, „damit würden wir Wilma nur verrückt machen. Warte besser einen Tag ab. Du kannst auch Ray anrufen und ihn danach fragen. Aber jetzt mach erst mal eine Pause. Du bist schon wieder mit beiden Füßen in den Ermittlungen. Dabei hast du dir vorgenommen, nicht wieder bis auf den Grund zu tauchen.“ Sarah machte eine abfällige Handbewegung. Ruth lachte. Sarah hatte Recht.

3

Vier Wochen früher
Henrik Lambers hatte am 13. April einen BMW für einen Monat gemietet. Nachdem er sich vor zwei Jahren von seinem früheren BMW getrennt hatte, was ihm damals schwerfiel, hatte er beschlossen, kein neues Auto zu kaufen. Er war jetzt 77 und eine solche Anschaffung lohnte sich für ihn nicht mehr. Trotzdem vermisste er seinen BMW. Deshalb machte er sich zu seinem Geburtstag eine Freude. Als er seinen Freunden die Nachricht von der Anmietung eines BMW verkündete, waren alle begeistert. „Das ist eine gute Idee, Henrik. Hast du größere Touren geplant?“, fragte Frank. „“Mal sehen. Hängt vom Wetter und meiner Gesundheit ab. Aber ein Trip nach Brüssel, Antwerpen und in die Normandie müsste schon drin sein.“ In den nächsten Tagen machte er viele kleinere Ausflüge. Er fuhr an Orte, die er seit Jahren nicht mehr gesehen hatte. Am 15 April besuchte er einen alten Freund im Zentrum von Brüssel.

Mit ihm verbrachte er den Tag. Er achtete darauf, keinen Alkohol zu trinken. Und er versuchte, sich einzuprägen, wo er den BMW abgestellt hatte. Es war für ihn alles sehr unübersichtlich. Zu sehr war er die bekannten Straßen in Blankenberge gewohnt. Er hatte sich noch vorgenommen, die Straße zu notieren, in der er sein Auto abgestellt hatte. Aber dann hatte er den Plan verworfen. Er vertraute seiner Erinnerung. Zu seinem Ärger konnte er sich abends nicht mehr erinnern. Nach zwei Stunden Umherirrens in den lauten und hektischen Straßen im Brüsseler Zentrum gab er ermüdet und verzweifelt auf. Er wandte sich an die Polizei mit der Bitte, ihn bei der Suche zu unterstützen. Doch auch ihnen gelang es nicht, in kurzer Zeit den Standort des Autos ausfindig zu machen. Am späten Abend gab er enttäuscht die Suche auf und kehrte gezeichnet von den Strapazen nach Blankenberge zurück. Er wollte am nächsten Tag die Suche fortsetzen. Doch ein völlig unerwarteter Herzinfarkt durchkreuzte seinen Plan. Mit einem Rettungswagen wurde er in das Krankenhaus eingeliefert.

Es dauerte zwei Tage, bis er wieder zu Bewusstsein kam. Aber kurz darauf erlitt er einen zweiten Herzinfarkt, der ihn tötete. Seine Tochter Bila, die einzige Verwandte, wurde zwei Tage später benachrichtigt. Als sie ins Krankenhaus in Ostende kam, war sie bestürzt über den Tod ihres Vaters. Sie hatten einen eher lockeren Kontakt und sahen sich selten. Trotzdem legte ihr Vater darauf wert, seine Tochter über alles zu unterrichten. An seinem Geburtstag hatten sie zuletzt gesprochen. Henrik war vor einer Woche noch bei guter Gesundheit und hatte ihr seine Pläne mitgeteilt. Die Miete eines BMW hatte er, bewusst oder unbewusst, vergessen zu erwähnen. „Hätte man ihm helfen können?“, fragte Bila einen der behandelnden Ärzte. Dr. Suur zuckte ratlos mit den Schultern. „Ich glaube, wir haben alles getan, um ihn zu stabilisieren. Das ist uns leider nicht endgültig gelungen, Der zweite Herzinfarkt kam völlig unerwartet. Und wir haben sofort die Reanimation in die Wege geleitet. Aber das Herz war zu schwach.“ Bila nickte traurig. „Ich kenne meinen Vater als Kämpfer, der bis zum letzten Moment alles mobilisiert.“ „Ich bin mir sicher, dass er gekämpft hat. Aber das Herz war zu schwach.“

Einige Sekunden sahen sie sich nachdenklich und traurig an. „Wahrscheinlich ist es besser, dass er nach kurzen Schmerzen eingeschlafen ist“, erklärte Bila. Dr Suur nickte. „Wir haben einige Patienten, die nach einem Infarkt einen hypoxischen Hirnschaden erlitten haben. Sie können nur noch wenig wahrnehmen. Und jeglicher Kontakt ist unmöglich.“ Bila bedankte sich bei Dr Suur. „Ich bin mir sicher, dass Sie alles erdenkliche getan haben.“ Dann verließ sie mit den Sachen ihres Vaters das Krankenhaus und fuhr in seine Wohnung nach Blankenberge. Beim Durchsuchen der wichtigen Unterlagen entdeckte sie den Mietvertrag für den BMW. Kurz darauf fand sie den Autoschlüssel.

Sie erschrak. Sie hatte es nicht für möglich gehalten, dass ihr Vater einen BMW mieten würde. Andererseits, warum nicht? Schließlich war ihr Vater vor einigen Tagen noch sehr mobil und geistig fit gewesen. Deshalb war es an sich keine falsche Entscheidung. Jetzt ging es darum, unverzüglich den BMW zu dem Vermieter zurückzubringen. Ihr Vater hatte den gesamten Betrag gezahlt und es waren noch einige Tage übrig. Bila rief ihren Freund, Fred Roth, an. „Du musst mir helfen. Papa hatte vor einigen Tagen einen BMW gemietet. Ich will das Auto schnell zurückbringen.“ „Wenn du mir sagst, wo das Auto steht, bringe ich es morgen zurück“, stimmte Fred zu. Bila überlegte. „Wenn ich das wüsste. Bis vor wenigen Minuten hatte ich keine Ahnung, dass er ein

Auto gemietet hat. Wahrscheinlich hat er es in der Nähe geparkt." „Soll ich dir bei der Suche helfen?" „Ja, wäre gut. Ich kenne mich in Blankenberge nicht aus." Fred versprach, in einer halben Stunde in Brügge loszufahren. „In einer Stunde bin ich da." Bila bedankte sich und beendete das Gespräch.

Bis Fred käme, konnte sie noch einiges erledigen. Sie führte einige Anrufe mit der Krankenversicherung und einem Bestatter. Dann machte sie sich einen Kaffee und ordnete die Unterlagen der Rentenversicherung und der Bank. Ihr Vater hatte ihr vor einigen Jahren eine Vollmacht gegeben, die jetzt sehr nützlich war. Kurz bevor Fred kam, entdeckte sie eine merkwürdige Nachricht auf dem Handy ihres Vaters. „Trotz umfangreicher intensiver Suche konnten wir den BMW Kennzeichen … nicht finden. Bitte melden Sie sich." Bila stutzte. Was hatte die Nachricht zu bedeuten? Wollte jemand ihren Vater betrügen? Sie sah auf den Absender der Nachricht: Polizei Brüssel 3. Revier. Trotzdem war sie unsicher, ob die Nachricht tatsächlich von der Polizei kam. Sie hatte in letzter Zeit immer wieder von betrügerischen Anrufen gehört, bei denen gerade alte Menschen in eine Falle gelockt werden sollten. Sie vermutete, dass es sich um eine solche Nachricht handelte. Deshalb nahm sie sich vor, nicht sofort anzurufen.

Die Nachricht beschäftigte sie. Wenige Minuten später erschien ihr Freund und sah ihr besorgtes Gesicht. „Hast du in den Unterlagen etwas Unangenehmes entdeckt?" Bila zeigte ihm die SMS. „Was hältst du davon?" Fred las die Nachricht. Dann kratzte er sich an der Stirn. „Schwer zu beurteilen. War dein Vater vor ein paar Tagen in Brüssel?" „Keine Ahnung." „Ich werde mal unter der Nummer anrufen." „Glaubst du, dass es eine seriöse Nachricht ist?" Fred lachte. „Das lässt sich leicht feststellen." Beim Anruf meldete sich ein Mitarbeiter der Polizeidienststelle. Fred überzeugte sich davon, dass es keine Täuschung war. Jetzt wurde der Mitarbeiter misstrauisch. „Ich darf Ihnen keine Auskunft geben. In welcher Beziehung stehen Sie zu Herrn Lambers?" Fred hatte diese Frage erwartet. „Der Vater meiner Freundin ist vor ein paar Tagen verstorben. Ich kann Ihnen gerne seine Tochter geben, die diese Angabe bestätigen wird." Noch bevor der Polizist etwas sagen konnte, gab Fred das Handy Bila. Geistesgegenwärtig nahm sie den Faden auf.

Sie stellte sich kurz vor. Dann bestätigte sie: „Mein Vater ist gestorben. Und ich habe erst durch die Nachricht davon erfahren, dass nach dem BMW gesucht wird. Deshalb habe ich angerufen." „Dann wäre es gut, wenn Sie zum Revier kommen, um zu besprechen, wie die Suche fortgesetzt werden kann", antwortet Kommissar Geven einsilbig. Bila erkannte, dass keine weiteren Informationen zu erwarten waren. Sie bedankte sich und beendete das Gespräch. Bila und Fred sahen sich nachdenklich an. „Wenn du nichts eiliges zu erledigen hast, sollten wir nach Brüssel fahren", schlug Fred vor. Bila zögerte. „Ich habe immer noch die Hoffnung, dass sich alles von selbst aufklärt. Bis vor einer Stunde wusste ich nicht, dass er ein Auto gemietet hat. Zuerst sollten wir den Vermieter anrufen. Vielleicht hat er ´ne Idee, was zu tun ist." Fred nickte. „Das ist vernünftig. Aber ich glaube nicht, dass die dir aus der Patsche helfen werden." Bila schluckte. Sie war in diesen Dingen naiv und glaubte immer noch, alles würde sich von selbst ergeben. In diesen Dingen war Fred erfahrener. Auch im Umgang mit Geschäftsleuten.

Fred nahm ihr die Entscheidung ab. Er rief bei dem Vermieter an. Nachdem er mit einer zuständigen Mitarbeiterin verbunden worden war, kam er sofort zur Sache. „Mein

Schwiegervater hat bei Ihnen einen BMW gemietet. Vor zwei Tagen ist er gestorben. Und wir können das Auto nicht finden." Die Mitarbeiterin lachte. „Dann müssen Sie es eben suchen." „Herr Lambers war vor einigen Tagen in Brüssel. Dort hat er das das Auto abgestellt, konnte es aber nicht wieder finden. Er hat die Polizei eingeschaltet. Bisher hat die Suche nichts gebracht. Gibt es nicht einen Schutz von Seiten des Vermieters in diesen Fällen?" Die Mitarbeiterin lachte. „Wie sollte so ein Schutz aussehen? Glauben Sie, wir haben unsere Autos gegen das Nichtauffinden unserer Kunden versichert? Das Risiko würde keine Versicherung eingehen. Dann wären Tür und Tor für einen Versicherungsmissbrauch geöffnet." Fred ließ nicht locker. Er war als Arzt mit Ablehnung und massivem Widerstand vertraut. „Es könnte ja sein, dass etwas ähnliches schon mal passiert ist. Ist es noch nie vorgekommen, dass einer Ihrer Kunden sein gemietetes Auto nicht mehr finden konnte?" „Nein, das habe ich noch nie erlebt."

Sie schwiegen. „Was halten Sie davon, wenn wir die Schlüssel zurückgeben? Herr Lambers ist vor einigen Tagen gestorben." „Können Sie gern machen. Aber das entlastet Sie nicht. Sie sind für die Rückgabe des Autos verantwortlich." „Wir haben die Polizei eingeschaltet. Mehr können wir nicht tun", erwiderte Fred verärgert und beendete das Gespräch. Fred und Bila überlegten. „Von dem Autovermieter können wir keine Unterstützung erwarten. Wir sollten zur Polizei nach Brüssel fahren", schlug Fred vor. Bila war sich unsicher. „Was versprichst du dir davon?" Fred zuckte mit der Schulter. „Wir können in Erfahrung bringen, was sie bisher getan haben. Vielleicht haben sie einen Vorschlag. Wenigstens sollten wir versichern, dass wir zuständig sind, nachdem dein Vater gestorben ist. Wir zeigen ihnen die Sterbeurkunde.“ Bila nickte, ihr fiel nichts Besseres ein.

Gemeinsam brachen sie nach Brüssel auf. Es hatte an einem sonnigen Tag etwas geregnet. Ein leichter Schmierfilm hatte sich auf den Straßen gebildet. Bila war nicht wohl bei dem Gedanken, nach Brüssel zu fahren. Es kam ihr zu ungeplant und überstürzt vor. Sie hatte keine Zeit, sich Gedanken zu machen. Fred drängte sie, und sie gab nach. „Mir ist immer noch unklar, was wir erreichen können.“ „Kann ich mir denken. Aber ich halte es für besser. Dann haben wir wenigstens alles getan.“ Bila war sich unsicher, aber sie wollte nicht widersprechen. Sie dachte über frühere Situationen nach, in denen sie nicht wusste, was sie erwartete. Nach zwei Stunden kamen sie in Brüssel an. Die Suche nach dem Polizeirevier dauerte nur wenige Minuten. Kommissar Geven erwartete sie bereits, obwohl sie ihm nicht versprochen hatten, so schnell nach Brüssel zu kommen. Bila wies sich aus und übergab ihm den Mietvertrag und die Sterbeurkunde.

„Traurig, dass ihr Vater so schnell gestorben ist. Ich hatte vor vier Tagen noch mit ihm gesprochen. Er machte keinen geschwächten Eindruck. Wir haben alle Straßen in dem Gebiet, das uns von ihrem Vater genannt wurde, durchgesucht. Ein Streifenwagen ist mehrmals durch das Gebiet gefahren. Bisher haben wir davon abgesehen, einen öffentlichen Aufruf zu starten. Sämtliche Abschleppvorgänge der letzten Tage wurden überprüft. Ohne Erfolg. Wir vermuten, dass der BMW gestohlen wurde. Deshalb raten wir Ihnen, dem Vermieter einen möglichen Diebstahl mitzuteilen. Es ist besser, bereits jetzt nach dem BMW als einem gestohlenen Fahrzeug zu suchen.“ Fred nickte. Er konnte die Überlegungen von Geven verstehen. „Können Sie uns für die Versicherung und den Autovermieter bestätigen, dass die Suche erfolglos war und mit einem Diebstahl zu rechnen ist.“ Geven nickte. „Ich habe eine Bestätigung vorbereitet. Ich brauche noch Ihre Bestätigung, dass sie nicht wissen, wo sich das Auto befindet. Außerdem müssen sie versichern, dass Sie alles unternommen haben, um den BMW zu finden.“ Bila nickte und unterschrieb. Sie war damit einverstanden, und sie sah es als die beste Lösung. „War es deshalb erforderlich, zu Ihnen zu kommen?“, fragte sie verlegen. „Auf jeden Fall. Ich hätte Ihnen die Bescheinigung nicht mit der Post geschickt. Ich musste mich vergewissern, dass alles stimmt.“ Nach einer halben Stunde fuhren Bila und Fred wieder nach Blankenberge zurück.

4

Ruth ging die Sache nicht aus dem Kopf. Sie hatte das seltsame und ihr nicht unbekannte Gefühl, dass etwas nicht stimmte. Warum konnte der Unfallfahrer nicht ermittelt werden? War es ein Zufall, dass der Mieter des Unfallwagens nur wenige Tage vor dem Unfall gestorben war? Warum ging Kommissar Maertens nicht intensiver der Frage nach, ob Angela neben ihrer Freundin in dem Wagen gesessen hatte? Glaubte Maertens etwa, dass es andere Gründe für das Verschwinden von Angela gab?

Einige Tage hatte Ruth schon mit Sarah über diese Fragen gesprochen. Ohne Ergebnis. Sarah war bereit, offen über diese Fragen zu sprechen. Im Gegensatz zu früher wich sie nicht aus. Und sie hatte auch keine Angst, sich durch das Grübeln selbst in eine Depression zu versetzen. Sarah musste vorsichtig sein, wenn sie über traurige Ereignisse nachdachte. Oft übertrug sie das Schicksal anderer Menschen auf sich und verstärkte dadurch ihre Ängstlichkeit und die immer wieder aufflammende Traurigkeit. Ruth musste darauf Rücksicht nehmen. Sobald sie spürte, dass Sarah das Leid anderer Menschen in ihr eigenes Leid aufnahm und integrierte, lenkte sie das Gespräch auf ein anderes Thema. Dann sprach sie nicht mehr über den Unfall. Sarah bemerkte, Ruths Nervosität. „Das wird sich alles auch ohne deine Unterstützung aufklären lassen. Du solltest Ray Maertens vertrauen. Er ist zwar behäbig, aber er hat immer das Ziel klar vor Augen. Wenn er Verdacht schöpft, dass etwas nicht stimmt, wird er dem nachgehen." „Du meinst, Maertens hat alles im Blick?", fragte Ruth zweifelnd. „Warum geht er dann nicht intensiver der Frage nach, warum Angela verschwunden ist. Ich finde, er könnte besser mit ihrer Mutter und Oma zusammenarbeiten. Oder ihnen wenigstens das Gefühl geben, alles Notwendige zu veranlassen." Sarah zögerte, sie wollte Ruth widersprechen. Aber sie spürte, dass sie Ruth nicht überzeugen konnte.

„Wenn es dir wichtig ist, dann rede noch mal mit ihm. Ich weiß, dass er es nicht gerne sieht, wenn du dich einmischst. Aber er weiß auch, dass du gute Gründe hast. Und er weiß auch, dass du eine gute kriminalistische Ader hast. Er hat nur Angst, dass du dich in Gefahr bringst. Und diese Angst ist ja auch verständlich, nach allem, was er mit dir bisher erlebt hat. Du kannst ihn nicht davon überzeugen, dass du vorsichtig genug bist." Ruth lachte. „Das stimmt. Aber wenn an der Sache nichts dran wäre, müsste ich nicht vorsichtig sein. Genau das ist der Punkt. Wenn er eine Gefahr andeutet, kann ich immer noch entscheiden, ob ich weiter auf eigene Faust ermittle." „Nein, in diesem Punkt liegst du falsch. Du bist manchmal äußerst unvernünftig und sorglos. Und du lässt dir nichts sagen."

Ruths Handy klingelte. Sie nahm einen Anruf von Wilma entgegen. Wilma war sehr aufgeregt und stotterte. „Hallo Ruth, tut … mir leid, dass ich dich störe.“ „Was ist passiert?“ „Ich habe das Gefühl, dass ich geschnitten werde. Leute drehen sich um, wenn ich mich ihnen nähere. Sie sind wortkarg und wollen nicht sprechen. Beschränken sich auf Floskeln. Was zum Teufel hat das zu bedeuten?“ Ruth zögerte. „Bist du dir sicher? Vielleicht bildest du dir das ein. Oder sie haben es eilig und sind mit ihren Gedanken woanders.“ „Nein, das glaube ich nicht. Seit zwei Tagen bemerke ich die Verlegenheit anderer, die mir begegnen. Einige Bekannte, die ich seit Jahren kenne. Ich glaube nicht, dass es Zufall ist.“ Ruth dachte nach. „Was glaubst du, woran es liegt?“ „Ich weiß nicht, könnte mit dem Verschwinden von Angela zusammenhängen. Irgendwie habe ich ein komisches Gefühl. In den ersten Tagen habe ich viel Wärme und Mitgefühl erfahren. Jetzt habe ich das Gefühl, dass es in Verlegenheit und vielleicht sogar Abneigung umschlägt. Dabei habe ich immer darauf geachtet, niemanden mit meinem Kummer zu belästigen.“

Es entstand eine kurze Pause. Ruth hatte den Anruf laut gestellt, damit Sarah ebenfalls das Gespräch verfolgen konnte.“ Ruth hoffte, dass Sarah etwas einfallen würde. „Das ist mir auch schon passiert, dass ich bestimmte ablehnende Blicke auf mich bezogen habe. Mir ist es schwer gefallen, die Leute darauf anzusprechen“, erklärte Sarah. Sie konnte sich gut in die Lage von Wilma versetzen. „Hallo Sarah“, begrüßte Wilma Sarah. „Meinst du, ich sollte die Leute direkt darauf ansprechen?“ „Wird vielleicht das Beste sein. Aber auch dann kann es dir passieren, dass sie ausweichen. Sind es Bekannte, denen du vertraust?“ Wilma dachte nach. „Es sind schon langjährige Bekannte. Sie wissen viel über mich und ich über sie. Man tauscht sich eben aus, wenn man sich länger kennt. Habe mir bisher noch nie Gedanken darüber gemacht, ob ich ihnen vertrauen kann. Das war bisher auch nicht nötig." „Vielleicht hat sich das jetzt geändert", nahm Ruth das Gespräch wieder auf. „Meinst du, ich sollte vorsichtiger sein?" „Das weiß ich nicht. Wenn ein Anlass dazu besteht …" „Was könnte der Anlass sein?" „Es muss nicht unbedingt mit Angelas Verschwinden zusammenhängen."

„Was denn sonst. Es gibt seit Wochen kein anderes Thema, das mich beschäftigt." Ruth suchte nach einer Lösung, die Wilma beruhigen konnte. „Ich könnte nochmal mit Kommissar Maertens sprechen. Habt ihr immer noch nichts von Angela gehört?" „Nein", schluchzte Wilma. „Ich kenne Angela. Sie würde sich melden, sobald sie es kann." Ruth fand noch einige beruhigende Worte und beendete das Gespräch. Sie versprach, sich am nächsten Tag zu melden. Sarah zitterte, Wilmas Worte hatten sie sehr berührt.

„Menschen können hinterhältig und gemein sein", schimpfte Sarah. „Ich kann mir gut vorstellen, wie es Wilma geht. Sie war offen und hat sich anderen anvertraut, so wie sie sich an dich gewandt hat. Einige haben das Vertrauen ausgenutzt. Sie haben sie an ihrer offenen Wunde getroffen. Das ist gemein. Aber so sind sie eben." Jetzt brauchte Ruth viel Kraft, um Sarah zu beruhigen. „Ja, das stimmt. Trotzdem denke ich, dass Wilma besonders empfindlich ist, solange sie nichts über das Schicksal ihrer Enkelin weiß. Könnte auch sein, dass sie eine bestimmte Reaktion missverstanden oder falsch interpretiert hat. Gerade dann, wenn man zutiefst verunsichert ist, rechnet man mit dem Schlimmsten. Ich würde nicht vorschnell ein Urteil über andere Menschen fällen, die wir nicht kennen." Sarah sah sie missbilligend an. „Ich glaube nicht, dass sie missverstanden wurde. Sie wollten sie treffen, und das haben sie erreicht."

Ruth wollte darauf nichts erwidern. Sie schwieg und dachte nach. Sie spürte, dass Sarah von diesem Gespräch und von Wilmas Klage sehr berührt worden war. Wie so oft machte sich Sarah die Sorge eines anderen Menschen zu ihrer eigenen Sorge. „Wir müssen versuchen, besonnen zu bleiben und dürfen uns nicht beunruhigen lassen", schlug Ruth nach einiger Zeit vor. „Wenn wir jetzt hysterisch werden, ist niemandem geholfen. Und schon gar nicht Wilma. Es hilft ihr mehr, wenn wir einen klaren Kopf bewahren." Sarah schüttelte den Kopf. Sie war misstrauisch. „Was schlägst du vor?" „Das ist schwierig. Wir können Kommissar Maertens nicht danach fragen, ob die Ablehnung gegenüber Wilma etwas mit Angelas Verschwinden zu tun hat. Wahrscheinlich sind die Menschen, die Wilma begegnen hilflos und wissen nicht, wie sie ihr gegenüber reagieren sollen. Bevor sie etwas falsch machen, halten sie sich zurück. Es ist wichtig, dass schnell das Schicksal von Angela geklärt wird. Deshalb werde ich Ray Maertens anrufen, und dann werde ich ihm etwas Druck machen. Er kennt mich und weiß, dass es schwer ist, mich hinzuhalten."

Ruth wählte die Nummer von Maertens. Ray Maertens meldete sich nach einigen Sekunden, wenig erfreut, als er Ruths Stimme hörte. „Kommissar Maertens, wir warten immer noch auf eine Nachricht. Wie weit sind Sie bei der Suche nach Angela Geers gekommen? Gibt es neue Erkenntnisse?" Maertens räusperte sich. „Ich kann Ihnen nichts Neues berichten. Eigentlich darf ich überhaupt keine Auskunft geben. Nur den engen Verwandten." „Ich habe gerade mit der Oma von Angela gesprochen. Sie ist in großer Sorge. Sie hat seit Wochen kein Lebenszeichen von ihrer Enkelin. Sie müssen mir keine Auskunft geben. Aber bitte beruhigen Sie Wilma Geers. Und wenn Wilma Geers damit einverstanden ist, können Sie mich zurückrufen.“ Ruth hatte Maertens eindringlich an seine Pflicht erinnert. „Gut, ich werde mit Wilma Geers sprechen. Wenn Sie damit einverstanden ist, dass ich Ihnen Auskunft erteilen darf, werde ich mich melden.“

Ruth bedankte sich und beendete das Gespräch. „Maertens drückt sich davor, mir Auskunft zu geben. Er sagt, er müsse sich erst bei den Verwandten vergewissern, ob er mir was sagen darf. Das ist okay. Aber ich erwarte, dass er jetzt wenigstens mit Wilma spricht. Ich gehe davon aus, dass er Wilma auch nur wenig sagen wird. Aber sie wird ihn sicher bitten, sich an mich zu wenden“, erklärte Ruth Sarah. „Da bin ich gespannt, ob Maertens tatsächlich anruft. Ich glaube eher, dass er dich hinhalten will.“

Nach fünf Minuten rief Wilma erneut an. „Hast du gerade mit Maertens gesprochen? Er war äußerst höflich. Und er fragte, ob er dir Auskunft geben darf.“ Ruth lächelte. „Dann hat meine Bitte doch gewirkt. Gerade habe ich mit ihm gesprochen und ihn an seine Pflichten erinnert. Hat er dir etwas über neue Erkenntnisse gesagt?“ „Äußerst wenig. Er ist immer noch der Meinung, dass Angelas Verschwinden nichts mit dem Unfall zu tun hat. Aber er hat mir versprochen, sämtlichen Hinweisen nachzugehen.“

Ruth und Sarah waren verwundert, dass Maertens sich so schnell mit Wilma in Verbindung gesetzt hatte. „Anscheinend hat dein Anruf einiges bewirkt“, lobte Sarah ihre Freundin. „Ich hoffe nur, dass er Wilma nicht ausweicht und es ernst meint.“ Sarah zweifelte. „Ich kann nicht einschätzen, ob Maertens es ernst meint. Ich glaube eher, dass er sie ablenken will. Solange er ihr nicht sagt, was er bisher veranlasst hat, um zu klären, wo sich Angela aufhält, bin ich misstrauisch." Sarah nickte. „Ja, es ist deutlich mehr von ihm zu erwarten." Sarah wechselte das Thema. „Bevor wir uns den ganzen Tag damit beschäftigen, was Maertens vorhat, sollten wir etwas Erfreuliches machen." „Das Wetter ist nicht so einladend. Willst du einen Spaziergang machen?" „Nein, mir ist eher danach etwas zu musizieren. Wir könnten mal wieder einige Stücke üben." Noch bevor Ruth etwas sagen konnte, hatte Sarah ihre Blockflöte aus dem Regal genommen. Ohne auf Ruth zu warten, spielte sie die ersten Töne aus einer Flötensonate von Händel.

Ruth verstand Sarahs eindeutige Aufforderung. Sie setzte sich ans Klavier und versuchte, den richtigen Moment zur Begleitung zu finden. Sie wartete einige Takte ab. Dann begann sie mit der Begleitung. Sie setzte zu spät ein. Daher klang es nicht harmonisch. Sarah unterbrach das Spielen und lachte. „Wahrscheinlich ist es besser, wenn ich auf deine ersten Akkorde warte." Ruth nickte. Sie spielten einige Minuten bis zu einer schwierigen Stelle, die sie langsam üben mussten. Nach zehn Minuten wurden sie durch einen Anruf unterbrochen. Verärgert sah Sarah Ruth an. „Was ist denn heute los?" Ruth zuckte mit den Schultern. Auch sie wunderte sich über die vielen Anrufe. Wahrscheinlich hat Wilma noch etwas zu berichten, dachte sie.

Sie nahm den Anruf entgegen und hörte verwundert Ray Maertens Stimme. Mit seinem Anruf hatte sie nicht gerechnet. „Hallo Frau Pauls, nachdem ich die Erlaubnis bekommen habe, mit Ihnen zu sprechen, wollte ich noch einen Punkt ansprechen …" „Den Sie bereits mit Frau Geers besprochen haben." „Nein, darüber noch nicht. Ich bin vorsichtig und will auf Frau Geers Rücksicht nehmen. Vor allem will ich nicht etwas in die Welt setzen, bevor ich mir sicher bin.“ „Gut, das kann ich verstehen. Konnte denn irgendwas zu Angela Geers ermittelt werden?“ Maertens räusperte sich. „Es ist nur eine äußerst dürftige, kaum verwertbare Spur. In der Nähe des Unfallorts konnte ein Stofftaschentuch gefunden werden. Das Taschentuch wurde auf DNA Spuren untersucht. Wir haben Vergleichsspuren von Angela Geers.“

Ruth erschrak. Sie hatte nicht mit dieser Nachricht gerechnet. „Konnten Spuren von Angela gefunden werden?“ „Ja, danach sieht es aus. Aber wir brauchen noch Zeit, um es endgültig abzusichern.“ „Und welche Konsequenzen ziehen Sie daraus?“ „Ich gehe davon aus, dass sich Angela in der Nähe des Unfallortes aufgehalten hat. Es liegt die Vermutung nahe, dass sie den Unfall gesehen und den Unfallfahrer erkannt hat.“ „Das bedeutet, dass sie in Gefahr ist“, urteilte Ruth. „Nicht unbedingt, ich halte es auch für möglich, dass sie den Unfallfahrer deckt.“

„Nein, das glaube ich nicht. Die bei dem Unfall getötete Frau war eine Freundin von Angela. Warum sollte Angela den Unfallfahrer decken?“ Ruth hielt die Vermutung von Kommissar Maertens für abwegig. „Das war nur eine Vermutung, mehr nicht“, versuchte Maertens zu beruhigen. „Solange wir Angela Geers noch nicht gefunden und mit ihr gesprochen haben, müssen wir sämtliche Möglichkeiten in Betracht ziehen. Und dazu gehört eben auch die Möglichkeit, dass sie den Unfallfahrer decken will. Sie will, dass er unerkannt bleibt.“ „Das ist absurd. Das klingt gerade so, als würde Angela aus freien Stücken ein Verbrechen decken. Ich kenne Angela zwar nicht, aber so etwas ist für mich nicht vorstellbar.“ „Wenn sie wüssten …“

Ruth spürte, dass sich Maertens, aus welchen Gründen auch immer, auf einen bestimmten Geschehensablauf fixiert hatte.

Sie wollte und konnte ihm nicht widersprechen. Mit vordergründiger Höflichkeit bedankte sie sich bei Maertens und beendete das Gespräch.

„Das ist doch die Höhe“, empörte sie sich. Sarah, die Ruths Erregung nicht verstehen konnte, sah Ruth verwundert an. „Maertens hält es tatsächlich für möglich, dass Angela ein gemeinsames Spiel mit dem Geisterfahrer treibt. Er glaubt, dass Angela bewusst seine Beteiligung und seinen Namen verschweigen will. Kannst du das nachvollziehen?“ Entgeistert trat Sarah einige Schritte zurück. Sie hatte ebenso wenig Verständnis wie Ruth, warum Maertens diese Vermutung geäußert hatte. „Ich hoffe, er hat sich nicht auf diese Vermutung festgelegt.“ „Sie ganz so aus“, schrie Ruth verärgert.

Ruth raufte sich die Haare. „Jetzt weiß ich nicht mehr, was ich machen soll. Ich kann das doch nicht Wilma sagen. Es ist wie loszulaufen, ohne jemals anzukommen. Wenn ich Wilma den Verdacht mitteile, wird sie völlig panisch. Sie bezieht jetzt schon sämtlichen Ärger auf sich. Was schlägst du vor? Wie sollen wir damit umgehen?“ Sarah war ebenfalls sehr beunruhigt. „Wir dürfen Wilma auf keinen Fall sagen, welche Vermutung Maertens hat. Aber es kann auch nicht unser Geheimnis bleiben. Maertens hat dich zur Mitwisserin gemacht. Und ich frage mich, was er damit bezweckt. Welche Gründe hat Maertens, dir seine Vermutung anzuvertrauen? Die Tatsache, dass er das Taschentuch gefunden hat und es dir gesagt hat, ist okay. Aber warum äußert er den Verdacht gegenüber Angela. Das ist nicht seine Art und hat sicher seinen Grund.“

Ruth nickte. Sie begriff, was Sarah meinte. „Ja, das stimmt. Maertens ist berechnend und setzt nicht ohne weiteres einen solchen Verdacht in die Welt. Wahrscheinlich erwartet er entweder, dass ich die Finger von der Sache lasse, oder …“

„Oder was?“ „Er erwartet, dass ich auf eigene Faust ermittle, ob Angela tatsächlich den Geisterfahrer decken will.“ Sarah lachte verächtlich. „Du meinst, Maertens will, dass du ihm Arbeit abnimmst? So weit würde ich nicht gehen. Aber, wenn man ihm etwas Böses unterstellen will, wäre es auch nicht abwegig. Dir ist es mal wieder gelungen, absichtlich oder unabsichtlich deine Nase in fremde Angelegenheiten zu stecken. Jetzt musst du sehen, wie du wieder rauskommst.“

Ruth lachte ebenfalls. Sarahs bissige Bemerkungen war sie gewohnt. Sarah hatte ihr von Anfang an geraten, sich nicht einzumischen. Aber Sarah kannte ihre Freundin gut genug, um zu wissen, dass ihr das nicht gelingen würde. „Ich kann immer noch sagen, dass ich mit der ganzen Sache nichts zu tun habe. Dass es mich nichts angeht.“ Sarah schüttelte den Kopf. „Das glaube ich dir nicht. Du machst dir was vor. Wenn du heute oder morgen Wilma anrufst und ihr sagst, dass dich das nichts angeht. Dann glaube ich dir. Aber dazu bist du nicht in der Lage. Schon allein deshalb, weil du selbst wissen willst, was passiert ist. Und vorher gibst du keine Ruhe.“ Ruth wollte widersprechen, spürte aber, dass es zwecklos war. Dafür kannte Sarah sie zu gut.

5

Am nächsten Tag spazierten Ruth und Sarah lange am Strand in Richtung Bredene. Sie hatten alle Einkäufe erledigt, und die Sonne zeigte sich von ihrer besten Seite. Sie hatten sich vorgenommen, nicht mehr über Wilma und den Unfall zu sprechen. Zu ungewiss war ihnen, was hinter der ganzen Sache steckte. Anfangs hatten sie die Bemerkung des Kommissars in Zweifel gezogen. Später hatten sie geglaubt, dass Ray Maertens selbst nicht begründen konnte, wie er zu dieser

Vermutung kam. Und schließlich kamen sie zu dem Ergebnis, dass die Bemerkung keine besondere Bedeutung hatte. Wahrscheinlich wollte Maertens Ruth davon abhalten, eigene Ermittlungen zu unternehmen.

Ruth hatte überlegt, Ray anzurufen und ihn zur Rede zu stellen. Aber sie war sich nicht sicher, ob das der richtige Weg war. Sie fühlte sich so wie ihre Freundin in eine Sache reingezogen, der sie nicht gewachsen war. Zu viele ungeklärte Dinge. Trotzdem hatte sie sich vorgenommen, mit einem gewissen Abstand, etwas über Angelas Vergangenheit zu erfahren.

Auf dem Weg begegneten ihnen einige bekannte Personen, die ebenfalls den warmen Frühlingstag genossen. Einige mutige Frauen streckten vorsichtig ihre Füße ins Wasser, einige Kinder hüpften in den Wellen unter strenger Aufsicht ihrer Eltern. Auch Ruth und Sarah wagten sich vorsichtig einige Schritte in das Wasser. Nach einigen Versuchen hatten sie sich an das kalte Wasser gewöhnt. Erfreut und guter Laune spritzen sie sich gegenseitig nass. Ausgelassen gingen sie in eine Strandbar und bestellten Kaffee und Erdbeereis. Sie beobachteten das lustige und gesellige Treiben am Strand. Eltern, die es nach geduldigen Versuchen geschafft hatten, ihre zwei frierenden Kinder aus dem Wasser zu holen, setzten sich an einen Nachbartisch.

Die Mutter der Kinder sah Ruth und Sarah freundlich an. „Irgendwo habe ich Sie schon mal gesehen. Wohnen Sie in der Nähe?“ Ruth und Sarah nickten. „Ja, wir wohnen in Ostende und haben das gute Wetter für einen ausführlichen Strandspaziergang genutzt.“ „Wir wohnen in Blankenberge“, erwiderte das ältere der beiden Mädchen, „und ich heiße Gloria.“ Ruth und Sarah lachten und stellten sich ebenfalls vor. Die Mutter und auch der Vater überlegten immer noch, wo sie Ruth und Sarah begegnet waren. Die Mutter forderte freundlich und vorsichtig ihre ältere Tochter auf, sich etwas zurückzuhalten.

„Kann es sein, dass ihr bei dem Möwenchor mitmacht?", fragte Gloria forsch. „Ja, das stimmt", lachte Ruth. „Aber wir gehören nicht zu den Sängerinnen. Wir sind für die Begleitung zuständig. Sarah spielt Klavier und ich spiele Flöte." Anna, die Mutter der Kinder, lachte. „Bestimmt haben wir Sie dort gesehen. Obwohl ich mich nicht erinnern kann. Für die Erinnerung ist unsere Gloria zuständig. Sie hat ein fabelhaftes Gedächtnis. Man kann ihr nichts vormachen." Gloria freute sich über das Lob.

„Ich würde auch gern in eurem Chor singen", sagte Gloria. „Da musst du noch warten bis du älter bist", erwiderte Anna. „Und außerdem singst du doch schon im Kinderchor der Kirche." „Da ist es langweilig. Immer dasselbe. Außerdem gibt es nur an Weihnachten eine Aufführung." „Das liegt daran, dass es häufig Wechsel gibt. Und die Leiterin war lange krank. Sie muss eben auf alle Kinder Rücksicht nehmen." „Trotzdem ist es langweilig." Ruth und Sarah hatten sich zurückgehalten.

„Ich mache dir einen Vorschlag", erklärte Ruth. „Wir haben regelmäßige Proben in der kleinen Kirche in Westende. Wenn du Zeit und Lust hast, kannst du mal zu einer Probe kommen. Und wir sprechen mit unserer Chorleiterin, ob es ein Stück gibt, bei dem du uns begleiten kannst." „Oh, ja. Das wäre fantastisch." Sarah nickte und signalisierte den Eltern, dass es ihnen nichts ausmachen würde, wenn Gloria sich eine Probe anhören würde. Sie sagte ihnen, wann die Proben stattfänden. Anne bedankte sich. „So ist unsere Gloria. Sie ist ungeduldig und kann´s nicht abwarten." Ruth lachte. „Ich bin mir sicher, bei den älteren Frauen wird es ihr auch schnell langweilig. Aber wir freuen uns immer über junge Gäste.“ Die Eltern bestellten für ihre Kinder Erdbeereis mit Sahne und für sich Kaffee und Kuchen. Ruth und Sarah nahmen sich ein Beispiel und bestellten ebenfalls noch ein Erdbeereis mit Sahne.

Nach einer halben Stunde brachen Ruth und Sarah auf und verabschiedeten sich von der Familie. Gloria wollte noch etwas vorsingen. Ehe sie um Erlaubnis ihrer Eltern gebeten hatte, sang sie die Melodie eines Liedes, welches sie im Chor gelernt hatte. Ruth und Sarah staunten über die klare Stimme, die sauber und sicher jeden Ton traf. „Das hört sich sehr gut an“, lobte Sarah, „ du hast Talent und das sollte unbedingt gefördert werden.“ Gloria strahlte, und auch die Eltern waren geschmeichelt von dem Lob. „Das wurde uns auch von ihrer Chorleiterin bestätigt“, erwiderte Anna.

Sarah bezahlte den Kaffee und das Eis für sich und Ruth. Dann setzten sie ihren Spaziergang fort. „Du siehst, wir können auch mal unbeschwert über andere erfreuliche Dinge sprechen“, freute sich Sarah. Ruth nickte. „Ja, wir sind offen und können Freude teilen. Vielleicht nicht so einfach wie es die kleine Gloria kann. Aber auf unsere Weise sicher auch.“ Sarah sang den Anfang der Melodie, die sie gerade gehört hatte. Ein bekanntes Kinderlied. Sie liefen noch eine halbe Stunde am Strand und gingen dann zur Hauptstraße in Bredene, um mit der Küstenbahn zurück nach Ostende zu fahren. Sie nutzten die Einkaufsmöglichkeit auf der Hauptstraße und gingen in einen Supermarkt. Dort kauften sie einen Bordeaux, den sie am Abend zu Hause trinken wollten. Sarah entdeckte noch frische Muscheln, die im Angebot waren.

„Hoffentlich stinkt der Rucksack nicht, wenn wir die Muscheln nach Hause bringen“, flachste Ruth, die sich über Sarahs Entscheidungsfreude wunderte. „Sonst bist du immer sehr eigen, was Gerüche angeht.“ Sarah lachte verlegen. „Na ja, ein schöner Tag macht mir Mut. Und es wird schon nicht so schlimm sein. In einer Stunde sind wir zu Hause.“ Wenig später fuhren sie mit der Küstenbahn nach Ostende zurück. Sarah packte die Muscheln aus und roch an dem Rucksack. „Hat kaum einen Geruch hinterlassen.“ Die Muscheln waren sehr frisch und öffneten sich im heißen Wasser nach wenigen Minuten. Ruth brachte ein frisches Baguette zum Tisch und öffnete den Rotwein.

„Es ist gut, dass wir den Tag unbeschwert genießen konnten. Und die frischen Muscheln und der Bordeaux sind ein guter Abschluss“, freute sich Sarah. Ruth lächelte. Sie dachte daran, wie selten es vorkam, dass Sarah spontan und unbelastet auf andere Menschen zuging. Meistens hielt sich Sarah zurück und es war die Aufgabe von Ruth, Kontakte zu knüpfen. „Ich freue mich, wie gut du dich mit Gloria unterhalten hast. Sonst bist du eher zurückhaltend.“ Sarah kicherte. „Ja, meistens bin ich verlegen und gehe Gesprächen eher aus dem Weg. Es muss an Gloria liegen, dass ich mich geöffnet habe. Gloria hat so eine lebhafte und herzerfrischende Art. Ich habe sie gleich in mein Herz geschlossen. Wahrscheinlich war ich als Kind ähnlich unbefangen. Aber die Erfahrungen des Lebens prägen.“ „Daran musst du nicht immer denken. Genieße den Moment.“ Ruth ergriff ihr Glas und prostete Sarah zu. „Wenn du willst, können wir nachher noch ein Chorstück üben.“

„Nein“, erwiderte Sarah, „heute bin ich wirklich zu müde. Sonst bin ich immer diejenige, die dich zum Üben auffordert. Ich glaube, du meinst das nicht so ganz ernst.“ Ruth grinste. Natürlich hatte Sarah Recht. Sie war eigentlich diejenige, die regelmäßig zum Üben aufforderte. Ruth hatte eher selten Lust und machte oft mit, um Sarah einen Gefallen zu tun.

„Na ja, wir müssen nicht unbedingt üben“, erklärte Ruth. Sie nahm die Stille zum Anlass, das Klassikprogramm des Radios einzuschalten. Sie hörten Flötensonaten von Vivaldi. Nach dem Essen half Ruth Sarah beim Abräumen und Saubermachen der Küche. Beide waren müde und jede ging in ihr Zimmer.

Ruth legte sich ins Bett und dachte noch einige Zeit an den ausgefüllten Tag. Selten hatte sie Sarah so ausgeglichen wie heute erlebt. Schon bevor sie die Familie getroffen hatten, war Sarah guter Laune und zeigte sich von einer freundlichen Seite. Es gab nichts, was sie belastete und worüber sie sich Sorgen machte. Vielleicht lag es daran, dass sie nicht über Dinge sprachen, die Sarah Sorge bereiteten. Sarah war auch daran interessiert, zu erfahren, was mit Angela passiert war. Aber sie hatte Angst, bei Nachforschungen auf ein Unheil zu stoßen. Sie witterte eine Gefahr, die sich wie eine Decke auf sie ausbreiten würde, wenn Ruth ihrem Drang nachgäbe, Verborgenes aufzudecken. Deshalb wollte Sarah vermeiden, weiter im Nebel zu stochern.

Ruth lachte bei diesem Gedanken. Sarah war äußerst ängstlich und ging jedem Konflikt aus dem Weg. Am liebsten hätte sie sich so eingeschränkt, dass sie nur die elementaren, lebensnotwendigen Dinge im Hintergrund hatte. Alles, was nach einer Gefahr roch, fürchtete sie. Das hing damit zusammen, dass sie immer noch unter dem Tod ihres Sohnes litt. Vor sieben Jahren war ihr Sohn unter mysteriösen Umständen gestorben. Ruth war damals zu ihr gezogen und hatte ihr bei der Aufklärung des Todes geholfen. Die Trauer und ihre Schwermut begleiteten Sarah seitdem. Trotzdem, oder vielleicht gerade deshalb, war Sarah froh, dass Ruth an ihrer Seite war. Ruth konnte sie an schlechten Tagen aufheitern und ihr das Gefühl geben, gebraucht zu werden. Außerdem schützte sie Sarah vor sich selbst. Vor einem Jahr wollte sich Sarah das Leben. Ruth konnte gerade noch erkennen, dass Sarah eine Überdosis an Tabletten genommen hatte. Im Krankenhaus machte Sarah ihrer Freundin Vorwürfe, dass sie sie nicht hatte sterben lassen. Ruth musste ihr damals versprechen, sie beim nächsten Mal sterben zu lassen. Sie durfte Sarahs Zimmer nachts nicht betreten.

Ruth lebte mit diesem inneren Konflikt. Sie hoffte, nicht in die Situation zu kommen, in der sie eine Entscheidung treffen musste. Müde und traurig wollte sie nicht mehr darüber nachdenken und sich ablenken. Sie versuchte zu schlafen. Aber sie war noch zu sehr aufgekratzt, um Ruhe zu finden. Lange drehte sie sich nach allen Seiten. Dann stand sie auf, griff nach einem Roman, der auf dem Nachttischschränkchen lag und trank noch einen Schluck Rotwein. Sie konnte sich nicht auf die Handlung konzentrieren. Nahm alles nur verschwommen war. Nach einer halben Stunde klappte sie das Buch zu und schlief wenig später ein.

6

Bila Lambers hatte Fred Roth einige Tage nicht gesehen. Kein Grund, sich Sorgen zu machen. Trotzdem wunderte sie sich, warum er nichts von sich hören ließ. Zuletzt waren sie zusammen nach Brüssel gefahren. Sie waren auf der Suche nach dem BMW gewesen, den ihr Vater kurz vor seinem Tod gemietet hatte. Bisher hatten sie nichts Neues von der Polizei in Brüssel erfahren. Bila fragte sich, ob die Beamten richtig suchten. Sie hatte im Internet gelesen, dass täglich etwa fünfzig Fahrzeuge als gestohlen gemeldet wurden. Und das gemietete Auto ihres verstorbenen Vaters gehörte wohl auch dazu, obwohl sich Bila noch nicht sicher war, dass es gestohlen worden war.

Es kann doch sein, dass Henrik den Wagen in einer entlegenen Straße an einem unscheinbaren Platz abgestellt hatte. Das würde ihm ähnlich sehen, dachte sie. Was hat er sich nur dabei gedacht, als er den BMW verlassen hat? Er muss sich doch irgendwas dabei gedacht haben. Entweder hat er sich die Adresse notiert, oder andere Punkte gemerkt. Die Suche der Polizei konnte unter Umständen ein halbes Jahr dauern. Ihr Nachbar, Ken Küber, hatte ihr berichtet, dass ein Bekannter über sechs Monate sein Auto gesucht hatte. Irgendwann bekam er einen Bescheid der Ordnungsbehörde, dass sein Auto abgeschleppt worden war. Er sollte über zweihundert Euro zahlen und sein Auto sofort von dem bewachten Parkplatz abholen. Bei Abholung müsste er vorweisen, dass die Rechnung beglichen worden war. Außerdem koste ein weiteres Parken täglich fünfzig Euro.

Bila lachte beim Nachdenken über diese Geschichte. War sicher nicht die ganze Wahrheit, was Küber erzählt hatte. Aber sie wollte es nicht nachprüfen. Küber hatte beim Erzählen geschmunzelt. Bila stöhnte und raufte sich die Haare. Da konnte ja etwas auf sie zukommen. Was sollte sie dem Autovermieter erklären? Tut mir leid, wir können den BMW nicht finden und nicht zurückgeben. Wie können wir die Sache regeln? Die Leute von der Vermietung würden lachen. Nicht unser Problem. Sie zahlen einfach weiter.

Nein, das war keine Lösung. Sie rechnete sich aus, was eine halbjährige Miete kostete. Und dann war noch nicht geklärt, in welchem Zustand der Wagen wäre. Grauenhaft. Daran war nicht zu denken. Nein, es musste eine bessere Lösung her. Sie überlegte, ob sie Fred anrufen sollte. Vielleicht hatte er eine Idee. Sie grübelte und verwarf den Gedanken. Fred war keine große Hilfe. Er war Arzt und hatte mit diesen Dingen nichts am Hut. Wenn er sich einen Leihwagen nahm, was gelegentlich vorkam, dachte er an eine präzise Abwicklung. Sie suchte nach dem Autoschlüssel, den sie in einer Schreibtischschublade aufbewahrt hatte. Da lag er unberührt, als warte er darauf, benutzt zu werden. Sie drehte ihn, in der Hoffnung, einen Vorschlag zu bekommen. Ein frommer Wunsch.

Bila kochte sich einen Kaffee. Sie brauchte Ablenkung. Bei einer Tasse Kaffee und einer Zigarette konnte sie überlegen, was zu tun war. Sie konnte bei der Polizei in Brüssel anrufen und Kommissar Geven fragen, ob es eine neue Spur gäbe. Besser, als untätig herumzusitzen und auf einen Einfall zu warten. Sie zögerte und wollte keine vorschnelle Entscheidung treffen. Warum hatte sie sich nicht selbst an der Suche beteiligt? Dieser Gedanke, der ihr plötzlich kam, war alles andere als abwegig. Aber es konnte doch niemand von ihr erwarten, dass sie sich selbst beteiligte. Brüssel war ihr fast so fremd wie jede andere Stadt. Zwei- oder dreimal im Jahr fuhr sie nach Brüssel, wenn es dort ein besonderes Ereignis gab, oder sie dringend etwas Spezielles einkaufen wollte.

Ansonsten blieb sie der Metropole fern. Der Lärm, der Gestank, die vielen Menschen, alles waren ihr zuwider. Und es kostete sie regelmäßig Überwindung, nach Brüssel zu fahren. Was hatte sich ihr Vater nur dabei gedacht, ohne besondere Vorbereitung einen Freund in Brüssel zu besuchen? Seit Jahren war er nicht mehr Auto gefahren, und dann gleich in die hektische Stadt. Sicher, er war in früheren Jahren ein guter und umsichtiger Fahrer gewesen, der sehr gewissenhaft und konzentriert auf den Verkehr achtete. Er kannte sich auch besser in Brüssel aus als sie, da er dort einige Jahre gearbeitet hatte. Trotzdem war sein Handeln überstürzt. Er hätte vorher kleine Fahrten machen sollen, um seine Fahreignung und Orientierung zu testen. Stattdessen suchte er sich gleich eine besondere Herausforderung aus, der er anscheinend nicht gewachsen war. Sonst hätte er sich die Straße gemerkt, in der er den BMW abgestellt hatte. Oder er hätte andere Vorkehrungen getroffen, um den Wagen wiederzufinden.

Bila lachte. Sie kannte ihren Vater und wusste, wie er sich verhielt, wenn er sich was in den Kopf gesetzt hatte. Wahrscheinlich hatte er selbst am stärksten darunter gelitten, dass er den Wagen nicht finden konnte. Wie ein Trottel musste er sich gefühlt haben, als er die Polizei gebeten hatte, ihm bei der Suche zu helfen. So wie sie ihn kannte, hatte es ihn viel Überwindung gekostet, bis er diesen Schritt gegangen war. Wahrscheinlich hatte ihn dieser Fehler auch sehr getroffen und ihm bewusst gemacht, wie viel an seiner Vitalität und Leistungsfähigkeit in den letzten Jahren verlorengegangen war. Ich will ihm keinen Vorwurf machen, sagte sie sich. Er hatte bis zuletzt an seine Fähigkeit geglaubt und keinen Grund gehabt, zu zweifeln. Trotzdem hat ihm dieses Erlebnis zugesetzt, und die Aufregung hat den Herzinfarkt beschleunigt.

Ihr Vater war stolz darauf, über vierzig Jahre unfallfrei gefahren zu sein. Er war stolz auf seine Fahrkünste und seine gute Orientierung. Wie oft hatte er gesagt, dass sein gutes Gedächtnis und die Fähigkeit, sich Orte einzuprägen, ihm in mancher verzweifelten Situation geholfen hätten, und ihm den Weg zu einer guten Anstellung geebnet hätten. Na ja, schließlich war es nur ein Fehler, der jedem passieren konnte, sagte sie sich. Dass er sich darüber aufgeregt hatte und er dann wegen seines schwachen Herzens gestorben war,

war das eigentlich Traurige. Bila goss ihre Blumen und dachte an schöne Erlebnisse mit ihrem Vater.

Sie erinnerte sich an eine Fahrt als kleines Kind nach Brüssel. Ihr Vater hatte damals einen gebrauchten Peugeot gekauft und die erste größere Tour ging nach Brüssel. Das war vor dreißig Jahren. Als wäre es gestern gewesen, erinnerte sie sich an den schönen Sommertag und die Wirkung, die die Stadt auf sie entfaltet hatte. Die breiten Straßen, großen Plätze und die großen Häuser. Obwohl sie nur vier Stunden in Brüssel gewesen waren, hatte dieser Ausflug einen bleibenden Eindruck bei ihr hinterlassen. Tagelang hatte sie ihren Freundinnen stolz davon erzählt und dabei betont, dass es ihr Ziel sei, später in Brüssel zu leben. Erst in der Jugend hatte dieser Wunsch zunehmend nachgelassen. Sie hatte nach späteren Aufenthalten in Brüssel gespürt, dass sie dort einsam sein würde und dem Trubel und dem ständigen Lärm nicht gewachsen wäre.

Während der Ausbildung als technische Zeichnerin hatte sie einige Seminare in Brüssel besucht, und sie war immer wieder froh, wenn sie nach Blankenberge oder wenigstens nach Ostende zurückgekehrt war. Selbst ein Ausflug nach Brügge bereitete ihr manchmal Stress, obwohl es viel ruhiger und überschaubarer war. So, wie es war, war es in Ordnung, befand sie. Sie wollte sich nicht darüber beklagen, wenig gesehen zu haben. Immerhin hatte sie sich bewusst entschieden und wusste, was sie wollte.

Am nächsten Tag bekam sie überraschend Besuch von Fred. Er brachte frisches Obst und Gemüse mit. Gemeinsam bereiteten sie Blumenkohl mit frisch geernteten Kartoffeln zu und tranken dazu einen Rotwein. „Warum hast du seit Tagen nichts von dir hören lassen?“, fragte Bila leicht vorwurfsvoll. „Hatte viel zu tun. Einige Kollegen waren krank, andere im Urlaub. Das liegt nicht an mir. Das musst du mir glauben."

Bila senkte den Kopf. Sollte sie ihm glauben, oder war es eine billige Ausrede. Einen Moment schwiegen sie. „Wenigstens bist du jetzt gekommen", wechselte sie vorsichtig das Thema. Es hatte keine besondere Bedeutung, ob er gestern oder heute unangekündigt gekommen war. Eher ärgerte sie sich darüber, dass sie sich auf seinen Besuch nicht vorbereiten konnte. Und es passte ihr auch nicht, mit dem Blumenkohl überrumpelt zu werden. Sie hatte vor, etwas anderes zu essen. Aber was sollte sie ihm sagen, ohne ihn zu kränken. Sie versuchte einzulenken und ehrlich zu bleiben, soweit ihr das möglich war.

„Es wäre besser gewesen, du hättest angerufen. Dann hätte ich mich auf dich und den Blumenkohl einrichten können. Jetzt habe ich das Gefühl, dass mir meine Entscheidung abgenommen wird. Frag mich besser, bevor du mich besuchst und mir etwas mitbringst, was sofort gegessen werden muss." Fred war beleidigt und stöhnte: „Tut mir leid, ich wollte dich überraschen. Dachte, du freust dich auf Blumenkohl." Bila nickte. „Sicher, du hast es gut gemeint. Aber … Ach, lassen wir das."

Bila hoffte, dass sie mit den letzten Worten die Situation entkrampfen konnte. Das war ihr teilweise gelungen. Fred setzte sein Essen fort und lächelte ihr zu. Dann prosteten sie sich zu. Der Wein, den Fred mitgebracht hatte, war ein guter Wein eines besonderen Jahrgangs. Wenigstens in dieser Hinsicht hatte Fred Bilas Geschmack in jeder Hinsicht getroffen. Bila lobte ihn für die gute Auswahl.

„Gibt es eine neue Entwicklung zu dem Mietwagen?", fragte Fred nach einigen Minuten. „Bisher noch nicht. Bevor du gekommen bist, habe ich überlegt Kommissar Geven anzurufen und mich zu erkundigen." „Soll ich es für dich übernehmen?" Bila überlegte. An sich hatte sie nichts dagegen. Andererseits fühlte sie sich von der Art, wie Freds Vorschlag kam, bevormundet. Traute er ihr nicht zu, dass sie die Sache, die ihn eigentlich nichts anging, selbst erledigen konnte. Sie versuchte sich zu erinnern, wann Fred ihrem Vater zum letzten Mal begegnet war. Auf Anhieb fiel es ihr nicht ein.

„Lass mal, ich komme selbst damit klar. Danke, dass du bei der Versicherung angerufen hast und mit mir nach Brüssel zur Polizei gefahren bist. Alles Weitere kann ich telefonisch selbst erledigen." Fred rümpfte die Nase, er schien damit nicht einverstanden zu sein. Traute ihm Bila nicht zu, dass er diese Angelegenheit besser erledigen konnte. Woher kamen ihre Vorurteile. „Natürlich kannst du das auch selbst erledigen", bestätigte er etwas gereizt mit unterdrücktem Ärger. „Ich dachte, es wäre dir recht, wenn es jemand regelt, der eine gewisse Erfahrung mit solchen Behörden hat." Bila spürte, dass Fred verstimmt war.

Aber sie war jetzt nicht in der Stimmung, darauf Rücksicht zu nehmen. „Ich traue dir zu, dass du es auch erledigen kannst. Aber es ist eine Angelegenheit, die mich betrifft. Ich habe das Gefühl, dass du mir nicht zutraust, es selbst zu erledigen." „Ich wollte dir nur helfen." „Schon gut." „Hast du den Schlüssel, falls der Wagen gefunden wird?", fragte Fred. Bila deutete auf eine Schublade in ihrem Schreibtisch. „Dort liegt er sicher." Fred überlegte, ob er nachprüfen sollte. Ein strenger Blick von Bila verbot ihm das. Es war eine bedrückende Atmosphäre. Beide schwiegen und sahen sich verlegen an.

Erst als Bila den Tisch abräumte, entspannte es sich etwas. Fred stand auf und half ihr. Als er seinen Arm auf ihre Schulter legte, drehte sich Bila weg. „Was ist mit dir los?“, fragte Fred verunsichert. Er spürte, dass Bila gereizt war. Lag es an ihm, oder machte ihr die Sache mit dem Mietauto zu schaffen? Sämtliche Angelegenheiten ihres Vaters hatte sie erledigt, und auch seine Beerdigung war in einem kleinen Kreis würdevoll gestaltet worden. Fred konnte sich nicht vorstellen, dass etwas anderes Bila sorgte.

„Ist es die Sache mit dem Auto, die dir zusetzt?“, fragte er verbissen. „Ja, das kannst du dir doch denken“, fuhr sie ihn an. „Ich gehe davon aus, dass die Polizei in Brüssel keine neuen Erkenntnisse hat. Und solange muss ich weiter die Miete zahlen. Die Ungewissheit ist schrecklich.“ Fred nickte. „Wenigstens kannst du dich bei Geven erkundigen. Vielleicht hat er eine Idee, wie du gegenüber der Versicherung vorgehen kannst. Schließlich hat er dir bestätigt, dass der BMW nicht auffindbar ist. Mehr können sie nicht verlangen.“ Bila sah ihn verächtlich an. „Das führt alles nicht weiter. Ich drehe mich im Kreis.“

Fred spürte, dass sich ihre Laune nicht bessern würde. Er konnte seinen Ärger nicht verbergen. „Dann werde ich jetzt gehen.“ Bila nickte und antwortete nicht. Sie drehte sich um und ging ins Bad, um sich die Hände zu waschen. Fred wartete unschlüssig, bis sie aus dem Bad zurückkehrte. Er erwartete, dass sie ihn bitten würde, zu bleiben. Das geschah nicht. Eher hatte er das Gefühl, es war ihr angenehm, dass er die Entscheidung getroffen hatte. Stumm und ohne sie anzusehen ging er zur Tür und verließ die Wohnung.

Fünf Tage später, am 2. Mai, erhielt Bila Lambers einen Anruf von Kommissar Geven. „Der BMW, den ihr verstorbener Vater gemietet hat, ist gefunden worden. Er war in einen Unfall verwickelt, bei dem eine junge Frau getötet wurde. Der Fahrer hatte eine falsche Spur benutzt und ist mit einem entgegenkommenden Fahrzeug zusammengestoßen. Ein Geisterfahrer. Beide Fahrzeuge haben einen Totalschaden.“ Bila konnte es nicht fassen. „Ich verstehe nicht. Mit dem BMW wurde ein Unfall verursacht?“ „Ja“, bestätigte Geven. Er war darauf gefasst, dass seine Mitteilung Bila erregen würde. „Aber, wie kann es sein …“ „Der BMW wurde gestohlen. Und der Dieb hat einen Unfall verursacht“, erklärte Kommissar Geven und versuchte zu beruhigen. Er stellte es so dar, als wäre es alltäglich, dass ein Auto gestohlen wurde und dann damit ein Unfall verursacht wurde. Oft unter Alkoholeinfluss.

Bei Bila dauerte es etwas, bis sie die Information verarbeitet hatte. „Sie meinen also, dass der der Dieb mit dem Auto einen Unfall verursacht hat?“ „Ja, das ist eine logische Erklärung. Fragen Sie mich jetzt bitte nicht, ob ich weiß, was er vorhatte. Wir wissen nicht, wer der Fahrer war. Er ist nach dem Unfall geflüchtet. Und das Kommissariat in Ostende ermittelt wegen Fahrerflucht.“ „Warum in Ostende?“ „Weil der Unfall auf der Autobahn in der Nähe von Ostende war.“ Langsam begriff Bila. „Mit dem Wagen, den mein Vater gemietet hatte, ist also ein Unfall geschehen, bei dem eine junge Frau getötet wurde.“ „Ja, das ist es, was ich sagen wollte“, bestätigte Geven.

Geven spürte, dass er besondere Rücksicht auf Bila nehmen musste. Erst vor wenigen Tagen hatte sie erfahren, dass ihr Vater gestorben war, dann die Nachricht, dass das von ihm gemietete Auto nicht gefunden werden konnte. Und schließlich der Diebstahl und der Unfall. „Ich weiß, das ist alles sehr viel und muss verarbeitet werden.“ Er wollte Bila schonen und auf ihre Gefühle Rücksicht nehmen.

Bila stöhnte. „Was soll ich machen? Was raten Sie mir?“ Geven beruhigte. „Von Ihnen wird nichts erwartet. Sie sind ja nicht gefahren. Ich ruf‘ eigentlich auch nur an, damit Sie den Autovermieter benachrichtigen können. Das ist doch in Ihrem Interesse, oder?“ Bila begriff. „Vielen Dank, jetzt verstehe ich. Und Sie sind sicher, dass es der BMW war, den mein Vater gemietet hatte?“ „Absolut. Das Nummernschild ist identisch, und ich habe bereits mit dem Vermieter gesprochen. Trotzdem ist es Ihre Sache, alles mit dem Vertrag zu regeln.“ „Was wird da auf mich zukommen?“ „Weiß ich nicht. Letztlich macht es keinen großen Unterschied, ob Ihr Vater oder ein Dritter einen Unfall hatte. Der Wagen war versichert. Ob es Gründe gibt, dass die Versicherung nach dem Unfall die Zahlung an den Vermieter verweigert … Das müssen Sie mit dem Vermieter klären.“

Bila spürte, dass Geven das Gespräch beenden wollte. Schließlich hatte er alles gesagt. Bila bedankte sich für die Auskunft. „Soll ich mich mit der Polizei in Ostende in Verbindung setzen?“ „Ja, das wäre gut, obwohl ich nicht weiß, wie Sie denen helfen könnten. Sie haben den BMW nie gesehen. Welche Auskunft könnten Sie geben?“ Bila lächelte. „Das stimmt. Ich habe mit dem Wagen nichts zu tun. Durch Zufall habe ich erfahren, dass mein Vater kurz vor seinem Tod den BMW gemietet hat.“ Sie beendeten das Gespräch.

7

Der Anruf verstärkte Bilas Ratlosigkeit. Sie wusste nun, was mit dem Auto passiert war. Aber die Umstände, unter denen es gefunden worden war, waren alles andere als erfreulich.

Ein Geisterfahrer hatte mit dem Auto eine junge Frau getötet und war danach verschwunden, sprach sie vor sich hin. Wahrscheinlich war er betrunken. Bila haderte mit ihrem Schicksal. Jahrelang hatte sie nur wenig Kontakt zu ihrem Vater. Alles war geregelt und es gab nichts, was zu Problemen führte. Dann mietet Henrik ein Auto, um sich selbst eine Freude zu machen. Er fährt nach Brüssel, um einen Freund zu treffen. Und dann nimmt das Schicksal seinen Lauf. Was soll denn noch alles passieren?

Traurig und verbittert zündete sie eine Zigarette an und trank einen Schluck Rotwein zur Beruhigung. Sie konnte ihrem Vater nichts vorwerfen. Er hatte sich zu seinem Geburtstag eine Freude gemacht und sich einen Wunsch erfüllt. Gegen seine Qualitäten als Autofahrer war nichts einzuwenden, und auch sein Gedächtnis war in Ordnung. Die Tatsache, dass er sich den Ort nicht gemerkt hatte, wo der Wagen abgestellt worden war, war nicht von Bedeutung. Das war eine Nachlässigkeit, die jedem passieren konnte. Wahrscheinlich war die Freude auf ein Wiedersehen mit seinem Freund so groß, dass er es eilig hatte und nicht sämtliche Vorkehrungen getroffen hatte, die man sonst trifft. Sie überlegte, ob sie den Freund kannte, den ihr Vater besucht hatte. Vielleicht hatte ihr Vater ihm anvertraut, wo er den BMW abgestellt hatte.

Aber dann hätte der Freund ihm sicher auch geholfen, den Wagen zu finden. Bila konnte sich nicht vorstellen, dass ihr Vater nicht selbst auf den Gedanken gekommen war, seinen Freund um Hilfe zu bitten. Einige Minuten kreisten ihre Gedanken um diese Frage. Es war auch davon auszugehen, dass der Wagen in der Nähe der Wohnung des Freundes abgestellt worden war. So, wie sie ihren Vater kannte, wollte er nicht lange laufen in einer Stadt, die ihm fremd geworden war. Ein Parkhaus? Nein, ihr Vater mied Parkhäuser. Er war geizig und nicht bereit, dafür Geld auszugeben. Er hatte sie so erzogen, dass die schnellste Lösung nicht immer die beste war. Und er selbst hatte sein Handeln danach bestimmt. Sie konnte sich nicht vorstellen, dass sich seine Einstellung zu Parkhäusern in den letzten Jahren geändert hatte. Und wenn er doch aus Bequemlichkeit sein Auto dort abgestellt hatte, hätte er es seinem Freund gesagt. Das war naheliegend. Oder er hatte es für sich behalten, um sich nicht die Blöße zu geben.

Bila war so vertieft in diese Gedanken, dass sie nicht merkte, wie unwichtig es war, eine Lösung zu finden. Es hatte keine Bedeutung, zu klären, wo er das Auto abgestellt hatte. Es war gestohlen worden und bei einem Unfall zerstört worden. Das eigentliche Drama bestand darin, dass eine junge Frau getötet worden war. Sollte sie den Verwandten ihr Beileid aussprechen? Schließlich hatte der Verursacher des Unfalls das von ihrem Vater gemietet Auto benutzt. Bila zögerte. Der Gedanke war moralisch gut und angemessen. Trotzdem hatte sie mit der Sache nichts zu tun. Sie hatte erst nach dem Tod ihres Vaters davon erfahren und deshalb auch keine Möglichkeit, Einfluss zu nehmen.

Bila rief bei der Autovermietung an. Sie ging davon aus, dass einer endgültigen Klärung nichts mehr im Wege stand. Ein Mitarbeiter meldete sich und Bila erkundigte sich. „Ja, wir wurden bereits darüber informiert, dass der BMW einen Totalschaden hatte. Daher werden keine weiteren Mietgebühren berechnet. Allerdings ist noch zu klären, ob ihr Vater beim Parken des Wagens seinen Verpflichtungen nachgekommen ist. Es geht darum, ob er den Wagen auf einer öffentlichen Straße oder in einem Parkhaus ausreichend gegen einen Diebstahl gesichert hat“, gab der Mitarbeiter zur Auskunft. „Wie wollen Sie das jetzt noch feststellen?“, fragte

Bila verblüfft. „Da wird es schon Wege geben", erwiderte der Mitarbeiter knapp. Da ihm nicht anderes einfiel, fügte er hinzu: „Es ist auch möglich, dass ihr Vater einem Dritten das Fahrzeug übergeben hat." „Das ist doch Blödsinn. Dann würde er es doch nicht von der Polizei suchen lassen", widersprach Bila verärgert. „Wir werden es klären", beharrte der Mitarbeiter und beendete das Gespräch.

Bila war aufgeregt und nervös. Der Anruf hatte ihre Stimmung verschlechtert. Was dachte sich der Mitarbeiter? Warum sollte ihr Vater das Auto einem anderen überlassen und dann danach suchen. In ihrer Wut trat sie gegen ein Tischbein und rieb sich anschließend den verletzten Fuß. Sie musste zur Ruhe kommen. Alles prasselte auf sie ein wie eine Lawine, die unaufhaltsam ins Tal donnerte. Sie trank noch einen großen Schluck Rotwein und rauchte entgegen ihrer Gewohnheit eine weitere Zigarette. Mit wem konnte sie darüber reden?

Fred war keine große Hilfe, und nach dem Streit, den sie vor einigen Tagen mit ihm hatte, lag ihr auch nicht an einem Gespräch mit ihm. Sie überlegte, ob sie mit ihrem Nachbarn, Ken Klüber, darüber sprechen sollte. Er hatte ihr von dem Bekannten erzählt, der ein halbes Jahr sein Auto gesucht hatte und dann einen Bescheid über die Abschleppkosten erhalten hatte. Diese Geschichte hatte wenigstens einen guten Ausgang. Das konnte man von dem BMW ihres Vaters nicht sagen.

Bila rief ihre Freundin und Kollegin, Claire Vogel, an. Wenn es jemanden gab, der geduldig zuhören und sich auf Stimmungen einstellen konnte, war es Claire. Claire meldete sich nach wenigen Sekunden. „Hallo Claire, störe ich?" „Nein, ich wollte dich auch seit einigen Tagen anrufen. Wie geht's dir. Wann kommst du wieder zur Arbeit? Konntest du das mit dem Mietwagen deines Vaters klären?“ „Deshalb ruf ich an. Es ist was Furchtbares passiert.“ Claire spürte, dass Bila sehr aufgeregt und kurzatmig war. Bila hustete, weil sie sich verschluckt hatte. „Was ist denn los?“, fragte Claire mit beruhigender Stimme. „Mit dem gemieteten Auto wurde in der Nähe von Ostende ein Unfall verursacht. Dabei wurde eine junge Frau getötet. Sie haben keine Ahnung, wer das Auto gefahren hat.“ „Oh, das ist furchtbar. Wann hast du es erfahren?“ „Vor wenigen Minuten hat mich der zuständige Kommissar aus Brüssel angerufen.“

„Was willst du machen?“ „Das weiß ich nicht. Irgendwie ist das alles so unfassbar traurig. Erst der überraschende Tod von Henrik, dann die Geschichte mit seinem Auto … Und jetzt … Ich weiß nicht, was noch alles passieren wird. Ich habe Angst.“ „Soll ich vorbeikommen? Dann können wir in Ruhe darüber reden. Uns wird sicher etwas einfallen.“ „Ja, das wäre gut.“ „Okay, bis gleich.“ Claire wohnte ebenfalls in Brügge, nur einige Straßen entfernt von Bila. Bila war erleichtert. Wenigstens hatte sie ihre Freundin erreicht und jetzt die Gelegenheit, ihre Gefühle mitzuteilen. Sie fühlte sich nicht mehr so allein. In Gedanken an den Besuch räumte sie die Küche auf und bereitete einen Salat mit frischen Kräutern. Dann schnitt sie einige Scheiben Baguette.

Nach zehn Minuten klingelte Claire. Sie lächelte und umarmte Bila, als ihr die Tür geöffnet worden war. Dann zog sie ihre Schuhe in der Wohnung aus. „Manchmal kommt es dicke. Aber keine Sorgen, die Wolken verziehen sich schnell.“ Sie setzten sich an den gedeckten Tisch und tranken vor dem Essen Rotwein. „Wenn es nicht so dramatisch wäre, würde ich lachen“, erklärte Bila. „Das ist eine Verkettung von Unglück, die es selten gibt.“ „Trotzdem ist es nicht so unwahrscheinlich. Dass ein betrunkener Fahrer, der gerade ein Auto geklaut hat, bei einer Spritztour einen Unfall baut, kommt öfter vor, als wir denken." „Ich kenn` mich damit nicht aus", lachte Bila verlegen. „Jedenfalls hast du dir nichts vorzuwerfen. Und dein Vater auch nicht. Das hätte auch mir passieren können. Mehr als einmal habe ich mein Auto stundenlang gesucht. In einer Stadt wie Brüssel gibt es so viele unübersichtliche Stellen. Aber es spielt ja auch keine Rolle."

Die beiden Frauen sahen sich verständnisvoll an. Sie arbeiteten seit vier Jahren gemeinsam in einer Bücherei in Brügge. Bila war für den Katalog der Bücherei und die Pflege der Bücher zuständig. Claire hatte nach ihrem Literaturstudium in der Bücherei angefangen und war für die Auswahl der Bücher und für die Beratung zuständig. Beiden war das Interesse am Lesen und am Austausch über das Gelesene besonders wichtig, und so konnten sie ihr Hobby zum Beruf machen. Sie ergänzten sich und waren bei den Besuchern der Bücherei sehr beliebt. Beiden war aber auch anzumerken, dass sie in sich gewandt und in bestimmten Dingen lebensfremd waren. Sie gingen selten zu Veranstaltungen, die in der Nähe stattfanden. Auf Konzerten und Sportveranstaltungen waren sie kaum zu sehen und hatten dafür kein Interesse. Auch scheuten sie davor zurück, längere Urlaubsreisen zu unternehmen. Schon ein Wochenende in Gent oder Antwerpen war eine Herausforderung. Claire wurde durch ihre Beziehung mit Fred eher dazu herausgefordert in Restaurants zu gehen. Claire war Single.

„Hat der Streit mit Fred auch etwas mit dem Unfall zu tun?", fragte Claire vorsichtig. „Nein, wir haben uns gestritten, weil er wieder alles selbst in die Hand nehmen wollte, ohne auf mich Rücksicht zu nehmen. Du kennst seine Art." Claire nickte. Sie kannte Fred als einen bestimmenden und von sich selbst überzeugten Menschen, dem es schwerfiel, einen Rat anzunehmen. Sie erinnerte sich an eine heftige Auseinandersetzung, bei der es um eine Bagatelle ging. Sie stritten darüber, ob der Genuss von Butter oder der Margarine gesünder wäre. Fred behauptete, Butter wäre für ein gesundes Leben unverzichtbar. Daher könne er die Veganer nicht verstehen. Claire hatte ihm widersprochen. Sie wollte nicht gelten lassen, dass man nicht auf Butter verzichten könne. Ein heftiger Wortwechsel, bei dem niemand nachgeben wollte. Nach einigen Minuten spürte Claire, dass es Fred weniger darum ging, sie zu überzeugen. Er missbilligte ihren Widerspruch und sah es als Anmaßung an, dass man ihm als Arzt nicht glaubte.

Claire wollte damals nicht nachgeben. Zu oft hatte sie nachgegeben und sich danach geärgert. Sie blieb bei ihrem Standpunkt, was dazu führte, dass Fred demonstrativ den Raum verließ und sie beim Abschied keines Blickes würdigte. Claire hatte damals das Gefühl, dass unter dieser Auseinandersetzung auch ihr Verhältnis zu Bila gelitten hatte. Das wurde später auch von Bila zögerlich eingeräumt. Was soll ich machen, so ist er eben, gab sie irgendwann kleinlaut zu.

„Du musst endlich lernen, dich von ihm abzugrenzen", schimpfte Claire nach einer Pause. Bila sah sie an und nickte. „Ich bin dabei. Aber es fällt mir schwer. Er kann auch charmant und liebenswert sein." „Damit täuscht er dich. Das ist nur vorgeschoben. Du lässt sich von seiner Art immer wieder einwickeln. Das ist alles berechnend und hat mit echten Gefühlen nichts zu tun." Bila nickte zögerlich. Sie wollte nicht zustimmen, aber auch nicht widersprechen. Sie kannte Claires Art und misstraute ihr. Claire suchte für alles immer sofort eine eindeutige Erklärung. Entweder schwarz oder weiß. Dazwischen konnte es nichts geben. Gefühle mussten eindeutig und unzweifelhaft sein.

„Lass uns über etwas anderes reden“, bat Bila. Sie ärgerte sich, überhaupt den Streit mit Fred angesprochen zu haben. Es passierte nicht zum ersten Mal, dass sie sich Claire, ihrer besten Freundin, anvertraute und dann in die Enge getrieben wurde. Meistens versuchte sie dann ihren Freund zu verteidigen und ihn zu rechtfertigen. Dafür hatte Claire kein Verständnis. Auch jetzt schüttelte Claire den Kopf. „Dir ist nicht zu helfen.“ Claire nahm ihr Handy und suchte eine Nachricht zu dem Unfall, von dem Bila berichtet hatte.

„Wann war der Unfall?“ „Am 30. April, glaube ich. Auf der Autobahn in Richtung Ostende.“ „Hier steht, dass eine junge Frau durch einen Geisterfahrer getötet wurde. Der Fahrer sei geflüchtet. Es habe keine Zeugen gebeten. Eine Frau habe behauptet, dass ihre Tochter in dem Unfallwagen neben der später getöteten Fahrerin gesessen habe. Ihre Tochter sei seit diesem Unfallereignis verschwunden. Die Polizei konnte den Verdacht, dass eine weitere Frau in dem Unfallfahrzeug gesessen habe, bisher nicht bestätigen.“

Claire gab Bila ihr Handy, damit sie den Artikel selbst lesen konnte. Bila wurde bleich. „Das kann doch nicht sein.“ „Doch. Und ich bin davon überzeugt, dass noch mehr dahintersteckt.“ Bila antwortete nicht. Es dauerte drei Minuten, bis Bila etwas sagte. „Ich hatte gehofft, du könntest mich etwas aufmuntern. Stattdessen hackst du auf Fred herum und malst alles noch schwärzer, als es schon ist.“ „Ja, tut mir leid, hätte etwas mehr Rücksicht nehmen müssen.“

8

Ruth hatte einige Tage ungeduldig gewartet. Sie wollte Kommissar Maertens fragen, ob neue Spuren gefunden werden konnten. Nachdem ihr Maertens beim letzten Gespräch mitgeteilt hatte, dass ein in der Nähe des Unfallortes gefundenes Stofftaschentuch untersucht werde, war Ruth beunruhigt. Es bestand, wie auch Maertens einräumte, die Wahrscheinlichkeit, dass bei einer Auswertung Spuren von Angela Geers gefunden werden konnten. Ruth versprach sich von einer Analyse die Gewissheit, dass sich Angela in der Nähe des Unfallortes aufgehalten hatte. Ein Anzeichen dafür, dass sie in dem verunglückten Auto neben ihrer getöteten Freundin gesessen hatte.

Sarah spürte Ruths Unruhe. „Du hast jetzt drei Tage gewartet. Wenn du es nicht mehr abwarten kannst, ruf′ Ray Maertens an. Er wird wahrscheinlich nicht erfreut über deinen Anruf sein. Aber vielleicht lässt er etwas durchblicken.“ Das war ein Zeichen für Ruth. „Wir hatten ja vereinbart, dass ich mich etwas zurückhalte in dieser Sache.“ Sarah lachte. „Ja, schon, aber ich kenne dich. Und ich weiß, dass es dir keine Ruhe lässt. Solange du aufpasst und dich nicht wieder in Gefahr bringst, habe ich nichts dagegen.“

Ruth wählte die Nummer des Kommissariats in Ostende. Zu ihrer Verwunderung meldete sich Maertens nach wenigen Sekunden. „Hallo Kommissar Maertens, hier spricht Ruth Pauls. Ich will nicht stören. Sie hatten beim letzten Gespräch angedeutet, dass ein am Unfallort gefundenes Taschentuch auf Spuren untersucht werden würde. Gibt es Ergebnisse?“ „Ja, aber keine, die ich Ihnen oder der Öffentlichkeit mitteilen kann.“ „Warum nicht?“ „Es würde die Ermittlungen gefährden.“ „Versteh′ ich nicht. Warum haben Sie dann erwähnt, dass in der Nähe des Unfallortes ein Taschentuch gefunden wurde. Wir kamen doch zu dem Ergebnis, dass die Wahrscheinlichkeit bestünde, dass das Taschentuch Angela Geers gehörte.“ „Daran kann ich mich nicht erinnern“, entgegnete Maertens knapp.

Es war zu spüren, dass er keine Auskunft geben wollte. Ruth war verunsichert. „Dann versteh´ ich nicht, warum Sie diese Andeutung gemacht haben.“ „Das hatte keinen tieferen Sinn. Auf keinen Fall wollte ich damit Erwartungen wecken. Wenn das geschehen ist, war es nicht beabsichtigt.“ „Dann verstehe ich nicht, warum Sie nicht einen knappen Hinweis zur Auswertung geben können. Sie brauchen doch nur zu sagen, ob Spuren von Angela Geers gefunden wurden. Ja oder nein, mehr erwarte ich nicht.“ Ruth wollte nicht lockerlassen, und sie hatte die Hoffnung, dass Maertens etwas verraten würde. Allein aus dem Grund, um das Gespräch mit Ruth zu beenden.

Maertens stöhnte. „Es ist immer dasselbe. Warum habe ich mich nur auf Sie eingelassen. Ich hätte eigentlich wissen müssen, dass Sie keine Ruhe geben. Mit Ihrer Penetranz gefährden Sie die Ermittlungen und bringen sich selbst in Gefahr. „Maertens, Sie weichen aus. Wenn Sie glauben, sie würden mit einer Auskunft die Ermittlungen gefährden, dann erwarte ich eine einfache Begründung. Ob ich mich in Gefahr bringe, ist allein meine Sache“, erwiderte Ruth in ruppigem Ton. Sie wusste aus ihrer Berufszeit, wie man mit Kommissaren sprechen musste.

Wichtig war es, die Form des Anstands zu wahren und keine Grenzen zu überschreiten. „Wenn ich Ihnen jetzt anvertraue, dass an dem Taschentuch keine Spuren von Frau Geers gefunden wurden. Welche Schlüsse ziehen Sie daraus?“ Ruth war entrüstet und verärgert. „Dann müssen Sie doch nicht solange um den heißen Brei herum reden. Das hätten Sie doch gleich sagen können, ohne Ermittlungsergebnisse zu gefährden.“ „Das stimmt“, erwiderte Maertens. Er wartete drei Sekunden, bevor er das Gespräch beendete.

Verärgert legte Ruth ihr Handy auf den Tisch. „Maertens macht sich einen Spaß daraus, mich hinters Licht zu führen. Er will etwas für sich behalten, und ich verstehe nicht, was dahinter steckt.“ Sarah zuckte verunsichert mit den Achseln und wischte sich mit der linken Hand über die Stirn. „Er wird seine Gründe haben.“ „Was für Gründe?“ Sarah überlegte. „Na ja, er will nicht, dass du dich in seine Ermittlungen einmischst und sie in Gefahr bringst. Oder dich in Gefahr bringst.“ „Blödsinn“, fauchte Ruth, „wenn er das so sieht, hätte er nicht im letzten Gespräch das Stofftaschentuch erwähnen müssen.“ „Das war sicher ein Fehler, den er bereut hat.“

Eine Weile schwiegen beide. Ruth stellte den Wasserkocher an, um einen Kaffee vorzubereiten. „Trinkst du auch eine Tasse? Ich kann jetzt einen starken Kaffee gebrauchen.“ „Du solltest dich nicht aufregen. Ich dachte, du wolltest dich stärker aus den Ermittlungen herausnehmen. Vorgestern sagtest du noch, dass dich das eigentlich nichts angeht.“ „So? Kann sein, aber nach dem Gespräch mit Maertens habe ich meine Meinung geändert.“ Verwundert sah Sarah ihre Freundin an. „Das musst du mir erklären.“ „Also, Ray Maertens hätte gleich sagen können, dass das Taschentuch nicht Angela zugeordnet werden kann. Das hat er nicht. Er hat auf eine Gefährdung seiner Ermittlungen verwiesen. Irgendwas ist an der Sache faul. Warum sagt er erst, nachdem ich ihn in die Enge getrieben habe, dass es keine Spuren von Angela gibt? Verstehst du das?“

Sarah stand auf. „Ich werde darüber nachdenken. Mach´ du mal den Kaffee. Für mich nicht so stark, denk an mein Herz. Und nimm den Kuchen aus dem Schrank.“ Ruth ging in die Küche. Sie war in Gedanken bei dem Gespräch mit Maertens. Es konnte doch nicht so schwer sein für Sarah, Rays

Ausweichmanöver zu begreifen. Ruth brühte den Kaffee auf und nahm Rücksicht auf Sarahs Wunsch. Dann legte sie Kuchen auf zwei Teller und gab etwas Sprühsahne dazu. Nach fünf Minuten kam sie zurück ins Wohnzimmer.

„Hast du endlich begriffen?", fragte sie Sarah spöttisch. „Klar habe ich begriffen. Glaube jedenfalls, dass ich weiß, was dich ärgert. Du vermutest, Ray spielt mit gefälschten Karten." „Nicht nur das. Er macht sich einen Spaß daraus, mich für dumm zu verkaufen. Nicht mit mir." „Ich kann verstehen, dass du sauer und gereizt bist. Aber lass es bitte nicht an mir aus." „Okay, entschuldige … Ich werde nachprüfen, was Ray Maertens verheimlichen will. Dass er mich aus seinen Ermittlungen heraushalten will, kann ich verstehen. Aber nicht, dass er mich anlügt." Sarah nickte, sie kannte ihre Freundin gut genug, um zu wissen, dass sie die Herausforderung annehmen musste. Das verlangte ihr Stolz.

„Gut, dann schieß los. Was hast du vor?", tastete sich Sarah vor. „Es gibt drei Möglichkeiten. Alle haben ihre Tücken und versprechen wenig Erfolg. Trotzdem werde ich sie prüfen." „Was meinst du?" „Erstens, ich könnte zu dem Unfallort fahren und mir selbst einen Eindruck verschaffen." Wie willst du dahin kommen? Er ist auf der Autobahn nahe Ostende. Wir haben kein Auto." Ruth grübelte. „Mir wird schon was einfallen." „Außerdem sind seit dem Unfall fast zwei Monate vergangen." „War ja nur ein Vorschlag." „Okay, was ist die zweite Möglichkeit?" „Wir könnten Wilma besuchen. Vielleicht kann sie etwas zu dem Taschentuch sagen, oder sie hat eine Idee?"

Sarah nickte. „Das können wir machen. Ich verspreche mir nicht viel davon." Ruth sah Sarah verärgert an. „Lass uns wenigstens darüber nachdenken. Es ist nicht ausgeschlossen, dass wir etwas erfahren. Die dritte Option wäre … Ich könnte prüfen, wer die Erben des Mannes sind, der den Unfallwagen gemietet hat." „Meinst du den Wagen, mit dem der Geisterfahrer unterwegs war." „Ja." „Nach allem, was wir wissen, ist dem alten Mann das Auto gestohlen worden und er ist wenige Tage später gestorben. Die Erben haben mit dem Unfall nichts zu tun. Das ist abwegig." Sarah schüttelte den Kopf. Sie hatte keine Vorstellung, wie Ruth zu diesem Vorschlag kam. Und sie war sicher, dass Ruth ihn nicht begründen oder erklären konnte.

„Lass uns morgen darüber reden", beendete Ruth das Thema. Sarah nickte. Sie hielt es für besser, keine weiteren Fragen zu stellen. Sie verbrachten den Abend eher schweigsam und sahen sich eine Komödie im Fernsehen an. Später spielten sie noch Domino und Sarah übte einfache Stücke von Händel auf der Flöte. Ruth zog sich in ihr Zimmer zurück. Eigentlich hatte sie vor, noch einen Spaziergang zu machen. Aber sie konnte sich nicht überwinden durch verregnete Straßen zu laufen. In Gedanken war sie bei dem Gespräch mit Ray Maertens, und sie dachte über ihren Einfall nach. Wie kam sie zu der Idee, die Erben des Manns aufzusuchen, der das Unglücksfahrzeug gemietet hatte? Was steckte dahinter? War es eine verrückte Eingebung, die sich in ihre Gedanken eingeschlichen hatte? Oder war es ein noch unscheinbarer Gedanke, der noch wachsen und sich ausbreiten musste? Ruth rieb sich die Stirn und dachte über frühere Ermittlungen als Versicherungsagentin nach.

Auch damals war sie auf verrückte Einfälle angewiesen gewesen, um skrupellosen Versicherungsbetrügern auf die Spur zu kommen. Mit immer neuen Tricks wurde die Versicherung belogen und hinters Licht geführt. In Gespräche mit Kollegen hatte sie damals immer wieder die Meinung vertreten, dass man kreativ sein und mit viel Fantasie unbekannte

Wege beschreiten müsse. Nach längerem Nachdenken kam sie zu der Überzeugung, dass es zwar unwahrscheinlich, aber nicht ausgeschlossen war, von den Erben etwas zu erfahren. Selbst ein unbedeutender Hinweis konnte helfen. Und schließlich wusste sie nicht, in welche Richtung Kommissar Maertens ermittelte. Allem Anschein nach stand die Suche nach Angela Geers für ihn nicht im Vordergrund.

Über ihre Gedanken schlief Ruth am späten Abend ein. Sie hatte einen unruhigen Schlaf. In ihrem Traum sah sie einen Unfall auf der Autobahn. Ein Frontalzusammenstoß durch einen Geisterfahrer verursacht. Der Geisterfahrer stieg nahezu unverletzt aus und sah zwei schwerverletzte junge Frauen in dem anderen Fahrzeug. Die eine Frau erinnerte Ruth an ein Foto von Angela Geers, das sie von Wilma bekommen hatte. Verspannt wachte Ruth auf und rieb sich die Augen. Noch bevor sie darüber nachdenken konnte, schlief sie wieder ein.

Der nächste Tag begrüßte mit viel Sonnenschein. Sarah war schon eine Stunde vor Ruth aufgestanden. Mit guter Laune saß sie an einem gedeckten Frühstückstisch. „Habe mich schon gewundert, dass dich die Sonne nicht aus dem Bett schmeißt. Sonst kannst du es doch nicht erwarten, der Sonne entgegen zu eilen.“ Ruth lachte. Sarah hatte recht. Sobald nach einem Regentag die Sonne hinter den Wolken erschien, war Ruth die erste, die das Haus verließ. Schon aus Angst, es könnte ein kurzes Erlebnis werden.

„Wenn du willst, fahren wir mit einem Taxi zu der Unfallstelle. Vielleicht brauchst du diesen Eindruck, um festzustellen, dass es ein Unfall war, wie er sich oft ereignet. Nichts Ungewöhnliches. Dann wirst du vielleicht davon überzeugt werden, dass Angela nicht in dem Unfallauto saß“ Ruth lächelte. Sie spürte, dass Sarah sie beruhigen wollte. Gleichzeitig wollte sie, dass sich Ruth selbst davon überzeugte. „Danke, das ist gut gemeint. Willst du mitkommen? Ich weiß nicht ob der Taxifahrer an der Unglücksstelle anhalten kann. Schließlich befindet sie sich auf der Autobahn." „Lass es uns versuchen."

Ruth bestellte ein Taxi und bat den Fahrer, in einer halben Stunde zur Strandpromenade zu kommen. Dann ging sie ins Bad, duschte und cremte sich ein. Nach zwanzig Minuten war sie angezogen und bereit die Wohnung zu verlassen. Auch Sarah hatte sich zum Ausgehen fertig gemacht. Gemeinsam verließen sie die Wohnung und gingen zu der Stelle, an der das Taxi schon wartete.

„Wir haben einen speziellen Auftrag. Bitte fahren Sie uns zur Autobahn in Richtung Zandvoorde", forderte Ruth den Fahrer auf. „Was ist ihr Ziel?", fragte der Fahrer verunsichert. „Wir suchen eine Stelle auf der Autobahn Richtung Zandvoorde." Der Fahrer hatte immer noch nicht verstanden, was die beiden älteren Frauen vorhatten. Aber das würde sich schon zeigen, dachte er und fuhr los. Nach zehn Minuten erreichten sie die Auffahrt zur Autobahn. Der Fahrer sah Ruth verunsichert an. „Bitte fahren Sie weiter. Wir suchen die Stelle, an der sich vor einigen Wochen der Unfall ereignete", bat Ruth. Jetzt erkannte der Fahrer, was Ruth und Sarah beabsichtigten. „Ich habe schon öfter Personen zu diesem Ort gefahren. Wir können dort nicht anhalten. Meistens gelingt es mir, langsam zu fahren, damit Sie die Stelle sehen können. Versprechen kann ich nichts."

„Okay, dann fahren Sie langsam an der Stelle vorbei." Der Fahrer wusste nun, was von ihm verlangt wurde. Es gelang ihm, langsam an die Unglücksstelle heranzufahren. Ruth und

Sarah erkannten den Ort, weil ein Kreuz auf dem Seitenstreifen angebracht worden war. Frische Blumen lagen vor dem Kreuz. Ruth nahm mit ihrem Smartphone ein kurzes Video auf. „Vielen Dank. Jetzt können Sie uns wieder zurückbringen.“ „Ich werde die nächste Ausfahrt nehmen“, murmelte der Fahrer. Nach etwa vierhundert Meter nahm der Fahrer eine Ausfahrt und fuhr zurück nach Ostende.

„Konnten Sie etwas sehen?“, fragte er verlegen. „Ja, wir haben uns einen Eindruck verschafft“, erwiderte Ruth betont ruhig. „Was haben Sie für ein Interesse? Ich glaube nicht, dass Sie zu den Schaulustigen gehören, die sich am traurigen Schicksal anderer Menschen ergötzen.“ „Nein, dazu gehören wir nicht“, erklärte Ruth. „Wir wollen den Angehörigen helfen.“ Der Fahrer zuckte mit den Schultern. Er konnte sich nicht vorstellen, in welcher Weise die beiden Frauen mit dieser Fahrt Angehörigen der Unfallopfer helfen konnten. Es lagen ihm einige Fragen auf der Zunge. Aber ihm fehlte der Mut, sie auszusprechen.

„Die Blumen zeigen, dass die Unfallstelle regelmäßig besucht wird“, behauptete Ruth. „Ja, danach sieht es aus. Aber bitte fragen Sie mich nicht, wie es die Angehörigen anstellen, so nahe an den Ort zu kommen. Ich halte es für lebensgefährlich, das Auto anzuhalten und auszusteigen, um Blumen niederzulegen. Nach dem Unfall wurde die Stelle für einige Tage weiträumig gesperrt. Führte zu starker Verkehrsbehinderung.“ Ruth nickte. Sie konnte sich vorstellen, dass es sehr gefährlich war, an diesem Ort das Auto zu verlassen.

Nach einer halben Stunde setzte der Fahrer Ruth und Sarah wieder an der Strandpromenade ab. Ruth zahlte die Rechnung und bedankte sich bei dem Fahrer. „Falls wir nochmal dorthin fahren wollen …“ „Jederzeit“, erwiderte der Fahrer lächelnd. Die Fahrt hatte sich für ihn gelohnt.

Sarah wollte etwas in der Louisastraat besorgen. Ruth begleitete sie. In einem kleinen Laden, dessen Besitzer Sarah seit einigen Jahren kannte, fand Sarah ein Aquarell mit einer beeindruckenden farbenprächtigen Küstenlandschaft. Sie hatte dieses Aquarell vor einigen Jahren bei einer Ausstellung gesehen, und damals schon daran gedacht, es zu kaufen. Glücklich über ihre Entdeckung präsentierte sie das kleine Gemälde in der Größe eines Taschenbuchs Ruth. „Gefällt es dir? Vor drei Jahren habe ich es bei einer Ausstellung gesehen, hatte aber nicht den Mut, den Künstler anzusprechen." Ruth, die deutlich weniger Kunstverständnis als ihre Freundin hatte und sich meistens auf das Urteil ihrer Freundin verließ, staunte.

„Ja, das wirkt sehr harmonisch. Ich bin sicher, du hast schon einen Platz dafür gefunden, wo es wirkt." Sarah lachte. „Klar, über dem Esstisch gibt es noch genügend freie Fläche." Sarah gab das Gemälde dem Ladeninhaber. „Was kostet es?" „Zweihundert Euro. Der Künstler ist vor einem Jahr gestorben. Ein Teil des Nachlasses wurde mir von den Erben angeboten." Sarah zahlte den Betrag und verabschiedete sich. Sie freute sich über die günstige Gelegenheit. „Der Künstler war nicht unbekannt. Bei der Ausstellung hätte er deutlich mehr verlangt."

Anschließend gingen sie vorbei am Casino Kursaal zur Albert I Promenade. Vor einer Kaffee Bar fanden sie einen freien Tisch mit einer Glaswand, die gegen den Wind schützte. Sie bestellten Kaffee und Erdbeerkuchen. Der Kellner freute sich über ihren Besuch und versprach, sich zu eilen. „Nur die Ruhe, wir haben Zeit", erklärte Sarah. Ruth wirkte nachdenklich. „Was geht dir durch den Kopf?", fragte Sarah, „hat dir die Taxifahrt nicht geholfen, dich davon zu überzeugen?“ „Das ist es nicht. Ich fand das Verhalten des Taxifahrers merkwürdig und seltsam.“ „Versteh´ ich nicht.“ „Irgendwie war er komisch, der Fahrer. Frag mich nicht, wie ich zu dieser Einschätzung komme. Eher ein Gefühl.“ „So? Mir ist nichts aufgefallen. Er hat sich verhalten, wie man es von einem Fahrer erwartet. Er ist deiner Bitte gefolgt, hat Auskunft gegeben. Was verlangst du mehr?“ Sarah wischte über die saubere Tischplatte, als wollte sie sämtliche Zweifel entfernen.

„Ich hab´ doch gesagt, dass es eher ein Gefühl, eine Intuition war. So was habe ich manchmal, du auch. Irgendwie kam er mir seltsam vor, nicht offen und ehrlich. Es war mehr sein Blick, weniger das, was er sagte.“ Sarah lachte. „Du siehst Gespenster. Ich glaube, du ärgerst dich, weil du dir mehr von der Fahrt erhofft hast. Und jetzt muss der Taxifahrer dran glauben. Das ist Unsinn.“ Ruth sah ihre Freundin verärgert an. „Du machst es dir sehr einfach. Lass mir gefälligst meine Empfindung. Ich kann mich auch täuschen, aber irgendeinen Grund wird es geben, warum ich sein Verhalten sonderbar fand.“ „Na gut“, murmelte Sarah, sie wollte einen Streit vermeiden. Damit war das Thema erledigt. Ruth nahm sich vor, mehr über den Taxifahrer, dessen Namen sie sich gemerkt hatte, zu erfahren.

9

Bila Lambers hatte sich krankgemeldet. Nachdem sie sich zwei Tage nur mit großer Mühe zur Arbeit geschleppt hatte, spürte sie, dass sie den Belastungen nicht mehr gewachsen war. Sie hatte Kopfschmerzen und einen verdorbenen Magen. Sie konnte sich nicht konzentrieren. Sie brauchte dringend eine Auszeit. Auch ihre Freundin und Kollegin, Claire, riet ihr dazu, sich einige Tage zu schonen. „Besser, du ruhst dich aus. Der Tod deines Vaters und die Geschichte mit dem Unfall haben dir sehr zugesetzt. Du solltest einen Arzt aufsuchen.“ Bila nickte, sie hatte verstanden.

Sie hatte sich seit zwei Tagen zur Arbeit gequält, in der Hoffnung abgelenkt zu werden. Das war nicht gelungen. Die quälenden Gedanken um den Tod ihres Vaters und den Unfall, der durch den gemieteten BMW verursacht worden war, ließen sich nicht beiseiteschieben wie eine verirrte Schneeflocke. Sie musste sich eingestehen, dass es ihr mehr zusetzte, als sie erwartet hatte. Sie wurde unverhofft aus ihrem Trott herausgerissen. Und es kam alles so plötzlich und unerwartet, dass sie sich in keiner Form darauf einrichten konnte.

Eine andere Frau ihres Alters hätte es wahrscheinlich geschafft, alles zu verdrängen und auf eine spätere Lösung zu warten. Jemand, der ein dickes Fell hatte und den Umgang mit Problemen und Gefahren gewohnt war. Das traf auf sie nicht zu. Sie hatte eine unbeschwerte Kindheit und Jugend, obwohl nicht alles glatt lief. Aber es fanden sich keine besonderen Schwierigkeiten, für die es nicht eine schnelle Lösung gab. Sie stellte sich den Anforderungen, und sie hatte eigene Techniken entwickelt, auf ihr seelisches Gleichgewicht zu achten. Sie nahm sich nur die Aufgaben vor, denen sie sich gewachsen fühlte.

Wann habe ich eine ähnliche Situation in den letzten Jahren erlebt, fragte sie sich immer wieder in den letzten Tagen. Und fand keine Antwort. Bila befolgte den Rat ihrer Freundin und ging zu ihrem Hausarzt. Nach einem längeren und ausführlichen Gespräch kam er zu dem Ergebnis, dass eine schwere Belastungsstörung vorliegt, die hoffentlich nur wenige Tage andauern würde. Deshalb gab er ihr Medikamente zur Beruhigung. „Gehen Sie vorsichtig damit um. Falls die Unruhe und Angst auch nach drei Tagen andauern, werde ich Sie an einen Psychiater überweisen." Der Arzt befürchtete eine tiefe Krise, die zu Selbstzweifeln und einem Lebensüberdruss führen konnte. Er konnte und wollte die Gefahr einer unüberlegten selbstzerstörerischen Handlung nicht ausschließen. Auf jeden Fall wollte er die weitere Entwicklung genau beobachten. Er schrieb sie für eine Woche krank, mit der Bitte, sich in zwei Tagen wieder zu melden.

Bila verließ die Arztpraxis traurig. Obwohl ihr der Arzt eigentlich nur bestätigt hatte, was sie befürchtet hatte, war es grausam, die Wahrheit zu erfahren. Mit klaren und deutlichen Worten hatte der Arzt den Nerv getroffen. Sie konnte sich nichts mehr vormachen und sie wollte sich nicht mehr selbst täuschen. Ich bin auch in guten Zeiten nur wenig belastbar, dachte sie. Wie soll ich dann auf diese Ereignisse reagieren. Andere mögen bei solchen Herausforderungen über sich hinaus wachsen. Bei mir ist das Gegenteil der Fall. Mir fehlt der Mut, die Kraft und die Ausdauer alles in richtige Bahnen zu lenken. Nicht einmal den Versuch traue ich mir zu.

Mühsam erledigte sie ihren Haushalt und schrieb sich die Aufgaben auf, die sie am gleichen Tag erledigen wollte. Sie nahm sich vor, nur solche Dinge anzupacken, die sie ohne besondere Belastung erledigen konnte. Trotzdem war es ihr wichtig, sich selbst Ziele zu setzen. Andernfalls, so befürchtete sie, würde sie den Tag und die Nacht lethargisch im Bett verbringen. Und das wollte sie nicht zulassen. Sie brauchte ein Ziel vor Augen. Vorsichtig und zurückhaltend nahm sie die Beruhigungstabletten ein. Sie wirkten ermüdend und versetzten sie in eine gleichgültige, schläfrige Stimmung.

Am Freitag erhielt sie einen Anruf von Fred. Bila überlegte, ob sie den Anruf annehmen sollte. Sie ließ es klingeln. Zehn Minuten später rief Fred wieder an. Bila spürte, dass er keine Ruhe geben würde, bevor er nicht mit ihr gesprochen hatte. Deshalb nahm sie den Anruf entgegen. „Hallo, wie geht 's", fragte er freundlich und gleichzeitig forsch. „Es geht mir nicht gut. Habe Schmerzen und bin sehr nervös." „Versteh ich nicht. Was ist passiert?" „Seitdem ich von dem Unfall erfahren habe, ist mir alles zu viel. Erst der Tod von Papa, dann die Sache mit dem verschwundenen BMW und der Unfall. Das ist zu viel für mich. Das muss erst verkraftet werden. Ich bin krankgeschrieben und brauche Ruhe." „Was für ein Unfall?" „Darüber will ich jetzt nicht reden." „Verstehe ich nicht. Ich wollte dich später besuchen." „Besser nicht, warte bis es mir besser geht. Ich werde mich melden." Bila wartete noch drei Sekunden, ob er antwortete. Fred seufzte. „Ich verstehe nicht, dass du mir nichts über den Unfall sagen willst, Wir können darüber sprechen. Vielleicht kann ich dir helfen." „ Ich will jetzt nicht darüber reden. Ich melde mich", antwortete Bila barsch. Bila spürte Freds Ärger, den er nur schwer unterdrücken konnte. „Okay", raunzte er und beendete das Gespräch.

Bila hatte ein schlechtes Gewissen. Sie hätte freundlicher sein können. Aber sie stand zu ihrer Entscheidung, mit Fred nicht über den Unfall zu sprechen. Sie ärgerte sich, dass sie den Unfall überhaupt erwähnt hatte. Es war eine unbedachte Äußerung, die ihr herausgerutscht war. Sie war nicht auf Freds Anruf vorbereitet. Gestern hatte sie noch entschieden, Fred nichts über den Unfall zu sagen. Sie hatte Angst, dass er sich wieder einmischen und bestimmen wollte, was zu veranlassen sei. Das konnte sie jetzt nicht gebrauchen. Jede

Unterstützung von Fred empfand sie als bedrohlich, weil sie ihre Abhängigkeit verstärkte.

Bila hatte sich entschieden, dem Rat von Claire zu folgen: Bei allem, was zu erledigen war, sollte sie sich zuerst fragen, ob sie es selbst erledigen konnte. Sobald sie es sich selbst nicht zutraute, sollte sie prüfen, ob es wichtig war. Und nur dann, wenn es wichtig war, sollte sie überlegen, ob ein anderer Mensch ihr genauso gut wie Fred helfen konnte. Claire hatte sich angeboten, ihr zu helfen. Aber sie hatte Bila auch aufgefordert, zuerst selbst über eine Lösung nachzudenken. „Du kannst deine Selbständigkeit nur bewahren, wenn du wichtige Entscheidungen selbst triffst. Alles, was dich betrifft, musst du in Einklang mit deinen Wünschen bringen. Nur so kannst du sicherstellen, dass dich niemand lenkt." Das waren die Worte von Claire.

Bila hatte über diese Worte lange nachgedacht. Es fiel ihr schwer, Claire uneingeschränkt zuzustimmen. Warum sollte man nicht fremde Hilfe in Anspruch nehmen, wenn man jemandem vertraute? Weil man das aus Bequemlichkeit macht, verteidigte Claire ihr Prinzip. Umso länger Bila darüber nachdachte, umso stärker konnte sie Claire verstehen. Claires Misstrauen und Furcht, sich in eine Abhängigkeit zu begeben, waren sicher stärker ausgeprägt, als bei anderen Menschen. Aber aus ihrer Erfahrung begründet.

Bila spürte, dass es ein langer Weg werden würde, bis sie dieses Prinzip begriffen hatte und für sich umsetzen konnte. Trotzdem wollte sie daran arbeiten. Deshalb war es ein Fehler, gegenüber Fred den Unfall zu erwähnen. Sie musste nun damit rechnen, dass Fred sie immer wieder auf den Unfall ansprechen würde, bis sie ihm zumindest grobe Angaben dazu gemacht hätte. Eigentlich gab es nur zwei Möglichkeiten: Entweder sprach sie nicht mehr mit Fred, oder sie log ihn an. Sie konnte ihm von einem Unfall eines entfernten Bekannten erzählen. Dass sie etwas über den Unfall des von ihrem Vater gemieteten Autos wusste, wollte sie verheimlichen. Darauf hatte sie sich festgelegt.

Es dauerte einige Tage, bis sich Bila wieder etwas gefangen hatte. Sie besuchte am Mittwoch ihren Arzt, der ihr bestätigte, dass sie Fortschritte gemacht hatte. „Es freut mich, dass Sie sich stabilisiert haben. Ich hatte schon Angst, dass Sie in eine schwere Krise geraten sind. Trotzdem sollten Sie weiter an sich arbeiten. Und ich empfehle Ihnen auf jeden Fall eine Gesprächstherapie." Bila kratzte sich an der Stirn. „Daran habe ich bisher nicht gedacht. Ist es tatsächlich notwendig?" „Ich halte es für besser, wenn Sie mit einem Therapeuten sprechen. Die Krise können Sie nach meinem Eindruck nicht allein bewältigen. Und dann ist es doch besser, wenn Ihnen jemand hilft, der sich mit Belastungsstörungen und Angststörungen auskennt. Es ist hilfreich, wenn Sie mit professioneller Unterstützung Lösungen erarbeiten, die sie dann selbst umsetzen können", versicherte Dr. Kroon.

Bila erschrak. Sie hatte nicht damit gerechnet, dass Dr. Kroon ihr unbedingt eine Therapie empfehlen würde. Bisher hatte sie nicht erlebt, dass er sich so eindeutig für eine Therapie aussprechen würde. Sie hatte ihn auch nicht so eingeschätzt, dass er eine Psychotherapie befürwortete. Bila schluckte. „Das kommt mir alles zu schnell. Darüber muss ich in Ruhe nachdenken." Dr Kroon schmunzelte, er verkniff sich eine abwertende Bemerkung. „Sie sollten damit nicht allzu lange warten. Ihr schlechter Gemütszustand vor einigen Tagen zeigt, dass etwas nicht stimmt. Ich schätze, es war nicht ein einmaliges Ereignis. Eher die Spitze im Rahmen einer Krise. Sie tun sich keinen Gefallen, wenn Sie aus Angst oder Scham den bequemen Weg wählen. Dann könnte es irgendwann kritisch werden."

Bila erschrak und sah den Arzt beleidigt an. „Das glaube ich nicht. Bisher konnte ich alles selbst erledigen. Ich kann mich einschätzen und weiß, was ich mir zumuten kann. Ich bin von Grund aus ein eher vorsichtiger und ängstlicher Mensch. Aber damit komme ich klar." Dr. Kroon lächelte. „Ich wollte Sie nicht beunruhigen. Es ist doch nichts dabei, wenn Sie mit einem Psychologen sprechen. Ob Sie seinen Rat und seine Vorschläge annehmen, ist allein ihre Sache. Sie brauchen keine Angst zu haben." „So einfach ist das nicht. Mein Problem liegt eher darin, dass ich mich leicht der Meinung anderer, überlegener Menschen anschließe. Und dann entsteht eine neue Abhängigkeit." Dr. Kroon nickte verständnisvoll. „Das kann ich verstehen. Aber gerade deshalb ist es wichtig, dass Ihnen jemand hilft, ihr Selbstbewusstsein zu stärken. Sie können sicher sein, dass der Therapeut das Problem erkennen wird."

Bila beruhigten diese Worte. Trotzdem konnte sie sich nicht entscheiden, dem Rat des Arztes zu folgen. Dr. Kroon klopfte ihr väterlich auf die Schulter. „Ich gebe Ihnen die Adresse einer Therapeutin. Sie versprechen mir, dass Sie einen Termin vereinbaren. Und wenn Sie das Gefühl haben, sich ihr anvertrauen zu können, dann machen Sie eben weitere Termine. So einfach und ungezwungen ist das." Dr. Kroon gab Bila die Adresse einer Psychotherapeutin. Bila bedankte sich und verabschiedete sich. „Vielen Dank. Ich schätze es, dass Sie mir helfen wollen." Dr. Kroon nickte freundlich.

Am Abend klingelte es. Als Bila öffnete, stand Fred vor der Tür mit einem Blumenstrauß in der einen Hand und einer

Flasche Rotwein in der anderen. Bila hatte nicht mit ihm gerechnet und zögerte. „Konntest du nicht anrufen?“ „Doch, aber ich wollte dich überraschen.“ Fred lächelte. Bila spürte, dass sie ihre abweisende Haltung nicht lange durchhalten konnte. „Okay, komm rein“, forderte sie ihn freundlich auf. Sie nahm die Blumen entgegen und bedankte sich. Sofort hatte Bila das Gefühl, dass Fred etwas erwartete und wollte etwas entgegensetzen. „Fred, es ist im Moment nicht einfach für mich, den Kontakt zu dir zu halten. Bitte verstehe.“ Fred lächelte beruhigend. „Lass es uns versuchen. Ich werde Rücksicht nehmen und nicht lange bleiben.“

Bila bot ihm einen Platz an und öffnete den Wein. Dann brachte sie zwei Gläser aus der Küche. „Ich bitte dich, mich nicht mit Fragen zu nerven.“ Fred nickte. Er ließ nicht erkennen, was er dachte. Er hatte sich auf das Gespräch vorbereitet und zeigte sich freundlich und charmant. „Ich hatte vor, dich in ein Restaurant einzuladen. Worauf hast du Lust?“ Bila überlegte. „Was hältst du davon, zum Italiener zu gehen. Es gibt ein neues Restaurant in der Hoogstraat. Das können wir ausprobieren.“ „Okay, das machen wir.“ Fred war entschlossen auf jeden Vorschlag einzugehen. Beide lächelten.

„Dann werde ich mich umziehen“, erklärte Bila und verschwand im Schlafzimmer. Sie freute sich auf einen schönen Abend. Gleichzeitig nahm sie sich vor, vorsichtig zu sein. Etwas Zurückhaltung konnte nicht schaden. Nachdem sie in den letzten Tagen mit sich gerungen hatte, ob sie die Beziehung beenden sollte, war Vorsicht angebracht. Solange sie über ihre Gefühle nicht sicher war und keine eindeutige Entscheidung getroffen hatte, hielt sie es für das Beste. Bila zog sich eine neue Jeans und eine elegante Bluse an. Dann ging sie ins Bad und schminkte sich etwas. Nach zehn Minuten war sie fertig.

„Wir können gehen“, rief sie Fred zu, der auf dem Sofa saß. Sie fragte sich, was Fred in den letzten Minuten gemacht hatte. Würde er sie gleich wieder auf den Unfall ansprechen? Bila hatte sich noch nicht entschieden, ob sie darüber reden wollte. In den letzten Tagen hatte sie oft darüber nachgedacht und war zum Ergebnis gekommen, dass er ruhig erfahren könnte, war geschehen war. Schließlich waren weder sie noch Fred beteiligt, und es gab auch nichts, was von ihnen geklärt werden musste. Einzige Ausnahme war die endgültige Klärung mit dem Autovermieter. Aber auch darüber wollte sich Bila keine Gedanken mehr machen.

Sie gingen in die Hoogstraat in das Paradiso. Der Abend war warm und ein leichter Wind von Nordwesten wirkte erfrischend. Im Paradiso mussten sie vier Minuten warten, bis ein Tisch frei wurde. Das neueröffnete Lokal konnte sich über viele Gäste freuen, obwohl die Preise in der gehobenen Klasse waren. Der Kellner winkte sie freundlich zu einem freien Tisch, den er gerade neu gedeckt hatte. Er gab ihnen die Speisekarte und die Tageskarte. „Das Tagesmenü kann ich Ihnen empfehlen. Frische Muscheln in Rotweinsauce mit italienischen Kräutern.“ Bila und Fred überlegten kurz. Sie waren einverstanden und bestellten die Muscheln und dazu einen Rotwein aus der Lombardei. „Darf ich Ihnen vorher einen italienischen Salat mit Pfifferlingen, Artischocken und Mozzarella bringen?“ Fred nickte und entschied auch für Bila, die unschlüssig war.

„Ich hoffe, es war nicht falsch“, sagte Fred. „Nein, ich konnte mich nicht entscheiden. Habe lange keine Artischocken gegessen.“ Sie sahen sich verlegen an. Fred lachte plötzlich, als wäre ihm gerade etwas Lustiges eingefallen. „Was ist?“ „Mir ist gerade der Unfall eingefallen, über den du gesprochen hast.“ Bila sah ihn verlegen an. Fred wirkte freundlich, aber das konnte täuschen. „Das ist doch nichts Wichtiges. Ist mir so herausgerutscht. Schon vergessen." „Ich habe das Gefühl, dass du nicht darüber sprechen willst." „Wenn es wichtig wäre, würde ich es dir sagen." Bila hoffte, dass er ihr glauben würde. Das war nicht der Fall. Fred lachte, etwas überheblich. „Bei dem Gespräch vor einigen Tagen hat es sich nicht so angehört." „Das war nur dein Eindruck. Vielleicht kam es stärker rüber, als es beabsichtigt war. Ich war in Gedanken bei dem Tod von Papa und den ganzen anderen Dingen, die damit zusammenhängen."

Es entstand eine kurze Pause, bevor Fred den nächsten Anlauf nahm. „Na ja, das kann ich verstehen. Aber es muss doch einen Grund haben, dass du den Unfall erwähnt hast." „Lass uns über was anderes sprechen." Fred spürte, dass Bila das Thema nervte. Jetzt musste er vorsichtig sein, um nicht die Stimmung zu verderben. „Gut, wenn du nicht darüber sprechen willst. Vielleicht später." Bila nickte. Sie genossen die Vorspeise und die Muscheln. Ein richtiges Gespräch kam nicht zustande, eher ein Austausch über unwichtige Dinge. Bila bemühte sich freundlich zu sein, und auch Fred gab sich nett und charmant. Er deutete immer wieder vorsichtig an, dass er sich einen stärkeren Kontakt mit ihr wünschte. Bila gab ihm freundlich, aber unmissverständlich, zu verstehen, dass es ihr im Moment nicht möglich sei, ihn regelmäßig zu treffen. „Tut mir leid, Fred. Ich bin durch den Tod von Papa in eine Krise geraten. Hätte nicht gedacht, dass es mich so sehr mitnimmt. Deshalb brauche ich Zeit, um meine Gefühle zu ordnen. Du wirst sehen, bald geht es aufwärts."

Fred lächelte gezwungen und nahm ihre Hand. „Ich kann dich verstehen. Wenn du Hilfe brauchst, bin ich da." „Das weiß ich. Aber die beste Hilfe wird sein, wenn ich zuerst allein meine Sachen in Ordnung bringe. Ich bin seit drei Tagen krankgeschrieben und war bei einem Arzt wegen meiner Unruhe, Bedrücktheit und wegen Schlafstörungen." „Konnte er dir helfen?" „Er hat mir zuerst Tabletten verschrieben. Beim zweiten Besuch hat er mir eine Therapeutin empfohlen. Sie soll mich dabei unterstützen selbstbewusster zu werden." Fred nickte verständnisvoll. „Wirst du zu ihr gehen?" „Das habe ich noch nicht entschieden. Einiges spricht dafür." „Sei vorsichtig. Lass dir nicht einreden, dass du krank bist. Du bist in einer Krise, die sich von selbst auflöst." Bila nickte, obwohl sie unsicher war. Sie hatte Zweifel, ob es sich von selbst erledigen würde. Sie hatte den Glauben daran verloren. Wollte ihr Fred einreden, dass sie alles nicht so ernst nehmen sollte? „Ich werde in Ruhe eine Entscheidung treffen", erklärte Bila mit gewisser Deutlichkeit, um das Thema zu beenden. Sie spürte, dass Fred widersprechen wollte. Mit einem abwehrenden Blick gab sie ihm zu verstehen, dass sie nicht weiter darüber sprechen wollte.

Bila fiel zum ersten Mal auf, dass Fred wenig von sich selbst erzählte. Plötzlich wurde ihr bewusst, dass dieses Verhalten für ihn typisch war. Er verstand es geschickt, von sich abzulenken und über die Probleme anderer zu reden. Selten hatte Bila erlebt, dass er ihr seine eigenen Probleme anvertraute. Sie nahm sich vor, ihn bei Gelegenheit darauf anzusprechen. Nach zwei Stunden brachte Fred sie nach Hause und verabschiedete sich an der Haustür.

10

Ruth hatte von Wilma erfahren, dass es eine Zeugin gab, die Angela an dem Unglücksabend in dem Auto neben der Fahrerin gesehen hatte. „Hast du das dem Kommissar gesagt?", fragte Ruth überrascht. „Ja, ich habe es ihm gestern gesagt."

„Und, wie hat Maertens reagiert?“ „Es hat ihn anscheinend nicht gewundert. Er hat sich trocken und wortkarg für den Hinweis bedankt.“ „Das ist doch die Höhe! Was, zum Teufel, denkt sich Maertens“, regte sich Ruth auf. „Ja, ich kann es auch nicht verstehen. Mehr kann er doch nicht verlangen. Frede Mings hat mir gesagt, dass sie ganz deutlich Angela neben der Fahrerin an dem Abend gesehen hat. Auf dem Weg zur Autobahn in Richtung Zandvoord. Und genau das habe ich Kommissar Maertens mitgeteilt. Frede hat die beiden wenige Minuten vor dem Unfall gesehen. Was denkt sich Maertens? Dass Angela auf dem Weg zur Autobahn ausgestiegen ist? Das ist doch absoluter Blödsinn.“ „Jetzt beruhige dich. Ich kann verstehen, dass dich das aufregt. Ich weiß wirklich nicht, was du Maertens noch präsentieren musst, bis er dir glaubt. Hat er sich wenigstens die Adresse von Frede notiert, um sie anzurufen oder aufzusuchen?“ „Nicht mal das.“

Ruth dachte einige Sekunden nach, bevor sie antwortete. „Das ist eine Frechheit. Ich kenne Maertens als sturen und dickköpfigen Menschen. Aber das ist arrogant und beleidigend. Ich werde es mit ihm besprechen. Und diesmal deutliche Worte wählen. Gib mir bitte die Adresse von Frede. Dann werde ich ihn auffordern, sich mit ihr in Verbindung zu setzen.“ „Ja, das wäre gut. Soll ich mitkommen?“ „Nein, es ist besser wenn ich es zuerst mit ihm allein kläre. Ich werde ihn bitten, mit dir zu sprechen. Auf jeden Fall soll er dich informieren, was er unternimmt.“ „Ich bin dir dankbar für deine Unterstützung.“ „Das ist das wenigste, was ich tun kann.“ Sie beendeten das Gespräch, nachdem Wilma Ruth die Adresse gegeben hatte.

Wenig später berichtete Ruth ihrer Freundin über das Gespräch. „Das kann doch nicht sein“, empörte sich Sarah.

„Was für ein Spiel spielt Maertens. Wenn ihm Wilma eine Zeugin nennt, die bestätigen kann, dass Angela in dem Auto saß … Was will er mehr?“ „Das weiß ich auch nicht. Aber ich werde es herausfinden. Ich bin sehr enttäuscht von Ray Maertens. Und ich hätte nicht gedacht, dass er Wilma so abfertigt. Das werde ich persönlich mit ihm klären. Kommst du mit?“

Sarah überlegte. Sie war nicht vorbereitet auf ein Gespräch mit Maertens. „Jetzt? Sofort?“ „Ja, warum nicht? Wir haben nichts vor, und mich interessiert, wie sich Maertens verteidigen wird. Aber ich kann auch allein zu ihm gehen.“ Nein, ich komme mit. Wenn du noch eine halbe Stunde wartest. Dann kann ich noch in Ruhe einen Kaffee trinken und ins Bad gehen.“ „Okay. Vielleicht ist es besser, wenn ich mich etwas beruhige“, stimmte Ruth zu. Ruth wartete auf Sarah und überlegte sich, ob sie gegenüber Maertens auch den Taxifahrer erwähnen sollte, mit dem sie vor einigen Tagen zum Unfallort gefahren war. Sie hatte immer noch das Gefühl, dass etwas mit ihm nicht stimmte. Deshalb hatte sie seinen Namen ausfindig gemacht. Sie hatte sich die Nummer des Taxis gemerkt und bei der Zentrale nach dem Namen des Fahrers gefragt. Ohne Rückfrage wurde ihr der Name des Taxifahrers mitgeteilt. Man war es anscheinend gewohnt, dass es gelegentlich Beanstandungen gab.Ruth entschied sich, ihren Verdacht gegenüber dem Taxifahrer in dem Gespräch mit Maertens nicht zu erwähnen. Vielleicht später.

Kurz nach elf Uhr erreichten Ruth und Sarah die Polizeistation. An der Pforte teilte Ruth dem Pförtner mit, dass sie mit Kommissar Maertens sprechen will. Ruth war dem Pförtner von früheren Besuchen bekannt. Er wusste, dass er Ruth nicht einfach abfertigen konnte. Gerade dann, wenn sie wie heute sehr energisch auftrat, war es einfacher, sie zu

Kommissar Maertens gehen zu lassen, als ihr den Eingang zu verwehren. Bisher hatte Maertens, im Gegensatz zu anderen unerwünschten Besuchern, auch keine Einwände gegen einen Besuch von Ruth und ihrer Freundin. Sollte sich das ändern, würde er auf eine Anweisung von Maertens warten. Der Pförtner lächelte und wünschte Ruth viel Glück.

Ray Maertens war wenig überrascht, Ruth und Sarah zu sehen. Er konnte sich vorstellen, warum sie gekommen waren. Schließlich hatte er erst gestern mit Wilma gesprochen und hatte sich ihr gegenüber abweisend verhalten. Er hatte sich danach über sich geärgert, hielt es allerdings nicht für erforderlich, sich bei Wilma zu entschuldigen. „Sie kommen im Auftrag von Wilma Geers?“, begann er das Gespräch nach einer kurzen Begrüßung. „Ja, sie kann nicht verstehen, warum Sie ihrem Hinweis nicht nachgehen wollen. Auch ich kann das nicht verstehen“, erwiderte Ruth. Ohne Aufforderung setzte sie sich auf einen Stuhl und sah Maertens fordernd und unnachgiebig an.

Maertens rutschte verlegen auf seinem Schreibtischstuhl, um sich in eine bequemere Haltung zu bringen. „Wahrscheinlich hat Frau Geers mich falsch verstanden. Es ist nicht so, dass ich ihren Hinweis nicht prüfen will. Ich habe die Telefonnummer von Frede Mings notiert, und ich werde sie anrufen.“ „Wilma hatte nicht den Eindruck, dass Sie etwas unternehmen werden … Sie können sich nicht vorstellen, wie es Wilma geht. Seit zwei Monaten hat sie kein Lebenszeichen von Angela. Und sie hat nicht das Gefühl, dass alle möglichen Spuren ausgeschöpft wurden. Daher ist es doch verständlich, dass eine Zeugin, die ihr gegenüber bestätigt, Angela in dem Auto gesehen zu haben, ihr Hoffnung macht.“ „Da stimme ich ihr zu“, verteidigte sich Maertens, „trotzdem bin ich mir nicht sicher, dass Angela tatsächlich in den Unfall verwickelt wurde.

Ruth schlug sich beide Hände vor den Kopf. „Ich kann es nicht fassen. Eine Zeugin berichtet, Angela eine halbe Stunde vor dem Unfall in dem Auto gesehen zu haben. Neben Jenny Ruuter, die bei dem Unfall getötet wurde. Sie waren auf dem Weg in Richtung Zandvoorde. Glauben Sie ernsthaft, dass Angela noch vor dem Unfall ausgestiegen ist?“ Maertens zuckte mit den Schultern. „Alles ist möglich. Es könnte durchaus sein, dass Angela ausgestiegen ist.“ „Möglich ist es, aber unwahrscheinlich“, schleuderte ihm Ruth entgegen. Sarah hatte jetzt auch Platz genommen und versuchte ihre Freundin zu beruhigen.

Aber Sarah bemerkte auch, dass Maertens Ruth die Empörung nicht verübelte. Maertens saß gelassen und ruhig auf seinem Stuhl und wirkte nicht genervt. „Ich kann verstehen, dass Sie in großer Sorge sind. Kennen Sie Angela Geers persönlich?“ Ruth lächelte. Sie spürte, dass Maertens ablenken wollte. „Nein, ich kenne nur Angelas Oma. Es ist nicht wichtig, ob ich Angela kenne. Nach den Angaben ihrer Oma ist Angela vernünftig und kein Mensch, der sich besonderen Gefahren aussetzt. Daher ist nicht zu erwarten, dass sie abends kurz vor der Auffahrt zur Autobahn aus dem Auto aussteigt.“ Maertens dachte nach. „Ich kann nicht verstehen, warum Angela nicht in der Nähe des Unfallortes gefunden wurde. Wenn sie tatsächlich neben Jenny Ruuter saß, müsste sie bei dem Aufprall verletzt worden sein.“ „Oder sie wurde ebenfalls getötet.“ „Das hoffe ich nicht“, entfuhr es Maertens.

Es entstand eine Pause. Ruth wartete ab, ob Maertens einen Vorschlag hatte. Danach sah es nicht aus. „Kommissar Maertens, ich bitte Sie eindringlich, mit Frede Mings zu sprechen. Vielleicht können Sie sich dann davon überzeugen, dass Angela in dem Auto saß. Die nächste Frage wäre dann, warum und wie Angela vom Unfallort verschwunden ist. Ich gehe davon aus, dass sie, wenn es ihr möglich gewesen wäre, einen Fahrer um Hilfe gebeten hätte. Jedenfalls hätte sie auf sich aufmerksam gemacht. Alles andere schließe ich aus.“ Maertens nickte. Er hatte in den letzten Tagen die Suche nach dem Geisterfahrer, der den Unfall verursacht hatte, mehr oder weniger aufgegeben. Es gab einfach zu wenig Hinweise von Personen, die den Unfall gesehen hatten. Auch andere Spuren, die in Zusammenhang mit dem Unfall gebracht werden konnten, waren nicht vorhanden. An beiden Fahrzeugen war ein Totalschaden entstanden. Aus dem Auto, das der Geisterfahrer mit hoher Geschwindigkeit angefahren hatte, konnte die Fahrerin tot geborgen werden. Nichts deutete darauf hin, dass sich eine weitere Person in dem Auto befand.

Die Aufklärung, wer den Unfall verursacht hatte, war kaum möglich, weil es sich um ein gestohlenes Mietfahrzeug handelte. Ray Maertens sah Ruth mit einem strengen Blick an. Er konnte ihre Bitte und auch die Verzweiflung von Wilma Geers verstehen. Aber was sollte er veranlassen? Er hatte keine Hoffnung, durch die Vernehmung von Frede Mings etwas Neues zu erfahren. Er war sich sicher, dass man Angela Geers gefunden hätte, wenn sie am Unfall beteiligt gewesen wäre. Etwas anderes konnte und wollte er sich nicht vorstellen.

Ruth spürte, dass sie Maertens nicht überzeugt hatte. Sie rechnete nicht damit, dass er Frede Mings vernehmen würde. Jedenfalls würde er ihr darüber keine Auskunft geben. Dafür war Maertens zu stur und zu eigenwillig. Er würde sich von niemandem in die Karten sehen lassen. „Bringen Sie sich nicht in Gefahr", forderte Maertens Ruth auf. Ruth lächelte über diese für Maertens typische Aufforderung. „Warum sollte ich mich in Gefahr bringen?" „Man weiß es nicht. Bisher ist es Ihnen immer gelungen, eine Gefahr heraufzubeschwören." Das Gespräch führte nicht weiter. Ruth und Sarah verabschiedeten sich. Maertens seufzte. „Tut mir leid, dass ich nicht helfen konnte."

Ruth verließ das Büro. Sarah folgte ihr. Beide hatten kein gutes Gefühl. „Ich frage mich, warum Maertens so wenig bereit ist, nach Angela zu suchen", erklärte Sarah besorgt. „Dafür gibt es eine einfache Erklärung: Er kann und will sich nicht vorstellen, dass Angela am Unfall beteiligt war, weil sie nicht am Unfallort gefunden wurde, und weil sie sich danach nicht gemeldet hatte." Sarah brauchte eine Weile, um das zu verstehen. „Glaubst du, dass er trotzdem mit der Zeugin spricht?" Ruth zuckte ratlos mit den Achseln. „Ich habe meine Zweifel. An sich schätze ich seinen Verstand und seine Umsicht. Aber seine Schwerfälligkeit steht ihm im Weg." „Was hast du vor?", fragte Sarah. „Weiß ich nicht. Ich werde mich mit dem Taxifahrer beschäftigen. Irgendwas stimmt mit ihm nicht."

11

Fred Roth hatte große Probleme in seinem Job. Er arbeitete seit drei Jahren im Krankenhaus AZ Sint Jan in Brügge als Narkosearzt. Dort war er als Assistenzarzt eingesetzt und die Vertretung des Oberarztes. Bisher konnte er durch sein Fachwissen und sein sicheres Auftreten überzeugen. Er machte sich deshalb Hoffnung auf einen Aufstieg. Sein Ehrgeiz und der Anspruch, schnell nach oben zu kommen, waren unter den Kollegen bekannt und gefürchtet. Er war in letzter Zeit in seinem Auftreten arrogant geworden und ließ sich kaum noch auf Gespräche mit Kollegen ein. Man hatte das Gefühl, dass er bei sämtlichen Gesprächen überlegte, ob ihm ein vertraulicher Kontakt nützen konnte. Auf dem Weg nach oben. Seine Kollegen im medizinischen und pflegerischen Bereich betrachteten ihn mit Argwohn. Sobald er einen Raum betrat, in dem Kollegen miteinander sprachen, wurden die Gespräche unterbrochen, oder in eine andere Richtung gelenkt.

Vor der Durchführung einer Operation unterlief ihm letzte Woche ein Fehler. Er hatte vor der Narkose eines Patienten dessen Herztätigkeit und Kreislauf nicht ausreichend überprüft. Die Operation musste abgebrochen werden, weil der Zustand des Patienten äußerst kritisch war. Nur durch Einleitung sofortiger Gegenmaßnahmen konnte der Zustand stabilisiert werden. Fred hatte anfangs versucht, diesen Fehler zu vertuschen und auf einen Krankenpfleger zu lenken. Das war ihm nicht gelungen. Der Oberarzt, Richard Beer, der sehr viel auf Fred hielt, war misstrauisch geworden. Er bat ihn um ein Gespräch.

Fred ging selbstbewusst und sicher zu dem Gespräch. „Das kann doch mal passieren“, versuchte er sich zu rechtfertigen. An der strengen Miene seines Chefs spürte er, dass es damit nicht getan war. Die Vertraulichkeit, die sonst zwischen ihnen herrschte, hatte Risse bekommen. Doktor Beer blieb ruhig und wartete darauf, ob Fred noch etwas ergänzen wollte. Allein diese Stille machte Fred nervös. Er versuchte es mit einem Lächeln, spürte jedoch, dass es nicht angebracht war. Nachdem der Oberarzt weiterhin schwieg und Fred verärgert ansah, verlor Fred etwas seine Fassung. Er wollte sich nicht demütigen lassen und wähnte sich immer noch auf einer Stufe mit seinem Chef. Er zweifelte nicht an dessen Kollegialität. Noch vor einigen Tagen hatte er ihm anerkennend auf die Schulter geklopft.

„Was erwartest du von mir?“, platzte es aus Fred heraus. Er erschrak über sich und hätte gern sofort die Frage zurückgenommen. Mit dieser Frage hatte er sich in eine Position begeben, die nicht seiner empfundenen Stärke und Selbsteinschätzung entsprach. Er zuckte zusammen. Auch jetzt ließ sich der Oberarzt einige Sekunden Zeit, bis er antwortete. Sein kritischer und ernster Blick verriet, dass er nicht einlenken wollte.

„Ich erwarte von Ihnen eine ausführliche Begründung, wie dieser Fehler passieren konnte. Gerade von Ihnen hätte ich erwartet, dass Sie vor einer Operation den Zustand des Patienten genauestens abklären und es dokumentieren. Weder das eine, noch das andere ist geschehen. Und diese Aufgaben dürfen nicht delegiert werden. Auch ihr Verhalten nach Entdeckung des Fehlers war katastrophal und unkollegial. Sie haben versucht, ihren Fehler zu vertuschen und ihn auf untergebene Mitarbeiter abzuladen. Das wird sich nachteilig auswirken. Ich verlange, dass Sie einen Drogentest machen.“ Der Oberarzt hatte einen roten Kopf. Er hatte sich in Rage geredet und seinem Ärger Luft gemacht.

Fred wurde blass, seine Hände zitterten. Er wusste nicht, wie ihm geschah. Er dachte daran, dass er noch vor wenigen Tagen beim Mittagessen mit Richard Witze gerissen hatte. Er war sich sicher, dass der Oberarzt große Stücke auf ihn hielt, und dass diese Wertschätzung nicht durch einen kleinen Fehler leiden konnte. Allein die Tatsache, dass er ihn jetzt mit „Sie“ ansprach, hätte er vor zehn Minuten nicht für möglich gehalten. Und warum verlangte er von ihm, einen Drogentest zu machen?

Schnell musste Fred sein Verhalten der Situation anpassen, um nicht völlig sein Gesicht zu verlieren. Zuerst lachte er verlegen und versuchte, sich zu entkrampfen. „Das ist doch ein Witz.“ „Nein, das ist mein voller Ernst“, widersprach Doktor Beer. „Ich bin tief enttäuscht von Ihnen. Ich hätte nicht gedacht, dass Sie so nachlässig sind und danach alles tun, um sich reinzuwaschen. Auch Ihr Umgang mit den Kollegen ist nicht mehr tragbar. Es wurde ein Päckchen mit Kokain in Ihrem Büro gefunden. Haben Sie dafür eine Erklärung?“ Fred zuckte zusammen. „Damit habe ich nichts zu tun. Sicher hat es jemand dort hingelegt, um mir zu schaden. Ich verstehe auch nicht, warum in meinem Privatbereich herumgeschnüffelt wird.“

Doktor Beer lachte. „Man sollte sich eben nicht zu sicher sein. Machen Sie den Test und beweisen Sie mir, dass Sie kein Kokain nehmen. Sie werden vorläufig nicht auf der Station arbeiten. Und falls Sie wieder dort arbeiten sollten, werden Sie sich vorher beim gesamten Team entschuldigen.“ Doktor Beer machte eine Handbewegung zur Verdeutlichung, dass das Gespräch für ihn beendet ist. Fred verließ verstört und wütend das Büro. Die Wut überwog.

Was sollte er tun? Er hatte keine Idee, wie er aus dieser verflixten Situation gelangen könnte. Noch vor zehn Minuten hätte er schallend gelacht, wenn ihm jemand den Inhalt und Ablauf des Gesprächs auch nur angedeutet hätte. Doktor Beers Anweisungen, die er gestenreich unterstrichen hatte, waren eindeutig. Da gab es keinen Raum für Interpretationen. Es wäre unsinnig, zu erwarten, dass Doktor Beer seine Meinung ändert. Außerdem war Fred nicht in der Lage, zu bereuen und einen Fehler einzugestehen. Er durfte nicht mehr auf der Station arbeiten. Sollte er trotzdem über die Station zu seinem Büro gehen? Er fürchtete die Blicke seiner Kollegen, die vielleicht schon etwas erfahren hatten.

Fred nahm seinen gesamten noch verbliebenen Mut zusammen und ging in sein Büro. Den Krankenpflegerinnen, denen er begegnete, warf er einen stummen, eiskalten und verbitterten Blick zu. Er wollte sich nicht die Blöße geben, obwohl er innerlich zitterte und fürchtete, zusammenzubrechen. Er öffnete seine Bürotür? Das Büro erschien ihm plötzlich fremd. Er sah sich um und überlegte, wann es durchsucht worden war. Das Päckchen, das gefunden worden war, hatte er nachlässig in einen Kulturbeutel gesteckt. Es hatte neben seiner Zahnpasta und dem Deo gelegen. Sofort packte er den Kulturbeutel und öffnete ihn. Tatsächlich fehlte das Päckchen.

Es stimmte also. Jemand hatte Doktor Beer einen Tipp gegeben. Daraufhin hatte Doktor Beer die Anweisung gegeben, Freds Büro zu durchsuchen. Fred überlegte, ob dieses überstürzte Verhalten gerechtfertigt war. Wie kam Richard Beer, mit dem er sich freundschaftlich verbunden fühlte, dazu, auf einen Verdacht hin sein Zimmer durchsuchen zu lassen. Fred war der Meinung, es wäre ein Gebot der Fairness gewesen, zuerst den Verdacht ihm gegenüber zu äußern. Oder irrte er sich? Jetzt war es zu spät. Er musste etwas unternehmen.

Richards Anschuldigung war so überraschend gekommen, dass es Fred nicht gelungen war, sich zu verteidigen. Er hätte sofort vehement bestreiten sollen, dass ihm das Päckchen gehört. Er hätte behaupten sollen, dass ihm ein Kollege schaden wollte. Warum war er so blöd und naiv gewesen, dass er sich nicht verteidigt hatte. Fred rieb sich krampfhaft die Stirn. Er legte den Kulturbeutel wieder in den Schrank, im nächsten Nachtdienst brauchte er ihn. Falls es einen weiteren gäbe.

Dann verschloss er den Schrank und ordnete die Unterlagen auf seinem Tisch. Anschließend verließ er das Klinikgelände und irrte durch die belebten Straßen von Brügge. Völlig planlos und erregt lief er im schnellen Tempo, um den Druck abzubauen. Das gelang ihm nicht.

Nach einer halben Stunde stand er vor einer Bar, die er zuvor noch nie gesehen hatte. Er sah sich um und hoffte, dass niemand ihn erkennen würde. Dann öffnete er schnell die Tür und betrat die Bar. Er brauchte einen Whisky, um sich zu beruhigen. Es war sogar erlaubt, zu rauchen. Deshalb zündete er sich gleich eine Zigarette an und genoss die ersten Züge. Scheu sah er sich um. Er sah kein vertrautes Gesicht. Natürlich war es möglich, dass ein Patient oder ein Angehöriger ihn erkannt hatten. Aber diese Gefahr bestand immer. Zum Teufel, dachte er, warum kann ich nicht wie jeder andere in eine Bar gehen, wenn mir danach ist.

Der Barkeeper bot ihm einen Whisky an. Er hatte Freds unruhigen und verzweifelten Blick bemerkt, wollte ihn aber nicht darauf ansprechen. Fred fasste nach dem ersten Glas Whisky wieder etwas Mut. Er bildete sich ein, dass alles sich noch zum Guten wenden könnte. Es kann doch nicht sein, dass mich ein kleiner Fehler bei der Narkose aus der Bahn wirft. Und den Kollegen, der mich verpfiffen hat, werde ich mir auch noch vornehmen. Am meisten ärgerte er sich über das Verhalten seines Vorgesetzten, Doktor Beer. Wie konnte Richard so einfach ihm die Freundschaft aufkündigen? Bisher wurden kleine Nachlässigkeiten immer unter den Teppich gekehrt. Es kam gelegentlich vor, dass er und auch seine Kollegen bei der Narkose nachlässig waren und nicht alle Sicherheitsvorkehrungen beachteten. Selbst Doktor Beer war schon der eine oder andere Fehler unterlaufen.

Viel stärker ärgerte ihn, dass sein seltener Kokain Konsum, vielleicht dreimal, öffentlich gemacht worden war. Irgendjemand hatte ihn verraten. Dabei hatte er alles getan, um nicht aufzufallen. Wie konnte es dieser Person gelingen, Richard Beer davon zu überzeugen? Und warum hatte Richard so schnell die Durchsuchung seines Büros angeordnet. Es musste eine intensive Suche gewesen sein, sonst hätten sie das unscheinbare Päckchen in dem Kulturbeutel nicht gefunden.

Fred schwitzte. Er machte sich Vorwürfe und befürchtete, dass seine Karriere jäh unterbrochen worden war. Jetzt galt es, besonders vorsichtig zu sein. Es wurde von ihm erwartet, dass er den Drogentest machte, bevor er wieder zum Dienst erschien. Er fürchtete das Ergebnis und überlegte, wie er es zu seinen Gunsten beeinflussen konnte. Bevor er in seine Wohnung in der Haanstraat ging, musste er noch seine Gedanken sortieren. Ihm fiel ein, dass er vor einem Jahr in einer ähnlichen Klemme gesteckt hatte.

Er hatte während seines Dienstes in der Notaufnahme eine kongolesische Patientin mit starken Kopfschmerzen abgewiesen. Die Patientin war zu einem anderen ärztlichen Notdienst gefahren. Dort hatte man eine Hirnblutung festgestellt, die sofort behandelt werden musste. Der Ärztin der Notaufnahme war es absolut unverständlich, dass Fred die Patientin ohne eine kurze Untersuchung abgewiesen hatte. Sie zeigte Fred beim ärztlichen Dienst an. Fred wurde zum ärztlichen Direktor des Krankenhauses bestellt. Doktor Harms nahm den Vorfall sehr ernst und bestand darauf, dass sich Fred bei der Patientin entschuldigte. „Durch Ihr Verhalten gefährden Sie das Leben der Patienten. Außerdem setzten Sie uns erheblichen Schadensersatzforderungen aus. Wenn die Geschichte in die Presse gelangt, ist unser guter Ruf dahin“, erregte sich Harms. Er war kurz davor, Fred wegen des Vorfalls zu kündigen. Schließlich beließ er es bei einer Abmahnung, machte ihm jedoch zur Auflage, einen Kurs über die Diskriminierung von Patienten im Gesundheitssystem zu besuchen und die erfolgreiche Teilnahme nachzuweisen.

Fred hatte diese Auflage gedemütigt. Er sah sich bloßgestellt und war in seiner Ehre gekränkt. Später hatte er erfahren, dass er es allein Richard zu verdanken hatte, dass er weiter im Sint-Janhospitaal arbeiten durfte. Richard hatte sich für ihn eingesetzt und seine Fähigkeit als umsichtigen, gewissenhaften Arzt gelobt. Die Auflage, an dem Kurs teilzunehmen, konnte er allerdings auch nicht abwenden.

Fred hatte damals mit tiefer Ablehnung den Kurs besucht, und er musste einige Kritik einstecken. Sein Umgang besonders mit ausländischen Patienten wurde als sehr arrogant, belehrend und abweisend beanstandet. Fred absolvierte den Kurs nur, weil er die Teilnahme -Bescheinigung brauchte. Er hatte sich unentwegt mit der Kursleiterin gestritten und erst dann eingelenkt, wenn seine weitere Teilnahme an dem Kurs gefährdet war. Er hatte sich schließlich angewöhnt, auf die Zähne zu beißen und nach außen hin, alles zu akzeptieren. Mit großem Bedenken hatte ihm die Kursleiterin die notwendige Bescheinigung ausgestellt. Sie zweifelte daran, dass Freds Verhalten sich geändert hatte. Doktor Harms hatte ihm eine weitere Chance gegeben. Richard Beer, der Oberarzt der Station, hatte Fred darin bestätigt, dass die Verpflichtung, den Kurs zu besuchen, eine gewisse Schikane war. „Ich glaube nicht, dass Doktor Harms den Stress in der Notaufnahme beurteilen kann“, waren die Worte von Richard.

Fred wankte nach vier Gläsern Whisky und drei Flaschen Jupiler in seine Wohnung in der Haanstraat. Für heute hatte er genug. Er spürte, dass er einen dicken Kopf bekommen würde. In seiner Wohnung angekommen, schaltete er kein Licht an, obwohl es dunkel war. Die Beleuchtung auf der Straße, die durch das Fenster kam, reichte ihm aus. Bevor er sich ins Bett legte, duschte er noch kalt. In der Hoffnung, dass sich alles zum Guten wenden würde, versuchte er zu schlafen. Vielleicht hatte Richard einen schlechten Tag, hoffte er. Wahrscheinlich war es eher so, dass Richard vom Klinikdirektor angewiesen wurde, hart durchzugreifen. Die Durchsuchung seines Büros war sicher von Doktor Harms veranlasst worden. Trotzdem würde Richard niemals zugeben, dass er nur auf Anweisung des Direktors gehandelt hatte. Erschöpft drehte sich Fred von der einen auf die andere Seite. Wenn der Direktor selbst die Sache in die Hand nahm, hatte er schlechte Karten.

Und natürlich war zu verstehen, dass Richard seinen Kopf retten wollte. Er konnte von Richard nicht verlangen, sich ein weiteres Mal für ihn einzusetzen.

12

Bila hatte über eine Woche nichts von Fred gehört. Sie fand es merkwürdig, machte sich aber keine weiteren Gedanken. Schließlich hatte sie ihn gebeten, zu warten, bis sie sich melden würde. Sie hatte nicht damit gerechnet, dass Fred ihrer Aufforderung folgen würde. In früheren Situationen hatte er drei, vier Tage gewartet, und hatte dann unter einem Vorwand wieder angerufen. Vielleicht hatte er jetzt begriffen, dass es für ihre Beziehung besser war, abzuwarten, bis sie sich meldete. Vielleicht habe ich auch in den Gesprächen mit dem Therapeuten gelernt, meine Interessen besser und deutlicher zu vertreten und durchzusetzen, dachte Bila. Dann hätten sich die Gespräche gelohnt.

Ruth war nach dem Gespräch mit Kommissar Maertens nicht sicher, ob er die Zeugin vernehmen würde. Ray Maertens hatte sich nicht eindeutig geäußert. Und sie wusste nicht, was er beabsichtigte. Entweder hatte er sich in dem Gespräch mit ihr stur und dickköpfig gezeigt, weil er jede Einmischung in seine Ermittlungen ablehnte, oder er hatte tatsächlich kein Interesse mit Frede Mings zu sprechen. Ruth ließ es keine Ruhe. Sie brannte darauf, zu erfahren, ob er mit Frede gesprochen hatte. Sarah versuchte ihre Freundin zurückzuhalten: „Du hast in der Sache genug getan. Wenn Ray nicht mit Frede sprechen will, geht dich das nichts an. Ich kann verstehen, dass Wilma daran ein Interesse hat. Aber ihr geht es um Angela, ihre Enkelin. Ich bin sicher, dass dich Wilma angerufen hätte, wenn Maertens etwas unternommen hätte."

Ruth nickte. „Ja, das denke ich auch. Aber ich verstehe nicht, warum Wilma nicht schon längst angerufen hat. Seit dem Gespräch mit Ray ist fast eine Woche vergangen." „Du musst endlich lernen, etwas mehr Geduld zu haben, besonders bei Dingen, die dich nichts angehen." Ruth schluckte. Die Zurechtweisung von Sarah traf sie hart und unvorbereitet. „Was hältst du davon, wenn ich mit Wilma telefoniere?" „ Von mir aus. Tu, was du nicht lassen kannst." Wie so oft war Sarah keine große Hilfe. Gerade in Momenten, in denen eine Entscheidung zu treffen war, blieb sie unklar und gab schwammige Antworten. Das war typisch für Sarah, dachte Ruth. Sie will sich wie immer aus der Sache heraushalten, aus Angst, es könnte was passieren.

Ruth überlegte nicht lange. Sie rief Wilma an. „Hallo Ruth, gut, dich zu hören", meldete sich Wilma. „Konntest du etwas erfahren? Hat sich Kommissar Maertens bei Frede Mings gemeldet?“ „Bisher noch nicht. Frede wartet darauf“, erwiderte Wilma. „Kann ich nicht verstehen. Ich war gemeinsam mit Sarah bei ihm und habe ihn eindringlich gebeten, mit Frede zu sprechen. Ich weiß nicht, warum Ray Maertens es nicht für nötig hält, mit ihr zu sprechen. Nachdem, was du mir gesagt hast, ist sie eine wichtige Zeugin. Er kann auf sie nicht verzichten, wenn er den Fall klären will.“ „Ach Ruth, ich habe Zweifel, ob er unsere Sorge ernst nimmt. Was können wir tun? Frede kennt Angela und das getötete Mädchen aus der Schule. Sie kann sich gut erinnern, beide an dem Abend in dem Auto gesehen zu haben.“

Ruth dachte nach. „Was hältst du davon, wenn ich mit Frede spreche. Dann hätte ich selbst einen Eindruck, wie glaubhaft ihre Aussage ist. Wenn ich mir sicher bin, dass sie sich gut erinnern kann, werde ich Ray Druck machen.“ „Würdest du das machen?“ „Ja, Sarah meint zwar, ich soll mich nicht einmischen, und sie glaubt wie immer, dass ich mich in Gefahr bringe. Aber ich sehe keine Gefahr.“ Aus der Nähe von Ruth war ein Zischen von Sarah zu hören. „Ich kann mir auch nicht vorstellen, warum dich ein Gespräch mit Frede in Gefahr bringen soll. Aber es ist deine Entscheidung, und du hast schon viel für uns getan.“

„Gib mir Fredes Telefonnummer und ich werde sie anrufen.“ Wilma gab Ruth die Nummer. Sie beendeten das Gespräch. Sarah war verärgert. „Warum musstest du Wilma von meiner Angst berichten?“ „Ist doch nicht schlimm. Wilma kann ruhig erfahren, dass wir darüber reden. Und sie weiß auch, dass du eher ängstlich bist. Ich finde es gut, dass du deine Bedenken äußerst.“ „Okay. Dann ruf Frede an und bring es hinter dich.“ Das war keine Bitte, sondern eine Aufforderung, die Ruth sofort befolgte.

Nach wenigen Sekunden meldete sich Frede. Ruth stellte sich als eine Bekannte von Wilma vor. „Können wir uns am Strand in der Nähe des Kursaals treffen?“ Frede war einverstanden und sie vereinbarten sich in einer Stunde am Eingang zur Langestraat vor dem Restaurant Delphi zu treffen. Sarah begleitete Ruth zu dem Restaurant. Bei leichtem Nieselregen gingen Ruth und Sarah zu dem Restaurant, das nur wenige hundert Meter von ihrer Wohnung entfernt war. Sie erkannten Frede nach ihrer Beschreibung sofort und gingen gemeinsam in das Restaurant, in dem sich nur wenige Gäste befanden. Sie fanden einen Platz in einer Ecke, wo sie sich ungestört unterhalten konnten und bestellten Kaffee und Tee. Sarah nahm am Gespräch teil, nachdem sie sich davon überzeugt hatte, dass keine Gefahr drohte.

„Warum hast du so lange gewartet, bis du Wilma gesagt hast, was du gesehen hast?“, fragte Ruth. Frede war verlegen und zögerte mit einer Antwort. „Ich heiße nicht Frede. Mein Name ist Friede, Wilma nennt mich immer Frede, aber das ist nicht richtig.“ „Okay, dann werde ich dich als Friede ansprechen.“ Ruth spürte, dass Friede vorsichtig und zurückhaltend war. Sie wusste etwas, wollte sich aber vergewissern, ob sie Ruth vertrauen konnte. „Auf welcher Seite stehst du?“, fragte Friede plötzlich. Ruth hatte nicht mit dieser Frage gerechnet und war verlegen. „Wie meinst du das?“ Na ja, geht es dir um Wilma oder um Angela?“

Ruth sah Sarah an und dachte nach. Sarah zuckte zusammen, sie rechnete mit einem Streit. „Ich kenne Angela nicht. Wilma hat mich gebeten, ihr zu helfen. Ich gehe davon aus, dass sie sich große Sorgen um Angela macht.“ „Das weiß ich. Das Verhältnis zwischen Wilma und Angela ist aber alles andere als gut. Sie hatten einige Probleme in letzter Zeit. Sie stritten oft. Das war auch der Grund, warum ich mich so spät bei Wilma gemeldet habe. Ich habe lange mit mir gerungen. Und ich bin mir immer noch nicht sicher, ob Angela damit einverstanden ist, dass ich Wilma angerufen habe. Ich hatte das Gefühl, dass sie sich von Wilma entfernen wollte. Endgültig."

Ruth schluckte, es schien doch komplizierter zu sein, als sie angenommen hatte. „Du meinst, dass es Angela nicht recht war, dass du Wilma angerufen hast?" „Ja, zum Teufel. Beide hatten sich verkracht. Und Angela hatte ihre Geheimnisse, über die sie mit Wilma nicht reden wollte." Ruth überlegte, ob sie darauf eingehen sollte. Es schien nicht der richtige Zeitpunkt, und sie konnte Friede noch nicht einschätzen. Besser war es, abzuwarten, bis Friede selbst darauf zu sprechen kam. Sarah bemerkte die Unsicherheit ihrer Freundin und warf ihr einen besorgten Blick zu. „Wenigstens hast du Wilma gesagt, dass du Angela an dem Abend gesehen hast. Und du bist dir sicher?" „Absolut."

„Würde es dir etwas ausmachen, mit uns zur Polizei zu gehen und dort eine Aussage zu machen?" „Ich weiß nicht, ob das im Interesse von Angela ist." „Verstehe ich nicht", empörte sich Ruth. „Seit über einem Monat sucht Wilma nach ihrer Enkelin. Ich kann die Beziehung zwischen den beiden nicht einschätzen. Aber ich gehe davon aus, dass sie eine intensive Beziehung haben." „Ja, Angela ist bei Wilma aufgewachsen. Ihre Mutter war krank und konnte sich nicht um sie kümmern." „Dann kannst du dir doch vorstellen, dass Wilma in großer Sorge ist, wenn sie nicht erfährt, wie es ihrer Enkelin geht." „Ja, das war auch der einzige Grund, warum ich Wilma angerufen habe." „Es geht doch nur darum, ob Angela bei dem Unfall verletzt wurde." „Ja, ich kann doch verstehen, dass das Wilma wissen will. Aber nicht nur das. Selbst wenn Angela nichts passiert ist, will sie wissen, wo sich Angela aufhält. Und dann geht das Theater von vorne los.“ Frieda rieb sich nervös die Stirn.

Einige Zeit schwiegen sie. Dann hakte Ruth nach. „Ich kann dir versichern, dass ich Wilma nur dabei helfe, herauszufinden, ob Angela bei dem Unfall verletzt wurde. Alles andere ist mir egal.“ Friede nickte, sie konnte sich nicht entscheiden, ob sie Ruth glauben konnte. Unschlüssig sah sie sich um. „Soll ich dir einen Kaffee bestellen?“, fragte Ruth, die Friedes Aufregung bemerkte. „Ja, das wäre gut.“ Ruth und Sarah beruhigten Friede. „Wir verlangen von dir nur, dass du mit uns zur Polizei gehst und bestätigst, dass du Angela an dem Abend in dem Auto gesehen hast. Das ist doch nicht viel.“ „Nein, aber ich glaube nicht, dass Angela damit einverstanden wäre.“ „Warum? Es spielt doch keine Rolle, ob sie Streit mit Wilma hat. Es geht nur darum, dass die Polizei weiß, dass sie in dem Auto saß. Es ist doch naheliegend, dass sie bei dem Unfall verletzt wurde. Angela wurde seit dem Unfall nicht mehr gesehen, und die Fahrerin des Autos wurde bei dem Unfall getötet. Begreifst du das nicht?“

Jetzt musste Sarah ihre Freundin beruhigen. „Bitte hör auf, Friede zu drängen. Sie muss es selbst entscheiden, ob sie uns zur Polizei begleitet. Und wenn sie Bedenken hat, müssen wir das akzeptieren.“ Ruth sah Friede entschuldigend an. „Tut mir leid. Wir sind alle etwas aufgeregt.“ Friede nickte und nahm die Entschuldigung an. „Ich habe lange mit mir gerungen, ob ich Wilma anrufen soll. Das könnt ihr euch nicht vorstellen.“ Friede schluchzte. „Ich habe mir schon gedacht, dass es nur Ärger bringt.“ Sarah legte behutsam ihre Hand auf Friedes Schulter. „Wir wollen dich nicht drängen. Es geht uns nur darum, dass du bei der Polizei sagst, dass du Angela gesehen hast. Sie werden dir glauben und intensiv nach Angela suchen. Bisher haben sie wenig getan.“

Friede rieb sich die Augen. „Das versteh ich nicht. Warum haben sie nicht nach Angela gesucht?“ „Weil sie nicht glauben, dass Angela in dem Auto saß. Obwohl Wilma das immer wieder den Beamten gesagt hat. Du kannst dir nicht vorstellen, was Wilma durchmacht. Keiner glaubt ihr, und sie ist mit ihrer Sorge allein.“ „Aber es kann doch nicht allein von mir abhängen, ob sie ihr glauben.“ „Doch, du bist die Einzige, die Angela gesehen hat“, erwiderte Ruth energisch. Sarah spürte, dass sich Friede nicht entscheiden konnte. „Du kannst es dir in Ruhe überlegen. Und dann sagst du uns Bescheid.“ Friede war erleichtert. Und auch Ruth war damit einverstanden. Sie wechselten das Thema und sprachen über andere Dinge. Nach zwanzig Minuten zahlte Ruth die Rechnung und sie verabschiedeten sich von Friede. Friede versprach, sich zu melden.

In Gedanken versunken trotteten Ruth und Sarah nach Hause. „Hätte nicht gedacht, dass es so kompliziert ist“, dachte Ruth laut nach. Sarah nickte. „Ja, es wird nicht so einfach sein, Friede zu überzeugen. Und es ist gut, dass du nicht darauf bestehst und Friede drängst.“ „Das hatte ich eigentlich vor. Gut, dass du mich davon abgehalten hast. Wahrscheinlich wäre es falsch gewesen. Es ist noch vieles ungeklärt. Die Beziehung zwischen Angela und ihrer Oma, welches Geheimnis Angela verbergen wollte, und warum sie ihre Oma verlassen wollte. In diesem Licht bekommt der Abend des Unglücks eine völlig andere Bedeutung.“

Sarah schwieg eine Minute. „Ich hoffe, du machst es dir nicht zur Aufgabe, das Rätsel noch heute zu lösen.“ „Nicht heute“, lachte Ruth. In der Wohnung angekommen tranken sie einen Tee und hörten Sonaten von Georg Friedrich Händel im Klassikprogramm. Die Sonne hatte sich verzogen und dunkle Wolken kündigten Regen an. „Dich treibt der Gedanke um, was an dem Abend passiert ist. Aber du merkst, dass selbst ein gewöhnlicher Unfall manchmal schwerer aufzuklären ist, als du denkst. Deshalb empfehle ich dir, die Finger davon zu lassen. Ruf Wilma an und sage ihr, dass du alles versucht hast und Friede gebeten hast, sich bei der Polizei zu melden. Mehr kannst du nicht tun."

Ruth wollte nicht widersprechen, obwohl sie nicht einverstanden war. Irgendwas sträubte sich in ihr. Sie konnte nicht aufgeben, ohne etwas erreicht zu haben. Wenn sie jetzt Wilma anrufen und ihr mitteilen würde, sie könne nichts mehr unternehmen, wäre es eine Niederlage, die sie persönlich treffen würde. Ruth setzte sich an den Tisch. „Ich werde Wilma sagen, dass wir Friede gebeten haben, zur Polizei zu gehen. Aber ich werde ihr auch sagen, dass Friede zögert, weil sie Angst hat, Angela zu verraten. Wenn Wilma mit Unverständnis reagiert, werde ich sie auf ihr Verhältnis zu Angela ansprechen… Was hältst du davon?" „Ich kann Wilma nicht einschätzen. Nach allem, was Friede sagte, scheint das Verhältnis komplizierter zu sein, als ich dachte. Ich habe erst von Friede erfahren, dass Angela bei Wilma aufgewachsen ist. Deshalb scheint eine stärkere Beziehung zu bestehen, als ich bisher angenommen habe. Und es sieht so aus, als wäre eine feste Bindung vorhanden, von der sich Angela befreien wollte. All das solltest du berücksichtigen, wenn du mit Wilma sprichst. Kein einfaches Gespräch." Nach den letzten Worten von Sarah zögerte Ruth. „Dann werde ich nochmal darüber nachdenken."

Sie verbrachten einen ruhigen Abend und übten einige Stücke für den Möwenchor. Sarah konnte die Melodien auf ihrer Flöte flüssig und mit viel Ausdruck spielen. Ruth hatte immer wieder Schwierigkeiten auf dem Klavier den Rhythmus zu halten, manchmal fand sie den richtigen Einsatz nicht. Nach zwanzig Minuten brach Sarah verärgert ab. „Dir gelingt es überhaupt nicht, mich zu begleiten. Entweder der Einsatz kommt zu früh oder zu spät. Auch kannst du das Tempo nicht halten. Du bist nicht richtig bei der Sache." Ruth nickte. „Machen wir morgen weiter." Ruth ging in ihr Zimmer und legte sich auf ihr Bett. Sie wollte ihre Gedanken und Eindrücke ordnen. Als ein Anruf von Wilma kam, sagte sie ihr, sie werde morgen zurückrufen.

Ruth war sich sicher, dass es richtig war, kein längeres Gespräch mit Wilma zu führen. Sie war sich unsicher und versuchte Wilma nach dem Bericht von Friede neu einzuschätzen. Bisher war ihr vieles unbekannt. Sie kannte Wilma aus dem Möwenchor, den Wilma manchmal mit ihrer Stimme unterstützte. Wilma war freundlich und immer guter Dinge. Nie hatte sie Wilma traurig erlebt. Wahrscheinlich gehörte es zu ihrem Wesen, sich freundlich und ungezwungen zu geben. Trotzdem hatte Ruth gelegentlich das Gefühl, dass sich hinter der freundlichen Fassade ein leichter Zug von Traurigkeit verbarg. Besonders in den Momenten, in denen sich Wilma unbeobachtete fühlte. Erst jetzt fiel Ruth auf, dass sie sich gewundert hatte und dennoch der fehlenden Übereinstimmung keine Bedeutung beigemessen hatte.

Lag es daran, dass Wilma nicht über ihre Probleme in der Familie sprechen wollte? Ruth hatte erst nach Wilmas traurigem Hilferuf erfahren, dass sie eine enge Beziehung zu ihrer Enkelin hatte. Wilma hatte nicht darüber gesprochen, dass Angela bei ihr aufgewachsen war. Wahrscheinlich wussten einige Chormitglieder, die Wilma schon länger kannten, mehr über Wilma Bescheid. Seit fünf Jahren kannte Ruth Wilma. In dieser Zeit hatte Wilma ihre Familie nie erwähnt. Ruth wusste, dass Wilma in einer kleinen Siedlung in

Ostende lebte. Sie hatte immer vermutet, Wilma würde allein leben. Sie schätzte Wilma auf Mitte siebzig.

Auf dem Weg zum Bad begegnete Ruth Sarah, die noch im Wohnzimmer saß und im Fernsehen eine Komödie sah. „Wilma hat mich vor einer halben Stunde angerufen. Ich habe ihr gesagt, dass ich morgen zurückrufe … Mir ist aufgefallen, dass ich Wilma kaum einschätzen kann, obwohl ich sie seit fünf Jahren kenne.“ Sarah rieb sich die Augen. „Ja, nachdem was uns Friede gesagt hat, geht es mir auch so. Wir hatten bisher keinen Grund, Wilma nach ihrem Familienleben zu fragen.“ „Wenn es stimmt, dass Angela bis vor wenigen Wochen bei Wilma gelebt hat … Dann kann ich mir vorstellen, dass Angela sich mit Mitte zwanzig ein eigenes Leben aufbauen wollte. Wilma wird es nicht gefallen haben.“

„So einfach, wie du es dir vorstellst, wird es nicht gewesen sein. Ich glaube, da steckt mehr dahinter. Auch Angela wird es nicht leicht gefallen sein, Wilma zu verlassen. Sei vorsichtig, wenn du Wilma auf ihre Beziehung zu Angela ansprichst.“ „Sicher. Bisher bin ich nur davon ausgegangen, dass Wilmas eigentliche Sorge, Angelas Verschwinden nach dem Unfall ist“, erklärte Ruth. „Das ist sicher die Hauptsorge. Aber es steckt noch mehr dahinter.“

13

Am nächsten Morgen rief Ruth Wilma an. „Wilma, ich muss etwas mit dir besprechen“, sagte Ruth nach der Begrüßung. „Was gibt es zu besprechen?“ „Lass uns das besser in einem persönlichen Gespräch klären. Kannst du uns heute Nachmittag gegen drei Uhr besuchen?“ „Ja, das geht. Bin gespannt, um was es geht.“ „Du weißt, wo wir wohnen?“ „Ja, ich komme um drei Uhr.“ Sarah hatte das Gespräch gehört und nickte. „Das ist eine gute Entscheidung. So etwas lässt sich besser in einem persönlichen Gespräch klären. Ich werde uns einen Kuchen backen. Du kannst noch Kaffee und etwas Obst besorgen.“ Ruth war einverstanden und zog ihre Sportschuhe an. „Bis gleich. Falls dir noch etwas einfällt, was wir brauchen, ruf mich an.“ Sarah nickte.

Ruth freute sich über etwas Bewegung. Sie hatte nachts nur wenig geschlafen, weil sie darüber nachgedacht hatte, wie sie es mit Wilma besprechen sollte. Jetzt hatte sie immer noch keinen klaren Plan, aber immerhin gab es einige Ansätze, die sie verfolgen wollte. Wichtig war, dass ihr das Gespräch nicht entgleiten durfte und sie notfalls Wilma auffangen konnten. Ruth kaufte in einem Supermarkt in der Langestraat Kaffee und frische Erdbeeren. Außerdem fand sie noch einen Bordeaux-Wein, den sie gemeinsam mit Sarah und Wilma trinken wollte. Sie spürte, wie gut ihr die frische Meeresbrise tat. Sie fühlte sich erleichtert und spürte, wie sich schwere Gedanken auflösten. Sie sah dem Gespräch mit Wilma nun entspannter entgegen. Sicher würde Sarah eingreifen, wenn es Probleme gäbe. Nach einer Stunde kehrte sie in die Wohnung zurück. Sarah erwartete sie bereits. Es roch nach einem frischen Marmorkuchen.

Pünktlich um drei Uhr erschien Wilma. Sie setzten sich an den Tisch im Wohnzimmer. Nach einer freundlichen Begrüßung zeigte sich Wilma besorgt. „Ich hoffe, ihr habt keine schlechten Nachrichten“, erklärte Wilm scherzhaft mit einer gewissen Anspannung. „Nein“, erwiderte Ruth, die nach Absprache mit Sarah das Gespräch übernahm. „Ich will dir nur berichten, was uns Friede gesagt hat. Es ist besser, wenn ich das in einem persönlichen Gespräch sage.“ Wilma zitterte etwas und betrachtete Ruth mit sorgenvoller Miene. „Weiß sie, wo Angela ist?“ „Nein, das weiß sie nicht. Sie hat Angela an dem Unglücksabend gesehen. Sie glaubt, dass Angela flüchten wollte." „Verstehe ich nicht. Warum wollte Angela flüchten?"

Ruth spürte, dass es nicht leicht werden würde. Auch ein besorgter Blick von Sarah forderte sie auf, vorsichtig zu sein. „Friede hat uns gesagt, dass sich Angela von dir lösen wollte. Angela wäre bei dir aufgewachsen und hätte bis jetzt bei dir gelebt. In der letzten Zeit hätte es einige Probleme gegeben." Ruth hielt inne und wartete auf Wilmas Reaktion. „Alles Quatsch. Natürlich gab es hin und wieder Streit. So wie überall. Aber wir haben uns immer vertragen, und ich glaube nicht, dass Angela woanders leben wollte. Hat sie jedenfalls nie gesagt." „Trotzdem wäre es doch verständlich, wenn Angela mit Mitte zwanzig sich eine eigene Wohnung suchen will."

Wilma strich sich irritiert über die Stirn. „Natürlich, ich hätte ihr doch keine Steine in den Weg gelegt. Aber Angela hat mich nie darauf angesprochen." „Vielleicht wollte sie es nicht sagen. Vielleicht hatte sie Angst, dich zu kränken." „Nein, wir haben ein offenes Verhältnis. Wenn sie unzufrieden gewesen wäre, hätte ich es gemerkt." „Wie kommt es dann, dass Friede etwas darüber wusste?" „Weiß ich nicht. Vielleicht hatte Angela etwas angedeutet. Mit Sicherheit nicht, dass sie ausziehen wollte. Es wird viel geredet …" „Nachdem was Friede sagte, hörte es sich eher wie einen Entschluss an, der länger geplant war." „Unsinn, das hätte ich gemerkt."

Ruth spürte die Aufregung von Wilma und versuchte zu beruhigen. „Selbst wenn es eine Entscheidung von Angela gewesen wäre, hätte euer Verhältnis darunter nicht leiden müssen." „Klar, wir hätten es bestimmt geschafft, und ich hätte ihr auch geholfen. Aber es gab keine Anzeichen dafür, dass

Angela sich eine andere Wohnung suchte. Sie hatte keine Arbeit und wovon hätte sie die Miete zahlen sollen." „Das ist ein anderer Punkt. Hattet ihr an dem Tag als das Unglück passierte einen Streit?" Wilma dachte nach. „Kann mich nicht daran erinnern."

„Ich bitte dich. Ist an dem Tag etwas vorgefallen?" Wilma schluckte und grübelte. „Ich habe mir zigmal überlegt, was an dem Tag passiert ist … Angela war morgens spät aufgestanden. Ich hatte schon lange gefrühstückt. Später hat sie mir im Haushalt geholfen. Sie war nicht schlechter Laune, vielleicht etwas nachdenklich. Am späten Nachmittag sagte sie, dass sie sich mit Jenny Ruuter treffen will. Ich habe nicht gefragt, was sie vorhatten. Die beiden Mädchen waren oft gemeinsam unterwegs und haben sich manchmal mit anderen Freunden getroffen. Ich kann mich noch erinnern, dass sich Angela von mir freundlich verabschiedet hat. Es gab keinen Streit."

„Hat Angela etwas mitgenommen?" „Außer ihrer Handtasche hatte sie nichts dabei… Was soll das? Glaubst du im Ernst, dass Angela sich ohne weiteres abgesetzt hätte. Das war nicht ihr Stil. Wir hatten ein gutes und herzliches Verhältnis. Sie ist bei mir aufgewachsen und ich kann mich nicht erinnern, dass sie mehr als zwei Tag von mir getrennt war." Sarah hielt es für nötig, einzugreifen. „Wilma, wir wollen dir keinen Vorwurf machen. Es geht uns nur darum, zu erfahren, was an dem Abend geschehen ist." „Das ist doch ganz einfach. Angela ist mit Jenny Auto gefahren, und auf der Autobahn gab es einen Unfall, den ein Geisterfahrer verschuldet hat. Seitdem ist Angela nicht mehr aufgetaucht. Und ich würde alles dafür geben, zu erfahren, wie es ihr geht."

Ruth und Sarah nickten. „Okay", sagte Ruth, „ dann gehen wir davon aus, dass die Vermutung von Friede falsch ist.

Vielleicht hat sie sich etwas ausgedacht oder etwas falsch verstanden." „Friede neigt dazu, alles etwas dramatischer darzustellen und zu fantasieren. Sie sucht nach Anerkennung. Ihr Verhältnis zu Angela war nicht besonders gut. Sie hatten oft Streit. Wahrscheinlich ist das ein Grund, warum sie diese Lügengeschichte erzählt." „Aber Friede hat Schwierigkeiten, gemeinsam mit uns zu Maertens zu gehen. Sie will nicht sagen, was sie gesehen hat." „Warum?" „Sie glaubt, dass sie Angela verraten würde." „Unsinn. Wenn Angela etwas passiert wäre, wäre es ihr wichtig, dass ich es erfahre."

Ruth spürte, dass sie sich im Kreis drehten. Wilma war davon überzeugt, dass Angela keine Absicht hatte, sich von ihr zu entfernen. „Vielleicht hat Friede gelogen und will sich nur wichtig tun", erklärte Wilma. Wilma zuckte krampfhaft mit ihrem Kopf. Es sah aus wie ein epileptischer Anfall. Sarah und Ruth erschraken. „Was ist los? Können wir dir helfen?" „Neiinn", stotterte Wilma, „das geht gleich vorbei." Sarah reichte Wilma ein Glas Wasser. „Trink etwas. Willst du dich kurz hinlegen?" Wilma nahm mit zitternden Händen das Glas und führte es vorsichtig zum Mund. Sie hatte große Schwierigkeiten das Glas zu halten und verschüttete einige Tropfen. Sie konnte ihre Augen nicht kontrollieren. Es dauerte zwei Minuten bis sich der Krampf etwas löste. Sie wirkte erschöpft. „Du kannst dich gern auf die Couch legen. Ich bringe dir eine Decke", erklärte Sarah voller Sorge.

Wilma nickte. Mit letzter Kraft richtete sie sich aus dem Stuhl auf. Ruth und Sarah halfen ihr beim Aufstehen und dabei, sich auf die Couch zu legen. Sarah massierte Wilmas Hals, öffnete zwei Knöpfe ihre Bluse und legte eine Decke über Wilma. „Sollen wir einen Arzt rufen?" „Nein, geht schon. Vielen Dank." Sarah zog die Vorhänge im Wohnzimmer zu und ging mit Ruth in ihr Zimmer. Beide waren besorgt. Sie hatten nicht mit dem Krampfanfall gerechnet und wirkten hilflos. „Sollen wir einen Arzt rufen?", flüsterte Sarah. „Warten wir noch ab. Vielleicht erholt sie sich." Ruth schaute ins Wohnzimmer und bemerkte, dass Wilma ruhig und entspannt auf der Couch lag. „Brauchst du Tabletten?", flüsterte sie. „Ja, in meiner Handtasche ist eine Schachtel. Kannst du mir eine geben?"

Ruth fand in der Handtasche eine Medikamentenpackung. Sie nahm an, dass es Herzmedikamente waren. Dann gab sie Wilma eine Tablette. Ruth half ihr, etwas Wasser zu trinken. „Vielen Dank", keuchte Wilma, „in fünf Minuten geht es mir wieder gut." Ruth verließ das Wohnzimmer. Nach zehn Minuten stand Wilma vorsichtig auf und öffnete die Vorhänge. Ruth und Sarah kehrten in das Wohnzimmer zurück. „Tut mir leid, ich hatte mich aufgeregt. Jetzt ist wieder alles gut." Vorsichtig setzte sich Wilma wieder auf den Stuhl. Sie wirkte angegriffen, hatte aber wieder Farbe bekommen.

„Du musst aufpassen und dich schonen", sagte Sarah. „Ja, ich versuch es. Klappt nicht immer." Wilma lächelte. „Alles halb so wild. Ich bin einiges gewohnt. Und so schnell haut mich nichts um." Sarah sah Ruth beunruhigt an. Sie hatte Zweifel. Nach zehn Minuten richtete sich Wilma auf. „Ich werde jetzt besser nach Hause gehen. Könnt ihr mir ein Taxi rufen?" „Wir werden dich nach Hause bringen", schlug Ruth vor. „Nein das braucht ihr nicht. Ich habe mich wieder erholt." Sarah wollte widersprechen, spürte aber, dass Wilma hartnäckig blieb. „Vielen Dank, ich habe euch schon genug Umstände gemacht." Ruth verlangte ein Taxi. Als das Taxi vor dem Haus stand, verabschiedete sich Wilma: „Vielen Dank für eure Unterstützung. Auf eine Aussage von Friede müssen wir verzichten. Sie hat gelogen.“ Weder Ruth noch Sarah wollten darauf etwas erwidern. Verunsichert und verlegen sahen sie Wilma hinterher und beobachteten, wie sie vorsichtig in das Taxi stieg.

„Huch, darauf brauch ich jetzt einen Whisky“, stöhnte Ruth und atmete tief durch. „Lange hätte ich ein Gespräch mit Wilma nicht mehr ausgehalten. Das erinnert mich an die schlimmsten Gespräche in meiner Zeit als Versicherungsagentin. So viele Widersprüche. Kaum auszuhalten.“ Sarah lachte herzhaft. „Ja, das war alles andere als überzeugend. Ich weiß nicht, was ich von Wilma halten soll. Entweder ist sie tatsächlich schwer erschüttert, oder sie ist eine perfekte Schauspielerin. Erst hielt sie große Stücke auf Friede und wollte unbedingt, dass sie bei der Polizei eine Aussage macht. Sobald wir Wilma mit den Angaben von Friede konfrontieren, macht sie einen Rückzieher. Plötzlich ist Friede ein dummes Mädchen, das sich wichtig tut, Dinge erfindet und lügt. Kaum zu glauben. Was treibt Wilma um?“

Ruth nickte. „Sie wird nicht am Fenster sitzen und warten, bis sich die dunklen Wolken verzogen haben. Ihr passt es nicht, dass Friede etwas über Wilmas Beziehung zu Angela ausgeplaudert hat. Es mag nicht alles stimmen. Aber warum zum Teufel regt sie sich so auf, als würde man sie bedrohen? Am Anfang räumte sie ein, dass sie manchmal mit Angela streiten würde. Aber niemals, nicht im Traum, würde sie sich damit beschäftigen, dass Angela sie verlassen würde. Selbst wenn die Beziehung noch so gut ist, wäre es doch kein Wunder, wenn Angela mit Mitte zwanzig selbständig werden will. Außerdem sagte Friede, dass es ein Geheimnis gäbe, welches Angela verberge. Kannst du dir vorstellen, was sie damit meinte?“

Sarah überlegte. Sie trank gemeinsam mit Ruth ein kleines Glas Whisky zur Beruhigung. Dann atmete sie tief durch. „Ich wüsste gern, was hinter der Sache steckt. Die Sache ist nicht ungefährlich. Aber jetzt bin ich durch deine Umtriebigkeit schon so stark drin, dass ich neugierig bin. Entweder hat Wilma Friede völlig falsch eingeschätzt, oder sie glaubte nicht, dass Friede bei ihren Angaben auch andere Dinge erwähnen würde." Ruth lächelte. „Aus meiner Sicht gibt es nur zwei Möglichkeiten: Entweder hat Friede nichts gesehen und lügt. Dann hat sie Wilma getäuscht. Oder, Friede hat Angela an dem Abend gesehen und einiges erfahren, was Wilma nicht zur Kenntnis nehmen will. Ich hatte keinen Grund, an Friedes Angaben zu zweifeln. Und daran hat sich nichts geändert."

„Und warum zögert Friede, eine Aussage bei der Polizei zu machen?", fragte Sarah. „Weil sie Angela nicht verraten will. Wenn Angela flüchten wollte, wäre sie nicht damit einverstanden, dass man sie sucht." „Das versteh ich nicht. Die Polizei kann doch nach ihr suchen. Wenn sie gefunden wird, kann Angela bestätigen, dass sie nicht mehr zu Wilma zurück will." „Gerade das will Angela vermeiden. Verstehst du das nicht?" Sarah sah Ruth erschrocken an. „Ich kenne Wilma nicht so gut. Aber ich kann mir nicht vorstellen, dass Wilma so ein Theater machen würde." „Du hast sie doch gerade erlebt."

Sarah spürte eine Anspannung und Beklemmung. „Lass uns über was anderes reden. Vielleicht schätzen wir Wilma falsch ein." Sarah stand auf und nahm ihre Flöte aus dem Regal. „Lass uns etwas üben." Ruth tat ihr den Gefallen und setzte sich ans Klavier. Sie spielten zuerst einfache Stücke von Corelli, um den richtigen Rhythmus zu finden. Es hörte sich flüssig und unbeschwert an. Dann wagten sie sich an schwierigere Stücke, die sie bei einer Veranstaltung des Möwenchors vorführen wollten. Nach einer halben Stunde legten sie eine Pause ein und waren zufrieden mit ihrem gelungenen Zusammenspiel. „Wenn wir so flüssig bei der Aufführung spielen, wird es ein großer Erfolg“, freute sich Sarah. Ruth nickte. „Das wird sicher ein Erfolg.“

„Ich brauch noch etwas Bewegung“, erklärte Ruth. „Kommst du mit zu einem Spaziergang auf der Promenade?“ Sarah überlegte. „Warum nicht? Würde uns sicher guttun. Wenn du eine halbe Stunde wartest, dann gehe ich noch ins Bad.“ „Lass dir Zeit. Keine Eile.“ Ruth sah ihre Nachrichten im Internet und wartete geduldig. Nachdem Sarah aus dem Bad zurück war und sich angezogen hatte, verließen sie die Wohnung gegen acht Uhr abends. Sie liefen über die Strandpromenade in Richtung Middelkerke. Ein leichter Wind, der vom Meer kam, brachte milde Luft, die die Wärme des Tages milderte. Mit schnellen Schritten liefen sie über den Weg, der tagsüber von tausend Menschen mit und ohne Hund beschritten worden war. An den vollen Mülltonnen am Wegesrand war zu erkennen, dass vor einigen Stunden noch ein reges Treiben herrschte. Jetzt waren nur noch wenige Menschen unterwegs, die wahrscheinlich ein ähnliches Anliegen wie Ruth und Sarah hatten. Man grüßte sich oder lächelte sich zu.

Nach einer halben Stunde legten sie eine Pause ein. „Ich finde, wir sollten umkehren“, schlug Sarah vor. „Ja, können wir machen. Wenn du Lust hast, setzen wir uns noch vor eine Strandbar und trinken ein Jupiler.“ Sarah war einverstanden. Entgegen ihrer üblichen Zurückhaltung war sie heute nach dem Gespräch mit Wilma aufgekratzt und konnte noch nicht die gewohnte Ruhe finden. Sie fanden eine Bar und setzen sich in den windgeschützten Außenbereich. Ruth bestellte zwei Jupiler. „Das war ein Gespräch, das für alle sehr anstrengend war. Trotzdem war es wichtig, dass wir Wilma darauf angesprochen haben“, dachte Ruth laut nach. „Ja, eine Klärung wäre mir lieber gewesen. Aber so ist es auch in Ordnung. Wir wissen jetzt, dass es Dinge gibt, über die Wilma nicht sprechen will. Und dann ist es ihr sogar recht, auf eine wichtige Zeugin zu verzichten. Dabei könnte gerade eine Aussage von Friede, wenn sie stimmt, Kommissar Maertens dazu bewegen, etwas stärker zu ermitteln. Wenn Friede die beiden tatsächlich eine halbe Stunde vor dem Unfall gesehen hat, ist es sehr wahrscheinlich, dass sie auch beide in den Unfall verwickelt wurden.“

Ruth nickte. „So sehe ich das auch. Ich gebe zu, dass ich mir von dem Gespräch mit Wilma etwas anderes erhofft habe. Ich habe die letzte Nacht kaum geschlafen, habe über Friedes Bemerkungen nachgedacht. Und ich hatte das Gefühl, dass Wilma nicht bereit wäre, zuzugeben, dass Angela sich von ihr entfernen wollte. Trotzdem hatte ich gehofft, dass Wilma nach und nach etwas über Angelas Absicht einräumen würde, auch wenn es schwer für sie wäre. Das ist nicht geschehen. Traurig.“ „Ihr fällt es schwer, darüber zu reden und sie will nicht daran erinnert werden.“ Sie tranken noch ein zweites Bier und trotteten dann ermüdet nach Hause. Weder der Konflikt, in dem sich Wilma befand, noch Friedes Konflikt ließ sich klären.

14

Nachdem Bila lange Zeit nichts von Fred gehört hatte, rief sie ihn an. Fred meldete sich erst beim zweiten Anruf, der wenige Sekunden später erfolgte. „Hallo“, sprach er mit müder und rauer Stimme. „Ich wollte mich mal wieder melden“, erklärte Bila freundlich. „Wie geht es dir?“ „Nicht so gut. Habe schlecht geschlafen und es gibt Ärger bei der Arbeit.“ „Das ist traurig. Was ist passiert?“ „Ist eine komplizierte Geschichte. Weiß nicht, ob ich darüber reden kann.“ „Wie du willst.“ Fred räusperte sich verlegen. „Ich war erst nachlässig und habe dann eine Dummheit begangen.“ „Oh, das ist ärgerlich. Kannst du das wieder gerade biegen?“ „Sieht nicht danach aus. Aber ich werde alles versuchen. Sonst muss ich mir einen anderen Job suchen.“ „Das wird als Narkosearzt nicht so schwer werden.“ „Na ja, in Brügge ist die Auswahl nicht so groß. Aber in Gent oder Brüssel müsste es schon klappen.“

Eine Weile schwiegen sie. Bila überlegte, ob sie Fred darauf ansprechen sollte, welche Dummheit er begangen hatte oder wo er nachlässig gewesen war. Sie vermied es, weil sie glaubte, dass es ihm peinlich war. „Du willst sicher erfahren, was ich gemacht habe“, unterbrach Fred die Stille. „Wenn du es mir sagen willst.“ „Ich habe dir gegenüber keine Geheimnisse. Im Gegensatz zu dir.“ Bila schluckte. Was meinte er damit? „Wo habe ich Geheimnisse?“ „Du willst nicht über den Unfall reden, von dem du erfahren hast, und der dich beunruhigt hat.“

Bila musste nachdenken. „Ach so. Meinst du den Unfall, den ich vor zwei Wochen erwähnt habe. Ich habe dir doch gesagt, dass es nicht so wichtig ist. Warum reitest du immer noch darauf herum?“ „Beim ersten Mal, als du den Unfall erwähnt hast, klang es anders.“ „Da hast du dich getäuscht. Ich hatte es gerade erfahren, und es war der erste Eindruck.“ „Der erste Eindruck ist immer von Bedeutung.“ „Glaube ich nicht. Ich will mich nicht schon wieder mit dir streiten“, erwiderte Bila verärgert. Warum, zum Teufel, trieb er es immer wieder auf die Spitze?

Fred lachte. Sein typisches Lachen, das Verlegenheit unterdrücken sollte. Er wusste, dass er Bila damit noch mehr ärgerte. „Ich verstehe dich nicht. Ich will ein freundliches Gespräch mit dir führen. Es dauert keine Minute und du suchst einen Streit. Das ärgert mich. Ich frage mich, warum ich dich angerufen habe." „Schon gut", beschwichtigte Fred, „wenn du nicht über den Unfall reden willst, ist es deine Sache." „Du bohrst solange, bis du dein Ziel erreicht hast. Dabei hat der Unfall wirklich keine Bedeutung." „Dann kannst du doch auch darüber reden." Bila war genervt. „Also gut, wenn du unbedingt alles wissen willst. Der BMW meines Vaters wurde gestohlen. Und der Dieb hat als Geisterfahrer auf der Autobahn in der Nähe von Ostende einen Unfall verursacht bei dem eine junge Frau gestorben ist. Angeblich saß eine weitere Frau in dem Auto, die seitdem vermisst wird."

„Was heißt angeblich?" „Es gibt eine Zeitungsmeldung, wonach jemand behauptet, dass seine Enkelin in dem Unfallwagen gesessen habe und nach dem Unfall nicht mehr aufgetaucht ist." „Man darf nicht alles glauben, was in der Zeitung steht." „Nein, ich glaube nicht alles. Aber warum sollte jemand so etwas behaupten." „Das kann verschiedene Gründe haben." „Ist ja auch egal. Ich habe mit dem Unfall nichts zu tun. Es hat mich tief getroffen, dass ich nach dem Tod von Papa erst von dem Mietwagen erfahre, und dann, zwei Wochen später, von dem Unfall. Das ist ´ne ganze Menge Ärger in kurzer Zeit. Und es ist auch tragisch, dass die junge Frau sterben musste." „Stimmt", erwiderte Fred. Er war um ein Einlenken bemüht. „Trotzdem solltest du nicht alles glauben, was in der Zeitung steht. Konnte der Geisterfahrer gefunden werden?" „Weiß ich nicht. Ich habe mich in den letzten Tagen nicht mehr damit beschäftigt, ist mir zu viel."

Wieder entstand eine Pause. Bila wusste nicht, was sie noch sagen sollte, und Fred war nicht sehr gesprächig. Sonst schlug Fred in solchen Situationen ein Treffen vor, heute nicht. Bila überlegte, ob sie ihn einladen sollte. Konnte sich nicht entscheiden und unterließ es. Mit den Worten „Schönen Abend“ beendete sie das Gespräch. Danach hatte sie einen bitteren Geschmack im Mund. Sie ärgerte sich, dass sie versucht hatte, mit ihm ein lockeres Gespräch zu führen. Und es dauerte keine fünf Minuten, bis sie stritten. Dabei war es die Sache überhaupt nicht wert. Sie hatte in den letzten Tagen nicht mehr an den Unfall gedacht, und sie hatte auch noch nicht mit dem ermittelnden Kommissar in Ostende gesprochen.

Nachdem Claire sie überzeugt hatte, dass sie mit dem Unfall nichts zu tun hatte und sie sich deshalb nur aufregen würde, hatte sie den Gedanken an den Unfall fast verdrängt. Sie rechnete nicht damit, dass der Kommissar sie als Zeugin befragen wollte. Was hätte sie sagen können? Sie hatte den Mietwagen ihres Vaters nie gesehen. Sie hatte, nachdem sie erfahren hatte, dass ihr Vater kurz vor seinem Tod den Wagen gemietet hatte, alles unternommen, um den Wagen zu finden. Vergeblich. Erst durch die Mitteilung von Kommissar Geven hatte sie erfahren, dass ein Geisterfahrer mit dem Wagen einen Unfall verursacht hatte. Es war nicht bekannt, ob derjenige, der für den Unfall verantwortlich war, auch derjenige war, der den Wagen gestohlen hatte. Die Brüsseler Polizei hatte den Wagen in Brüssel gesucht, und ging davon aus, dass er gestohlen worden war. Erst nach dem Unfall wurde er völlig zerstört gefunden. Claire hatte recht, sie hatte nichts damit zu tun. Sie hatte keinen Einfluss auf das Geschehen und musste sich auch keine Vorwürfe machen.

Einzig der Gedanke, ob bei dem Unfall eine weitere Frau verletzt worden war, blieb haften und forderte sie heraus. Claire fand es verständlich, dass sich Bila damit beschäftigte, gab ihr aber auch zu verstehen, dass es keinen Grund gebe, sich damit zu belasten. Das ist die Aufgabe der Polizei, nach weiteren Unfallbeteiligten zu suchen, sagte Claire. Bila rieb sich die Stirn, spürte leichte Anzeichen von Schmerzen. In den letzten Tagen hatte sie sich auf das Urteil von Claire verlassen. Sie arbeitete seit drei Tagen wieder in der Bücherei und spürte dort das Vertrauen von Claire. Claire hatte sie bestärkt, sich auf andere Dinge zu konzentrieren. Das hatte sie beruhigt, und sie wollte daran nichts ändern. Bila nahm sich vor, Fred nicht mehr anzurufen. Der Versuch mit ihm zu reden war gescheitert.

Fred war nach dem Gespräch mit Bila nicht enttäuscht. Er wollte mehr erfahren über den Unfall. Besonders interessierte ihn, ob Bila von der Polizei in Ostende etwas über die Ermittlungen zu dem Unfall erfahren hatte. Aber er musste vorsichtig sein. Wenn er ein besonderes Interesse zeigte, könnte es für ihn von Nachteil sein. Er konnte sich interessiert zeigen, musste aber gleichzeitig so wirken, als würde ihn die Sache nichts angehen. Wie ein neugieriger Unbeteiligter. Er durfte sich nicht verraten. Deshalb wollte er Bila in dem Glauben lassen, dass ihn der Unfall nicht mehr interessiere. Er rechnete nach dem für sie unangenehmen Gespräch nicht damit, dass sie ihn in den nächsten Tagen erneut anrufen würde. Deshalb wollte er abwarten, und sie in einer Woche zu einem Treffen einladen. Bis dahin war, so hoffte er, das Gespräch vergessen.

Fred hatte das Ergebnis der ärztlichen Untersuchung bekommen. Der Drogentest war, wie er erwartet hatte, zu seinem Ärger positiv ausgefallen. Es konnte der Konsum von

Kokain nachgewiesen werden. Man erklärte ihm die Ergebnisse des Tests und sagte ihm, dass man den Klinikdirektor, seinen Chef, bereits unterrichtet habe. Zähneknirschend nahm Fred die Mitteilung entgegen. Es wäre naiv gewesen, darauf zu vertrauen, dass man es nicht tun würde. Fred ging nach Hause und brauchte zwei Stunden, um sich zu beruhigen. Er musste sich entscheiden, wie er das Problem mit seinem Arbeitgeber lösen sollte. Sollte er von sich aus um eine Auflösung des Arbeitsvertrags bitten. Bis vor wenigen Tagen hatte er noch von einer Karriere in dem Krankenhaus geträumt. Er hatte sie sogar erwartet.

Wäre nicht seine Nachlässigkeit bei der Operation aufgefallen, hätte seinem Weg nach oben nichts im Wege gestanden. Er hatte das Vertrauen des Oberarztes, und auch der Klinikdirektor stand ihm nicht ablehnend gegenüber. Jetzt würde man ihn zu einer Auflösung des Vertrags drängen. Und er konnte nur hoffen, dass nicht andere Kliniken von seiner Nachlässigkeit erfahren würden. Er besaß nicht den Mut, selbst ein Gespräch mit dem Klinikdirektor zu suchen. Alles war ihm gleichgültig und unbedeutend. Er ließ sich gehen und verließ nur selten seine Wohnung.

Zwei Tage nachdem er die Auswertung des Drogentests erhalten hatte, erreichte ihn ein Anruf der Klinikleitung. Doktor Harms meldete sich persönlich. „Die Ergebnisse des Tests liegen vor. Sie sind uns und Ihnen bekannt. Ich gehe davon aus, dass Sie mit einer Auflösung des Arbeitsvertrags einverstanden sind. Andernfalls sind wir gezwungen, Ihnen fristlos zu kündigen. Wir haben Ihr Büro ausgeräumt. Sie können Ihre Sachen am Empfang abholen. Sie sind auf der Station nicht mehr erwünscht." Diese Worte zeigten ihre Wirkung. Fred schluckte und brauchte einige Sekunden, um zu antworten.

„Sie sehen keine andere Lösung als die Beendigung des Vertrags“, stammelte Fred unterwürfig. „Nein. Es bleibt Ihnen nur die Wahl. Entweder stimmen Sie einer Beendigung zu, oder wir kündigen Ihnen fristlos. Jedenfalls untersage ich Ihnen, die Station zu betreten. Bitte vereinbaren Sie mit dem Personalbüro einen Termin, um Ihre Sachen in Empfang zu nehmen.“ Fred erkannte, dass die Entscheidung getroffen worden war. Endgültig. Dr. Harm würde sich auf kein weiteres Gespräch einlassen. Und mit Sicherheit würde er ihm keine weitere Chance geben.

Fred erklärte mit letzter Kraft: „Ich stimme der Auflösung zu und werde einen Termin vereinbaren.“ Bevor er noch etwas sagen konnte, war das Gespräch beendet. Obwohl er eigentlich damit gerechnet hatte, trafen ihn die Worte des Direktors hart wie ein Blitz. In den Worten lag kein Mitgefühl oder gar Verständnis. Es war die Mitteilung einer Tatsache, die keiner weiteren Erklärung bedurfte. Es brauchte Zeit, bis Fred endlich begriff, dass seine bisherige Tätigkeit in der Klinik ohne Wert war und nicht anerkannt wurde. Niemand hatte sich nach seinem Fehler und dem Kokainfund für ihn eingesetzt und ein gutes Wort für ihn eingelegt. Er war bitter enttäuscht und verfiel in Selbstmitleid.

Am Mittwochmorgen erhielt Bila einen Anruf von Kommissar Ray Maertens. „Spreche ich mit Bila Lambers?“, fragte Maertens forsch. „Ja.“ „Frau Lambers, wir ermitteln zu dem Unfall auf der Autobahn Ostende vom 30. April. Sie wurden bereits von meinem Kollegen aus Brüssel darüber informiert, dass der Verursacher des Unfalls mit dem von ihrem verstorbenen Vater gemieteten BMW gefahren ist. Stimmt das?“ „Ja.“ „Ich habe einige Fragen zu dem Unfall. Kann ich Sie in den nächsten Stunden besuchen?“ „Was wollen Sie wissen? Ich habe erst nach dem Tod meines Vaters von dem Mietauto erfahren und habe es nie gesehen." „Trotzdem hoffe ich, dass Sie einige Routinefragen beantworten können." Bila überlegte. „Ich muss bis um fünf Uhr nachmittags arbeiten. Ab sechs Uhr bin ich zuhause. Ich wohne in der Klokstraat." Sie nannte dem Kommissar die genaue Adresse. „Vielen Dank, dann werde ich um halb sieben kommen." Kommissar Maertens beendete das Gespräch.

Völlig aufgewühlt und aufgeregt suchte Bila ihre Kollegin. Sie konnte sie erst nach drei Minuten finden, und dann musste sie warten, weil sich Claire in einem Gespräch befand. Claire bemerkte Bilas Aufregung und wandte sich gleich an Bila, nachdem das Gespräch beendet worden war. „Was ist los? Du zitterst ja am ganzen Körper." „Der Kommissar aus Ostende hat mich angerufen und will mit mir sprechen." „Worüber?" „Das hat er nicht gesagt. Er meinte, es sei eine Routinebefragung." „Hast du ihm erklärt, dass du den Unfallwagen nie gesehen hast." „Ja, trotzdem will er mich sprechen. Ich verstehe das nicht." „Jetzt beruhige dich. Da geht es um etwas Nebensächliches. Eine oder zwei Fragen, dann lässt er dich in Ruhe." „Glaubst du?" „Sicher, wenn es dir hilft, begleite ich dich nach der Arbeit." „Das wäre gut. Dann fühle ich mich sicherer."

Bila konnte sich etwas beruhigen. Jedenfalls fühlte sie sich entlastet durch das Versprechen von Claire, sie nach Hause zu begleiten. Trotzdem schwirrten lästige Fragen durch ihren Kopf. Verantwortlichkeiten und Versäumnisse. Welche Rolle spielten sie bei der Aufklärung des Unfalls? Die nächsten Stunden arbeitete sie unter Anspannung und war erleichtert, als die Bücherei endlich geschlossen wurde. Claire schloss die Räume ab und begleitete Bila zu ihrer Wohnung. Dort angekommen tranken sie einen Tee und warteten auf Kommissar Maertens.

Kurz nach halb sieben Uhr klingelte es. Claire öffnete die Tür und bedeutete Bila, ruhig zu bleiben. „Warte auf die Fragen, die er stellt. Und bleib entspannt. Dir kann nichts passieren." Bila nickte und atmete tief durch. Maertens begrüßte die beiden Frauen freundlich. Bila stellte sich und Claire vor und bat Maertens Platz zu nehmen. Maertens betrachtete den Raum und setzte sich auf einen Stuhl am Wohnzimmertisch. „Entschuldigen Sie die Umstände. Wahrscheinlich lässt sich alles schnell klären", wandte er sich an Bila. „Ich hoffe es", erwiderte Bila, bemüht, ruhig zu bleiben. „Es hat Sie sicher getroffen. Nach allem, was ich erfahren habe, war es sehr schwer für Sie. Erst der Tod Ihres Vaters, dann der verschwundene Mietwagen und schließlich der tragische Unfall." Bila nickte.

„Bitte sagen Sie mir, wie ich Ihnen helfen kann?" Maertens räusperte sich. „Ich bin immer noch auf der Suche nach dem für den Unfall verantwortlichen Geisterfahrer. Es gibt keine Hinweise, wer das Auto fuhr. Und eine Aufklärung ist sehr schwierig." Maertens atmete tief durch. „Bei der Untersuchung des Fahrzeugs, mit dem der Geisterfahrer unterwegs war, ist aufgefallen, dass die Fahrertür kaum beschädigt war. Eigentlich nicht verwunderlich, da es ein Frontalzusammenstoß war … Aber es wundert mich, dass keine Spuren des Aufbruchs zu erkennen waren. Das Fahrzeug wurde von Experten gründlich untersucht. Nichts deutet auf einen Diebstahl hin. Das kann verschiedene Gründe haben. Ein Grund könnte sein, dass die Tür mit dem Autoschlüssel geöffnet wurde."

Ray Maertens machte eine Pause. Bila wurde unruhig. „Sie meinen, die Autotür wurde durch den vorhandenen Schlüssel geöffnet?" „Das ist nur einen von vielen Möglichkeiten. Ich will keinen Verdacht äußern. Aber es müssen sämtliche

Möglichkeiten in Betracht gezogen werden." „Ja, das versteh` ich." Maertens lächelte, um Bila zu beruhigen. „Sie wollen wissen, ob ich den Autoschlüssel habe?" „Ja, das würde mir helfen. Wann haben Sie den Schlüssel erhalten? Und wo haben Sie ihn seitdem aufbewahrt? Sind Sie sicher, dass ihn niemand an sich genommen hat?"

Bila sah unruhig erst ihre Freundin an. Dann wandte ihr Blick misstrauisch und ängstlich zu Maertens. Sie brauchte eine halbe Minute, um sich zu sammeln. „Ich habe den Schlüssel mit den Sachen meines Vaters bekommen, nachdem er im Krankenhaus gestorben war. Es dauerte einige Zeit, bis ich begriff, dass er zu einem Mietwagen gehört. Dann habe ich den Mietwagen gesucht und von der Polizei in Brüssel suchen lassen. Sie kennen die Geschichte." Maertens nickte. „Und seitdem ist er in ihrem Besitz. Sie wissen, wo Sie ihn hingelegt haben?" Bila stand auf und ging zu einem Schrank, öffnete eine Schublade und nahm den Autoschlüssel heraus. Mit schwitzenden Händen und rotem Gesicht präsentierte sie den Schlüssel.

„Das ist der einzige Schlüssel, den mein Vater besaß. Ich glaube nicht, dass er einen Ersatzschlüssel hatte." „Nein, ich habe mich bei dem Autovermieter umgehört. Er hatte nur einen Schlüssel." „Verdächtigen Sie mich, an dem Unfall beteiligt zu sein?", platzte es aus Bila heraus. „Nein, das habe ich nicht behauptet." Bila war aufgeregt und konnte nicht mehr sitzen. Sie lief unruhig einige Schritte.

Maertens wartete eine Minute, bis sich Bila etwas beruhigt hatte. „Frau Lambers, ich mache Ihnen in keiner Hinsicht einen Vorwurf. Vor allem unterstelle ich Ihnen nicht, dass Sie den Unfall verursacht haben. Besteht die Möglichkeit, dass jemand unbefugt und ohne ihr Wissen den Schlüssel aus dem Schrank genommen hat. Wer wusste von dem Versteck?"

„Niemand. Und es hätte auch niemand etwas mit dem Schlüssel anfangen können, weil niemand wusste, wo der BMW ist.“ „Sie können also ausschließen, dass jemand etwas von dem Schlüssel wusste?“ Bila zögerte, sie war auf die intensive Befragung nicht vorbereitet. „Jedenfalls kann ich ausschließen, dass jemand etwas von dem Versteck wusste. Die Mitarbeiter der Autovermietung wussten, dass ich den Schlüssel noch habe.“ „Okay. Ich danke Ihnen für die Auskunft. Und es tut mir leid, dass ich solche Fragen stelle. Ich bin mir sicher, dass Sie genug andere Probleme haben. Ich glaube Ihnen auch, dass Sie den BMW nie gesehen haben. Falls Ihnen noch etwas einfällt, rufen Sie mich bitte an.“

Ray Maertens hatte es eilig. Er bemerkte, dass er keine neuen Informationen erhalten würde. Schon vor dem Gespräch hatte er Zweifel, ob er etwas erfahren würde. Nun sah er sich in seinen Zweifeln bestätigt. Freundlich verabschiedete er sich von Bila und Claire und verließ die Wohnung.

15

Bila war erschöpft. Das Gespräch mit Maertens hatte sie sehr aufgeregt. „Glaubst du, dass Maertens mich verdächtigt?“, fragte sie nachdenklich. „Nein“, erwiderte Claire, „das war eine reine Routinebefragung. Der Kommissar geht verzweifelt jeder Spur nach, selbst ungewöhnliche Spuren müssen geprüft werden.“ „Aber es muss doch einen Grund geben, wenn er mich nach dem Schlüssel für das Auto fragt.“ „Ja, sicherlich. Es wäre ja möglich, dass du den Schlüssel verloren hast, oder er dir entwendet wurde.“ Bila lachte hysterisch. „Das ist doch absoluter Blödsinn. Wer könnte etwas mit einem Schlüssel zu einem Auto anfangen, dass nicht gefunden werden kann."

„Hey, du musst dich beruhigen. Du steigerst dich in die Geschichte hinein, ohne dass es den geringsten Anlass gibt. Der Kommissar hat sachlich und ruhig einige unverfängliche Fragen gestellt. Das gehört zu seinem Job." Bila wischte sich Schweiß von der Stirn. „Du hast recht. Jeder, der an dieser dramatischen Geschichte rührt, weckt bei mir Selbstzweifel, Gefühle von Schuld und Ohnmacht. Was habe ich denn falsch gemacht? Als wäre es nicht schon schwer genug, den Tod meines Vaters zu ertragen. Es kommt ständig ein neues Drama dazu. Und es bleibt mir keine Zeit, Luft zu holen." „Ich kann dich verstehen. Trotzdem hilft es weder dir, noch einem anderen, wenn du wegen jeder Kleinigkeit ausrastest." Claire nahm Bila in die Arme, um sie zu trösten. Einen Moment verharrten sie in Stille.

Bila trank einen Schluck Tee. „Hätte ich dem Kommissar sagen sollen, dass Fred den Schlüssel gesehen hat? Ich hatte kurz überlegt, ob es wichtig ist. Aber ich hatte Angst, Fred zu belasten." „Ich kann nicht beurteilen, ob es von Bedeutung ist." „Wer weiß? Schließlich geht es nicht nur um den Unfall. Es geht auch um die Frage, ob außer der Fahrerin eine andere Person verletzt wurde." „Was meinst du damit?" „Nach einem Bericht, den ich gelesen habe, wurde der Verdacht geäußert, dass eine weitere Frau in dem Auto saß." „Du machst dir Angst über Dinge, die dich nichts angehen." „Und du machst es dir zu einfach", schrie Bila wütend.

Auch Claire war jetzt aufgeregt. „Ich verstehe nicht, warum du Fred immer schützen willst. Er nutzt dich aus und verdient es nicht. Du begehst einen großen Fehler und bringst dich mit deiner Rücksicht in Gefahr. Lerne endlich, dass du ihm nicht vertrauen kannst", schrie Claire unbeherrscht. „Ach, lass mich in Ruhe. Du willst mich gegen ihn aufhetzen, weil du ihn nicht leiden kannst. Es gibt keinen vernünftigen Grund, ihn da hineinzuziehen. Du hast Probleme mit ihm. Dann trage sie nicht auf meinem Rücken aus.“

Beide sahen sich giftig und unversöhnlich an. Claire stand auf. „Dann ist es besser, wenn ich gehe. Ich werde mich mit der älteren Frau in Verbindung setzten, die behauptet, ihre Enkelin sei bei dem Unfall verletzt worden. Und ich werde dem Kommissar einen Hinweis geben, dass Fred den Schlüssel gesehen hat.“ „Das wirst du nicht!“, schleuderte ihr Bila entgegen. „Doch, und du wirst mich nicht daran hindern.“ Bila stand auf und klammerte sich mit voller Kraft an Claires Schulter fest. Eine Minute dauerte das Gerangel zwischen den beiden, bis sich Claire losreißen konnte. Sie rannte zur Tür. Den Türgriff in der Hand schrie sie: „Es wird Zeit, dass du zur Besinnung kommst.“

Dann verschwand sie im Treppenhaus. Sie eilte sich, um das Haus zu verlassen. Dann rannte sie wütend durch die dunkle Klokstraat. Sie bereute kein einziges Wort. Und sie bereute auch nicht, dass sie in dieser Deutlichkeit mit Bila gesprochen hatte. Bisher hatte sie sich aus Rücksicht ihr gegenüber immer zurückgehalten. Jetzt musste sie Bila vor einer weiteren Dummheit schützen. Dabei war es ihr gleichgültig, ob Fred tatsächlich etwas mit der Sache zu tun hatte. Er wusste von dem Autoschlüssel, der sich in Bilas Besitz befand. Und das reichte aus. Claire ging mit schnellen und großen Schritten zu ihrer Wohnung, die sich in der Nähe befand.

Erst nachdem sich die Aufregung etwas gelegt hatte, kamen ihr Zweifel. War sie zu hart und unnachgiebig gegenüber Bila? Wie ging es Bila nach diesem handgreiflichen Streit? War sie dieser Situation gewachsen? Sie bereute nicht ihre klaren und eindringlichen Worte, sie bereute, dass sie Bila in dieser bedauernswerten Lage verlassen hatte. Nach einem Glas Wein und einer Zigarette schrieb sie Bila eine Nachricht mit dem Handy: „Tut mir leid, dass ich mich so aufgeregt habe und nicht im Griff hatte. Was ich gesagt habe, gilt uneingeschränkt. Dazu stehe ich. Bitte denk´ in Ruhe darüber nach. Gute Nacht.“

Eine halbe Stunde wartete Claire ungeduldig auf eine Nachricht, die nicht kam. In großer Sorge kehrte Claire zur Wohnung von Bila zurück. Sie klingelte und wartete auf ein Zeichen. Zehn Minuten stand sie vor der Haustür. Die Sorge, dass sich Bila etwas angetan haben könnte, wurde unerträglich. Sie klingelte erneut und rief nach oben: „Bila, mach` wenigstens kurz das Fenster auf.“ Nach zwei Minuten öffnete Bila ein Fenster im Wohnzimmer. Mit Tränen in den Augen sagte sie: „Schon gut. Ich gehe davon aus, dass du mich schützen willst.“ „Ja, das ist der einzige Grund. Bis morgen“, rief Claire mit beruhigender Stimme nach oben und winkte ihrer Freundin. Dann ging sie zurück in ihre Wohnung.

Am nächsten Morgen wartete Claire in der Bücherei. Sie wartete ungeduldig. Zehn Uhr, eigentlich hätte Bila bereits um neun Uhr anfangen müssen. Aber sie konnte sich vorstellen, dass Bila eine unruhige Nacht und kaum geschlafen hatte. Claire beschloss, bis elf Uhr zu warten. Wenn sich Bila bis dahin nicht gemeldet hatte, wollte Claire sie anrufen. Claire dachte an den gestrigen Abend und hatte das Gefühl, dass Bila sich nach ihrem zweiten Besuch etwas beruhigt hatte.

Um zehn vor elf erschien Bila in der Bücherei. Sie hatte verquollene Augen und die tiefen Augenringe waren mit

Creme überdeckt worden. Sie wirkte müde und vernachlässigt. „Guten Morgen“, begrüßte Bila ihre Freundin. „Tut mir leid, ich werde die Stunden nacharbeiten.“ Nachdem sie die Jacke ausgezogen und mit ihrer Handtasche in den Schrank gehängt hatte, ging sie zu der Bücherablage, die sich auf einem Rollwagen befand. Sie wollte gleich mit dem Einordnen der Bücher in die Regale beginnen. Zwei junge Männer befanden sich in der Bücherei und stöberten in den aktuellen Tageszeitungen.

„Hallo Bila, wie geht es dir? Habe mir schon Sorgen gemacht.“ „Habe schlecht geschlafen und viel gegrübelt.“ Claire brachte ihr einen heißen Kaffee. „Wir bleiben auf der Linie. Wenn es für dich einfacher ist, werde ich das mit Kommissar Maertens übernehmen. Ich versuche, dich ganz aus der Sache herauszuhalten.“ „Glaubst du, dass es klappt?“, fragte Bila misstrauisch. „Na ja, ich habe meine Zweifel. Aber wenigstens sollten wir es versuchen.“ Bila nickte, sie wollte nicht widersprechen. Und irgendwie hatte sie das Gefühl, dass Claire einen Plan hatte und sie sich auf sie verlassen konnte.

„Wie stellst du dir das vor? Wie willst du etwas erreichen ohne meine Beteiligung?“ „Lass mich mal machen. Wir können jederzeit den Plan ändern.“ „Und warum machst du das?“ „Ich will dir helfen. Und ich glaube nicht, dass du jetzt in der Lage bist, das selbst zu erledigen. Du hast Angst, die dich lähmt. Dein Verhältnis zu Fred ist ungeklärt. Ich bin mir sicher, dass du dich gegenüber Maertens verdächtig machst. Gegenüber Fred kannst du nichts verbergen und er wird dich immer tiefer in die Sch … ziehen. Also bleibt nichts anderes übrig. Sobald du an Selbstvertrauen und Mut gewonnen hast und es dir gelingt, dich von Fred abzugrenzen, wirst du allein handeln.“

Bila lächelte. „Du machst mir Mut. Ich werde mich auf dich verlassen. Hast du immer noch vor, nach der älteren Frau zu suchen, die behauptet, ihrer Enkelin sei bei dem Unfall etwas passiert?“ „Ja, auch das werde ich machen. Mich interessiert, was an ihrer Behauptung dran ist.“ Bila nickte. „Ich kann dir wenig helfen. Mir ist die Sache unheimlich.“ „Das weiß ich.“ Claire ging zu einem Bücherregal und nahm ein Buch von Harold Pinter heraus. „Das solltest du lesen. Es sind Theaterstücke, die an Dramatik und absurden Dialogen kaum zu überbieten sind. Seine Stücke werden immer wieder aufgeführt und gehören zu den Highlights englischer Dramatik. Du solltest mit „Der Hausmeister“ beginnen.“

Bila nahm das Buch und blätterte etwas darin. „Warum empfiehlst du mir gerade dieses Buch?“ „Weil die Dialoge zum Nachdenken über menschliches Verhalten zwingen. Du wirst davon gefangen und kannst einiges lernen.“ Bila bedankte sich. „Werde heute Abend mit dem Lesen beginnen.“ Dann legte Bila das Buch zur Seite, trank den Kaffee aus und ging zu dem Rollwagen, auf dem sich die Bücher befanden, die zurück in die Regale gestellt werden mussten. Sie vertiefte sich in die Arbeit. Claire setzte sich an ihren Schreibtisch und unterhielt sich mit den Besuchern der Bücherei. Die beiden Männer, die Zeitungen gelesen hatten, verabschiedeten sich von Claire und verließen die Bücherei.

Als Claire um 18 Uhr die Bücherei schließen wollte, war Bila noch beschäftigt. „Komm, wir schließen jetzt. Du musst es heute nicht übertreiben, nur weil du etwas zu spät angefangen hast. Kommst du noch mit einen Tee trinken?“ Bila zögerte. „Nein, ich bin müde und brauche Ruhe.“ „Okay, aber ruf mich an, wenn du sprechen willst.“ „Ja, das mach ich.“ Claire schloss die Tür ab und sie verließen die Bücherei. Nachdem sie aus dem Gebäude gegangen waren, trennten sich ihre Wege. Bila hatte es nicht eilig nach Hause zu kommen. Sie kaufte noch im Supermarkt ein und setzte sich anschließend noch eine halbe Stunde auf eine Parkbank. Einige Zeit beobachtete sie die Tauben, die sich auf die Äste setzten. Sie dachte über Claires Vorschlag nach. Eine gewisses Unbehagen bereitete es ihr, dass sie die Entscheidung aus der Hand gegeben hatte. Sie dachte vor allem daran, dass sich ihr Verhältnis zu Claire und auch zu Fred ändern würde. Was sollte sie Fred sagen, wenn er sie auf den Unfall ansprach? Sollte sie Fred danach fragen, ob er irgendwann den Schlüssel an sich genommen und später wieder zurückgelegt hatte? Traute sie es Fred zu, dass er ohne ihr Wissen den Schlüssel benutzt hatte? Und traute sie es ihm zu, dass er ohne ihr Wissen das gemietete Auto benutzt hatte? Wann hatte er es gefunden? Hatte er den Unfall verursacht, der ein Menschenleben kostete? Und wusste er, dass sich eine weitere Person in dem Auto befunden hatte?

Bila spürte, dass sie zunehmend in Panik geriet. Deshalb wollte sie sich keine weiteren Fragen stellen. Es würde ihr nicht helfen, jetzt eine Antwort zu finden. Denn dann müsste sie handeln. Besser ich vertraue auf Claire. Wenn mir die Sache zu heikel wird, muss ich mich von ihr distanzieren.

Claire ging in ihre Wohnung. Nach einer Dusche trank sie einen Tee und aß etwas Kuchen. Dann sah sie sich die Nachrichten im Internet an. Den ganzen Tag hatte sie darüber nachgedacht, ob sie auf den Aufruf im Internet antworten sollte, in dem nach Zeugen des Verkehrsunfalls in Ostende Ende April gesucht wurde. Das erschien ihr wichtiger, als mit Kommissar Maertens zu sprechen. Nach fünf Minuten hatte sie den Aufruf gefunden. Man sollte sich telefonisch mit Wilma Geers in Verbindung setzen, wenn man etwas gesehen hätte. Vor allem ging es Wilma darum, zu erfahren, ob sich in dem Unglücksauto eine weitere Frau außer der getöteten Fahrerin befunden hatte. Claire überlegte, welche Informationen sie geben konnte. Sie konnte weder etwas zu dem Unfall sagen, noch kannte sie die beteiligten Personen.

Das einzige, was sie wusste, war, dass der Vater ihrer Freundin das Auto gemietet hatte, mit dem der Geisterfahrer den Unfall verursacht hatte. War das hilfreich? Würde Wilma Geers etwas damit anfangen können? Claire wischte sich über die Stirn. Sie hatte sich vorgenommen, etwas zu unternehmen und Licht in die Sache zu bringen. Auf der Suche nach der Wahrheit konnte es von Bedeutung sein, den Geisterfahrer zu finden. Nur er konnte mit Sicherheit sagen, wie viele Personen in dem Auto saßen. Und nach Einschätzung von Kommissar Maertens war es möglich, dass sich der Geisterfahrer im Bekanntenkreis von Bila befand.

Claire hatte sich entschieden. Sie notierte sich die Nummer von Wilma Geers und rief sie an. Falls Wilma mit ihren Informationen nichts anfangen konnte, war es zumindest ein Versuch. Wilma meldete sich nach wenigen Sekunden. „Hallo, hier spricht Claire Vogel. Ich bin eine Freundin von Bila Lambers. Ihr Vater hatte den BMW gemietet, mit dem der Geisterfahrer den Unfall verursacht hat. Vielleicht könnte die Information hilfreich für Sie sein. Meine Freundin weiß nicht, wer mit dem Auto gefahren ist. Ihr Vater ist einige Tage vor dem Unfall gestorben.“ „Vielen Dank für Ihren Anruf. Zu dem Unfall können Sie nichts sagen?“ „Nein, leider nicht.“ „Ich weiß nicht, ob uns Ihre Nachricht hilft. Kann ich Ihre Nummer notieren. Ich werde anrufen, wenn ich weitere Informationen brauch.“ „Ja, rufen Sie mich an.“ Claire beendete das Gespräch.

16

Wilma war nach dem Gespräch nervös und unruhig. Was hatte der Anruf zu bedeuten? Gab es einen vernünftigen Grund, ein weiteres Gespräch mit Claire Vogel zu führen. Sie starrte einige Sekunden auf die Telefonnummer, von der der Anruf kam. Nachdem der Besuch bei Ruth und Sarah ohne Ergebnis geblieben war, hatte sie nicht mehr mit Ruth gesprochen. Sie hatte sich über die peinliche Situation bei dem Besuch geärgert. Erst hatte sie Ruth Friede als zuverlässige Zeugin genannt, und dann, nachdem Ruth ihr einige kritische Fragen gestellt hatte, hatte sie an der Glaubwürdigkeit von Friede gezweifelt. Schließlich bat sie Ruth, nicht mehr auf Friede als Zeugin zu zählen. Friede hatte gegenüber Ruth erklärt, dass sich Angela eine neue Wohnung suchen wollte. Allein diese Aussage, selbst wenn sie nicht der Wahrheit entsprach, war Wilma ein Dorn im Auge.

Was erlaubte sich Friede, sich in fremde Angelegenheiten einzumischen. Sicher gab es gelegentlich einen Streit zwischen ihnen. Aber das konnte doch nicht dazu führen, dass Angela aus der gemeinsamen Wohnung ausziehen wollte. Darüber hätte Angela mit ihr gesprochen, und sie hätten gemeinsam einen Weg gefunden. Wilma passte es nicht, dass solche Behauptungen, wie sie von Friede aufgestellt wurden, in die Öffentlichkeit gelangten. Da war es besser, auf eine Aussage von Friede zu verzichten. Außerdem bezweifelte Wilma, dass Friede Angela am Abend des Unfalls tatsächlich gesehen hatte. Friede will sich wichtig tun, urteilte Wilma.

Sie rieb sich die Stirn und später den Rücken. Sie hatte seit gestern Rückenschmerzen. Wahrscheinlich hatte sie falsch gelegen und sich verkrampft. Nach einer halben Stunde kam sie zu dem Ergebnis, Ruth anzurufen. Sie wollte ihr von dem

Anruf berichten. Vielleicht konnte Ruth mit der Nachricht etwas anfangen.

Ruth meldete sich nach wenigen Sekunden. „Hallo Wilma, wie geht es? Gut, dass du dich meldest. Konntest du etwas neues erfahren?“ Wilma räusperte sich. „Ich wurde vor einer Stunde angerufen. Es hat sich jemand zu meinem Aufruf im Internet gemeldet. Ich kann nicht beurteilen, ob es wichtig ist.“ „Was hat der Anrufer gesagt?“ „Ein junge Frau, der Stimme nach … Sie sagte, dass der Vater einer Freundin den BMW gemietet habe, mit dem der Geisterfahrer unterwegs war.“ „Hmmh. Das könnte interessant sein. Weiß die Anruferin, wer mit dem Auto gefahren ist.?“ „Nein, das weiß sie nicht. Der Vater der Freundin ist einige Tage vor dem Unfall gestorben.“ „Ja, das habe ich gelesen. Stand in der Zeitung. Der Vater hatte dem Bericht zufolge seinen Mietwagen nicht mehr gefunden und ihn von der Polizei suchen lassen.“

„Das hatte ich auch gelesen.“ „Ich frage mich, warum sie dich angerufen hat.“ „Das frage ich mich auch.“ „Wenn du mir die Telefonnummer gibst, rufe ich später an. Vielleicht kann sie uns auf eine neue Spur führen.“ „Vielen Dank.“ Wilma nannte Ruth die Nummer. Nach drei Minuten beendeten sie das Gespräch. Ruth überlegte. Was hatte dieser Anruf zu bedeuten? Sarah, die gerade ins Zimmer kam, bemerkte Ruths Nachdenklichkeit. „Was ist passiert?“ „Oh, ich denke nach. Wilma hat mich gerade angerufen. Sie hat über eine Frau berichtet, die sich auf ihren Aufruf im Internet gemeldet hat. Auf den ersten Blick wirkt es nicht sehr interessant.“ Sarah lächelte. „Du wirst schon etwas damit anfangen können.“ „Wird noch dauern.“ „Was sagte Wilma?“ „Sie sprach über den Anruf einer jungen Frau, deren Freundin die Tochter des Mannes ist, der das Auto gemietet hatte, mit dem der Geisterfahrer unterwegs war.“ „Das klingt kompliziert.“

„Ja, aber die eigentliche Frage ist, warum sie Wilma angerufen hat."

„Vielleicht kann sie etwas zu dem Unfall sagen." „Nein, danach hat sie Wilma gefragt." „Vielleicht gibt es eine Besonderheit im Zusammenhang mit dem BMW, worüber sie Auskunft geben kann." „Ja, das könnte sein. Ich bin neugierig und werde sie gleich anrufen." Ruth wählte die Nummer, die sie von Wilma erhalten hatte. Claire meldete sich nach fünf Sekunden. „Hallo, ich bin Ruth Pauls", begann Ruth das Gespräch. „Eine Bekannte von Wilma Geers, die sie angerufen haben. Wilma sagte mir, dass Sie etwas über den BMW sagen können, den der Geisterfahrer gesteuert hat." „Ja, deshalb hatte ich Frau Geers angerufen. Der Vater meiner Freundin hatte das Fahrzeug gemietet. Hat es in Brüssel abgestellt und nicht mehr gefunden. Wenige Tage später ist er gestorben." „Ein traurige Geschichte. Wie hat Ihre Freundin von dem Unfall erfahren?" „Ein Kommissar aus Brüssel, der für die Suche nach dem BMW zuständig war, hat sie informiert."

„Sie muss als Erbin die Angelegenheit mit dem Autovermieter klären?", fragte Ruth. „Ja, das auch. Vor einigen Tagen ist ein Kommissar aus Ostende zu ihr gekommen und hat sie zu dem Unfall befragt." „Dazu konnte sie doch gar nichts sagen." „Ja, das sagte sie ihm auch. Aber ..." „Aber was?" „Er hatte den Verdacht, dass der BMW bei seiner Wegnahme mit dem passenden Schlüssel geöffnet worden war, der sich eigentlich im Besitz meiner Freundin befinden müsste." „Und? … Hat Ihre Freundin den Schlüssel?" „Ja, sie hat ihn sicher verwahrt in einer Schublade." „Wie hieß der Kommissar, der zu Ihrer Freundin kam?" „Kommissar Maertens aus Ostende."

Ruth wurde hellhörig. Jetzt bekam die Sache eine gewisse Brisanz. „Wenn Kommissar Maertens, der die Ermittlungen zu dem Unfall leitet, bei Ihrer Freundin war, hat es sicher seinen Grund.“ „Das kann ich nicht beurteilen. Vielleicht sollten wir uns treffen?“ „Ja, das wäre gut.“ Ruth hatte das Gefühl, dass eine neue Spur verfolgt werden konnte. So wollte unbedingt erfahren, welche Fragen Kommissar Maertens gestellt hatte. „Wo können wir uns treffen?“ „Ich arbeite gemeinsam mit meiner Freundin in einer Bücherei in Brügge. In der Mittagszeit schließen wir zwischen dreizehn und fünfzehn Uhr. Wenn Sie einverstanden sind, können wir uns dort treffen.“ „Ja, wir kommen am Mittwoch zu Ihnen. Um kurz vor eins, bevor Sie schließen.“ Claire beschrieb Ruth den Weg und sie beendeten das Gespräch.

Sarah saß in der Nähe und war neugierig. „Konntest du etwas neues in Erfahrung bringen?“ „Allerdings. Claire hat gesagt, dass Ray Maertens mit ihnen gesprochen hätte. Er glaubt, dass der BMW beim Diebstahl nicht aufgebrochen, sondern mit dem passenden Schlüssel geöffnet wurde.“ „Er verdächtigt Claire oder ihre Freundin den Unfall verursacht zu haben?“ „Das wäre naheliegend. Aber so einfach wird es sicher nicht sein. Zumindest verfolgt er die Spur, dass jemand aus deren Bekanntenkreis den Schlüssel an sich genommen und den Unfall verursacht hat.“ „Und dazu konnte die Freundin von Claire nichts sagen?“ „Nein, sie behauptet, der Schlüssel habe sich immer in der Schublade oder dem Regal ihrer Freundin befunden.“ „So schnell wird Maertens nicht aufgeben“, schmunzelte Sarah. „Und ich auch nicht. Wir werden uns morgen mit den beiden in einer Bücherei in Brügge treffen.“ „Ist es nicht gefährlich?“ „Was sollte an einem Treffen in einer Bücherei gefährlich sein ?“, lachte Ruth. „Okay“, zeigte sich Sarah einverstanden.

Sarah schlug vor, mit der Küstenbahn nach Bredene zu fahren. Dort gab es ein indonesisches Restaurant, in dem sie immer gerne aßen. Sie kannten den Besitzer persönlich und nutzten die Gelegenheit immer für ein längeres Gespräch. „Was hältst du davon? Dann brauchen wir nicht einzukaufen und zu kochen. Ich habe auch keine Idee, was wir heute kochen könnten." Ruth nickte. „Ja, auf eine indonesische Reistafel hätte ich auch Lust. Wir waren schon zwei Monate nicht mehr dort." Sie hatten sich entschieden und brauchten nicht lange, um den Entschluss umzusetzen.

Sie liefen zum Bahnhof in Ostende. Dort befand sich die nächste Station der Küstenbahn. Der Himmel war trüb, umso mehr war es notwendig, ein klares Ziel vor Augen zu haben. Nach zehn Minuten kam die Küstenbahn in Richtung Bredene. Nach Bredene waren es nur wenige Stationen. Nach fünfzehn Minuten stiegen sie dort am Marktplatz aus und gingen zum Restaurant Siam. Idris Tongen, der Besitzer, öffnete ihnen persönlich die Tür und bat sie, sich an einen der freien Tische zu setzen. Sie hatten eine große Auswahl, da außer ihnen nur wenige Gäste in dem Lokal waren.

„Was wollt ihr essen?", fragte Idris routinemäßig. Er wusste genau, dass Sarah und Ruth immer die Reistafel bestellten. „Wir nehmen die Reistafel und trinken ein Jupiler", erwiderte Sarah, die auch Ruths Wünsche kannte. „Gute Idee. Reis ist nicht nur eine gute Grundlage, sondern auch eine harte Währung. Ich hatte vor einer Woche einen herben Verlust. Wir hatten nachmittags die Kellerfenster gekippt und zu spät bemerkt, dass es regnet. Könnt ihr euch an den Starkregen vor einer Woche erinnern?" „Ja, wir waren zum Glück zu Hause. Es kam sehr unerwartet", bestätigte Sarah. „Zu meinem Ärger wurde der Keller nach wenigen Minuten überflutet und die Reissäcke, die auf dem Boden standen nass. Der Reis kann jetzt nicht mehr verwertet werden. Ein Schaden von mindestens zweihundert Euro."

Ruth lachte. „Vielleicht kann ich es für dich bei der Versicherung regeln. Du bist doch gegen solche Schäden versichert?" „Ja, seit Jahren und habe sie noch nie in Anspruch genommen." „Dann wird es Zeit." „Wenn du das machst, dann lade ich euch heute ein." „Vielen Dank", erwiderte Ruth. Sarah grinste. Sie freute sich, dass Ruth mal wieder einen Auftrag bekommen hatte, der ungefährlich schien. Idris wandte sich ab und sang eine indonesische Melodie. Er schien sich ebenfalls zu freuen. „Das gefällt mir. So kannst du dich mal nützlich machen, ohne gleich in tiefe Auseinandersetzungen verwickelt zu werden. Außerdem lässt sich so was schneller erledigen, als die Suche nach Angela. Und wir bekommen ein Essen geschenkt." Ruth nickte. „Stell dir das nicht so einfach vor. Die Versicherungen sind selbst bei geringen Beträgen zurückhaltend." „Du meinst geizig", verbesserte Sarah. „Ja, so kannst du es auch nennen. Aber ich weiß, wie sie zu packen sind."

Idris kam aus der Küche und brachte das Bier und eine würzige, nach Koriander duftende Vorspeise. „Das Essen kommt in wenigen Minuten." Er füllte ihre Gläser mit Jupiler und verschwand wieder in der Küche. Sarah und Ruth genossen das Essen und die angenehme Stimmung. Wenig später servierte Idris die Hauptspeise. Eine reichhaltige Platte mit Gemüse und Fleisch verschiedenster Art und kleine Schälchen mit würzigen Saucen. Ruth und ihre Freundin waren schon beim Anblick begeistert. „Wer soll das alles essen?", fragte Sarah. „Ihr schafft das schon", entgegnete Idris. Tatsächlich verbrachten Ruth und Sarah zwei Stunden mit dem Essen, und am Ende war die Platte fast leer.

„Jetzt muss ich mich bewegen“, stöhnte Ruth. Idris lachte, als er die beiden Frauen vor ihren Tellern sah. „Das hat wohl geschmeckt.“ „Ja, lange haben wir nicht mehr so köstlich gegessen. Das war ein Erlebnis“, lobte Ruth. „Und du willst uns wirklich einladen?“ „Klar, ich freue mich immer, wenn ihr als Gäste kommt.“ „Ich werde mich morgen um den Versicherungsschaden kümmern“, sagte Ruth bei der Verabschiedung. Idris bedankte sich.

Am nächsten Tag fuhren Ruth und Sarah mit dem Zug nach Brügge, um sich mit Claire zu treffen. Sie folgten der Beschreibung von Claire, nachdem sie den Bahnhof verlassen hatten. Es war nicht schwer die Bücherei zu finden. Claire wartete schon und stellte Bila vor. Gemeinsam setzten sie sich an einen Tisch in der Nähe des Eingangs. Ruth war sofort angetan von der geräumigen Bücherei, die einen großen Bestand an Büchern auswies. „Das ist kein Vergleich zu unserer kleinen Bücherei in Ostende.“ „Ja, wir sind auch stolz auf unsere große Auswahl. Es kommen viele Besucher aus Ostende zu uns, weil sie ein bestimmtes Buch suchen. Durch die großen Fenster und die Nachmittagssonne ist es sehr hell. Selbst im Winter kann man bis fünf Uhr ohne Licht lesen.

Kurz vor ein Uhr verließen die letzten Besucher die Bücherei. Claire schloss die Tür ab. „Jetzt können wir ungestört sprechen.“ Claire sah Bila an und wartete darauf, dass sie die Situation beschreiben würde. Bila war verlegen. „Es ist besser, wenn du das erklärst. Du kannst das besser.“ Ruth lächelte verständnisvoll. Nach ihrem Eindruck konnte sie verstehen, warum sich Bila zurückhalten wollte. Bila wirkte ängstlich und traurig, kaum beweglich. Sie schien depressiv zu sein. Ein Blick von Sarah vermittelte Ruth, dass ihr Eindruck zutraf. „Okay“, begann Claire, „ich habe ja schon gesagt, dass Kommissar Maertens bei Bila gewesen ist. Er meinte, derjenige, der den Unfall verschuldet habe, habe den passenden Schlüssel für den Wagen benutzt. Da der Schlüssel die ganze Zeit von Bila verwahrt wurde, kann das nicht stimmen."

Ruth trank etwas Selters. „Ja, darüber habe ich auch nachgedacht. Wir, Sarah und ich, kennen Maertens als einen sehr gewissenhaften, überlegt handelnden Kommissaren. Er prüft genau, ob eine Spur, die er verfolgt, heiß ist. Ich glaube nicht, dass er zu Bila gekommen wäre, wenn es nicht wichtig gewesen wäre. Er hätte sie auch zum Revier laden können. Er muss davon ausgehen, dass ein Verdacht besteht. Verstehst du?" „Ja, so schätze ich ihn auch ein. Auch, als er gegangen ist, hatte ich nicht das Gefühl, dass die Sache für ihn erledigt ist." „Was hat er gesagt, bevor er gegangen ist?"

„Er hat nicht gesagt, dass er weiter daran glaubt, dass Bila den Unfall verursacht hätte. So weit wollte er nicht gehen. Aber er schien nicht überzeugt, dass es eine andere Möglichkeit gäbe." „Verstehe ich nicht. Es könnte auch sein, dass der Autovermieter einen Ersatzschlüssel hat, der unbefugt verwendet wurde", widersprach Ruth. „Auf diese Möglichkeit habe ich Maertens nicht angesprochen. Sicher hat er auch diese Möglichkeit geprüft, bevor er zu Bila gekommen ist."

Bila, die sich an dem Gespräch bisher nicht beteiligt hatte, stöhnte. „Wie kann ich mich gegen diesen Verdacht wehren?" „Noch ist nichts geklärt", beruhigte Ruth. „Maertens kann dir nicht nachweisen, dass mit deinem Schlüssel die Autotür des Unfallwagens geöffnet wurde. Wer wusste, dass der BMW irgendwo in Brüssel steht und nicht gefunden werden kann? Wer wusste, dass du den Schlüssel hast?" „Der Autovermieter und ...", Bila biss sich auf die Zunge. Claire mischte sich ein. „Ich habe erst nach dem Unfall davon erfahren.“ Sie sah Bila mit einem bohrenden Blick an. „Du solltest sagen, wer noch davon wusste.“

Ruth spürte, dass Bila Angst hatte, darüber zu reden. „Hast du eine bestimmte Person in Verdacht?“ „Ja, es gibt einen Bekannten, der die ganze Zeit von dem Schlüssel wusste. Und er wusste auch, dass das Auto in Brüssel nicht gefunden werden konnte“, mischte sich Claire ein. „Wann hat er von dem Unfall erfahren?“ Bila rieb sich die Augen. „Ich habe ihm von dem Unfall erzählt, nachdem ich davon erfahren habe.“ „Wann hast du davon erfahren?“ „Ein Kommissar aus Brüssel, der mir bei der Suche half, hat es mir gesagt. Einige Tage nach dem Unfall.“ Und du hast es gegenüber dem Bekannten erwähnt?“ „Wir hatten gesprochen. Dabei habe ich über den Unfall berichtet.“

„Und wie hat er es aufgenommen?“ Bila kratzte sich unruhig am Hals. „Es war seltsam. Ich hatte das Gefühl, dass er mehr darüber erfahren wollte. Ihm erschien es wichtiger als mir. Auch in späteren Gesprächen ist er immer wieder auf den Unfall zurückgekommen. Ich hatte mich über sein Interesse gewundert.“ „Hast du ihn darauf angesprochen?“ „Nein, ich habe Angst vor ihm. Außerdem wollte ich nicht mehr über den Unfall reden.“ Ruth dachte nach. „Hat er dich gefragt, ob Kommissar Maertens mit dir gesprochen hat?“ „Er hat mal gefragt, ob mich jemand von der Polizei in Ostende auf den Unfall angesprochen hat. Aber das war, bevor Kommissar Maertens angerufen hat.“ „Dann hast du wahrscheinlich gesagt, dass dich noch niemand auf den Unfall angesprochen hat?“ „Ja, ich hatte mir darüber keine Gedanken gemacht. Schließlich hatte ich den Mietwagen noch nie gesehen. Das schwöre ich.“

Ruth bemerkte Bilas Erregung. „Schon gut. Ich kann mir vorstellen, dass dich das alles sehr belastet. Erst der Tod deines Vaters, dann die Umstände mit dem unauffindbaren Auto und schließlich der Unfall. Nicht zu vergessen, der Ärger mit der Autovermietung. Konntest du das klären?“ „Kurz nach dem Unfall haben sie angerufen und sagten, dass wahrscheinlich alles geklärt ist.“ „Heute kam ein Anruf. Ein Mitarbeiter sagte, es gäbe Probleme, weil nicht feststehe, dass der Wagen gestohlen wurde.“ „Was soll das heißen?“ „Er meinte, es gebe die Möglichkeit, dass der Wagen vor dem Unfall nicht aufgebrochen worden war.“ „Woher wusste er das?“ „Das wollte er mir nicht sagen.“

Sie schwiegen. Sarah bedeutete Ruth, mehr Rücksicht auf Bila zu nehmen. Dann stand Sarah auf und legte ihre Hand auf Bilas Rücken. „Wenn dich das anstrengt, dann werden wir nicht mehr darüber reden. Meine Freundin ist eine Furie. Sie bohrt immer weiter, ohne Rücksicht.“ „Danke. Es ist schwer, darüber zu reden. Ich rege mich sehr auf.“ „Dann machen wir jetzt eine Pause“, erklärte Sarah mit einer Bestimmtheit, die keinen Widerspruch duldete. Ruth musste sich damit abfinden, dass Sarah keine weiteren Fragen mehr zulassen würde. Ruth sah Bila verständnisvoll an. „Tut mir leid. Ich habe nicht erkannt, dass ich dich mit den Fragen so sehr aufrege.“

Sie sprachen noch eine halbe Stunde über andere Dinge, die Bila nicht belasteten. Bila beruhigte sich. Als sich Ruth und Sarah von Bila und Claire verabschiedeten, wandte sich Claire an Bila. „Bist du damit einverstanden, dass ich Ruth den Namen des Bekannten sage? Darf sich Ruth mit ihm in Verbindung setzen? Oder mit Maertens sprechen?“ Bila nickte. „Ich habe Angst vor ihm. Bitte nimm darauf Rücksicht.“

Sarah ging auf Bila zu. „Ich kann dich gut verstehen. Wir sind uns sehr ähnlich. Wir wollen Wilma helfen. Sie vermisst ihre Enkelin. Sie will erfahren, ob Angela lebt. Deshalb müssen wir den Geisterfahrer finden, der uns sagt, was passiert ist. Mein Sohn ist bei einem Unglück vor einigen Jahren gestorben. Und ich bin Ruth dankbar, dass sie mir bei der Aufklärung der Todesumstände geholfen hat." Bila nickte. „Ich muss auch herausfinden, wie es zu dem Unfall kam." Bila schrieb einen Namen auf einen Zettel und gab ihn Ruth. Ruth und Sarah verließen die Bücherei.

17

„Gut, dass du aufgehört hast, nachzufragen. Du hast das arme Mädchen verunsichert. Hast du nicht gemerkt, dass sie kaum noch atmen konnte? Der Schrecken ist ihr in die Glieder gefahren. Und ich kann gut verstehen, dass sie vor diesem Bekannten Angst hat, obwohl ich ihn nicht kenne." „Ja, ich habe in meinem Eifer nicht gemerkt, dass sie nicht stabil ist", erwiderte Ruth und sah Sarah freundlich an. „Danke, dass du mich rechtzeitig gebremst hast." „Ich kann nicht immer als Bremse auftreten. Du musst endlich selbst lernen, wie du andere bedrängst. Und dann auch mal aufhören mit weiteren Fragen." Ruth nickte. „Fällt mir schwer, aber ich werde es versuchen. Danke, dass du meine Unterstützung bei der Aufklärung anerkennst." Sarah lächelte. „Es ist eben nicht alles schlecht, was du machst. Und deine Energie ist lobenswert."

Sie schlenderten zum Bahnhof und sahen sich noch die Auslagen in den Boutiquen an. Vor Renas Boutique blieben sie stehen und betrachteten das Schaufenster. Einige modische Sommershirts und Jeans. Rena war eine alte Bekannte, von der sie immer gut beraten wurden. Ruth hatte Rena mal gegenüber der Versicherung geholfen. Ein Verhältnis, das auf Vertrauen und gegenseitiger Unterstützung beruhte. Ohne Zögern entschieden sie, Rena in ihrer Boutique zu besuchen. Rena freute sich. Es waren keine Kundinnen in ihrem Geschäft. „Hey, habe euch lange nicht gesehen. Was treibt euch nach Brügge?“ Ruth sah Sarah verlegen an. Sollte sie über ihr Treffen mit Claire berichten? „Wir haben einen Ausflug gemacht, und waren in der Bücherei. Die haben ein großes Sortiment.“ „Ja, ich verbringe dort auch manchmal einige Stunden. Sehr gute Atmosphäre und die beiden Frauen dort sind sehr nett.“

„Kennst du sie?“, mischte sich erstaunt Sarah ein. „Ja, seit Jahren. Immer dann, wenn ich Beratung zu einem unbekannten Autoren brauche, sind sie meine erste Adresse. Gerade die Leiterin der Bücherei hat deutlich mehr Ahnung als manche Verkäuferin in der Buchhandlung. Manchmal trinken wir einen Kaffee zusammen … Und beide Frauen sind auch gute Kundinnen.“ Sarah lachte. „So wie wir.“ Nun musste auch Rena lächeln. „Ich berate euch gerne. Und falls ihr nach einem speziellen Buch sucht, geht ihr zu Claire Vogel. Sie ist die Leiterin der Bücherei und hat ein gutes Gedächtnis.“ „Kann Sie auch Krimis empfehlen?“, fragte Ruth. „Natürlich, sie ist eine Expertin, kennt die Werke bekannter Krimiautoren und kann dir sicher einige Romane empfehlen, die du noch nicht kennst.“ „Danke für den Tipp. Merke ich mir für den nächsten Ausflug nach Brügge.“

Sarah hatte eine dunkelblaue Sommerbluse gefunden und konnte sich nicht entscheiden. Sie zog die Bluse in der Kabine an. „Was meint ihr? Steht sie mir?“ Sie drehte sich nach allen Seiten und schaute misstrauisch in den Spiegel. „Ja, aber sie passt besser zu einer hellen Hose oder zu einem Rock“, urteilte Rena. Ruth stimmte zu. „Okay, dann kaufe ich sie.“ Rena gab ihr einen großzügigen Rabatt. Sie sprachen noch einige Minuten und luden Rena zu einem Essen in Ostende am nächsten Samstag ein. „Vielen Dank für die Einladung“, freute sich Rena.

Auf dem Weg zum Bahnhof kamen sie noch an einem Bistro vorbei und wurden durch den wunderbaren Kaffeeduft angezogen. „Trinken wir noch einen Kaffee, bevor wir die Heimreise antreten“, erkannte Ruth Sarahs Gedanken. Sarah nickte und sie setzten sich in den Außenbereich an einen schattigen Platz. Als der Kellner kam, bestellten sie Kaffee und Erdbeerkuchen mit Sahne. Sarah freute sich über ihre neue Erwerbung. „Morgen werde ich die Bluse zu einem hellen Rock tragen … Ich finde es lustig, dass Rena Claire kennt. Sie hält große Stücke auf sie.“ Ruth lächelte. „So schließt sich der Kreis. Ich wollte nichts über unser Gespräch mit Claire sagen.“ „Besser so. Und was hast du vor? Was willst du mit dem Zettel machen, den Bila dir gegeben hat?“

Ruth zuckte mit den Schultern. „Weiß ich noch nicht.“ „Aber ich weiß es. Du wirst den Zettel, auf dem sicher der Name des Bekannten steht, Kommissar Ray Maertens geben. Alles andere wäre mehr als gefährlich. Und du solltest deine Einmischung in fremde Angelegenheiten an dieser Stelle beenden. Sofort.“ „So?“ „Ja, das ist mein Ernst. Hast du nicht gesehen, wie Bila zitterte, als sie an den Bekannten dachte. Sie hat lange zögert, den Namen aufzuschreiben. Wahrscheinlich ist es ein unberechenbarer Typ, der dir körperlich überlegen ist.“ Ruth lachte. „Das kann schon sein. Ich werde Bila anrufen und fragen, ob sie damit einverstanden ist, wenn ich mit Maertens darüber spreche.“ „Mach das. Jedenfalls wirst du nicht weiter in der Sache ermitteln.“

Zwei Minuten sahen sich Ruth und Sarah verbissen und streitlustig an. Dann rief Ruth Bila an. Bila befand sich noch in der Bücherei und nahm den Anruf sofort entgegen. „Hallo, hier ist Ruth. Bist du damit einverstanden, dass ich den Namen, den du aufgeschrieben hast, an Kommissar Maertens weitergebe." Bila zögerte. „Ich werde es gleich mit Claire besprechen. Dann rufe ich zurück. Okay?" „Ja." Nach wenigen Minuten rief Bila zurück. „Claire hält es für eine gute Idee, wenn du mit Maertens sprichst. Kannst du mich bitte aus der ganzen Sache heraushalten, soweit es möglich ist." „Ja, ich versuche es." Sie beendeten das kurze Gespräch. „Alles geklärt. So wie du es wünschst", versicherte Ruth. „Danke." Sie tranken den Kaffee aus und zahlten. Sie mussten sich eilen, weil der nächste Zug nach Ostende in zehn Minuten abfuhr.

Am nächsten Morgen saßen Ruth und Sarah im Büro von Kommissar Maertens. Ray Maertens schien ungeduldig, versprach aber, sich etwas Zeit für ein Gespräch zu nehmen. „Sie versuchen immer noch festzustellen, was mit Angela Geers passiert ist?", wandte er sich an Ruth. Er war sich sicher, dass der Besuch allein von Ruth veranlasst worden war. „Ja, aber es gibt auch andere Dinge, über die wir mit Ihnen sprechen wollen", erklärte Ruth. „Wie kann ich Ihnen helfen, Frau Pauls?" „Wir haben gestern mit Frau Lambers gesprochen. Sie kennen Frau Bila Lambers sicherlich." Maertens war irritiert. „Woher kennen Sie Frau Lambers? Sie meinen doch die Tochter von Henrik Lambers, der den Unfallwagen gemietet hatte?" „Wir haben sie über einen Aufruf von Wilma Geers im Internet kennengelernt. Wilma ist die Großmutter von Angela." „Ja, das weiß ich."

Maertens sah Ruth verwundert an. Er fragte sich, welche Neuigkeiten Ruth ihm präsentieren würde. Er beschloss, abzuwarten und Ruth erklären zu lassen. Ruth spürte die Ungeduld und Verlegenheit des Kommissars. „Also … Wir haben von Bila Lambers einiges erfahren. Sie haben mit ihr gesprochen und wollten von ihr wissen, ob sie oder ein Bekannter von ihr das Auto benutzt hat, als der Unfall geschah." „Ich wollte von ihr erfahren, ob sie an dem Unfall beteiligt war." „Sie meinen, sie müsste beteiligt gewesen sein, weil sie über den Autoschlüssel verfügt." „Ja, nach bisherigen Erkenntnissen erscheint es möglich. Es sind keine Spuren an dem Auto, die auf einen gewaltsamen Aufbruch hinweisen. Also muss ein passender Schlüssel benutzt worden sein. Oder etwa nicht?" „Na ja, es könnte auch anders gewesen sein. Jedenfalls wollten Sie von Bila Lambers erfahren, wer von dem Schlüssel wusste."

Maertens überlegte, ob er Auskunft geben durfte. Ihm war klar, dass sich Ruth mal wieder kräftig in seine Ermittlungen einmischte. Dinge, die sie nichts angingen. Sollte er das Gespräch abbrechen? Maertens sah Ruth scharf an. „Ich habe Ihnen schon genug gesagt. Wenn Frau Lambers noch eine Erklärung abgeben will, gerne." „Bila hat von einem Bekannten gesprochen, der wusste, wo sich der Zündschlüssel während der gesamten Zeit befand. Vielleicht wollen Sie mit ihm sprechen. Bila Lambers hat große Angst vor ihm. Deshalb wäre es gut, er würde nicht erfahren, dass sie Ihnen das gesagt hat. Verstehen Sie?" „Ich bin ja nicht blöd", raunzte Maertens. „Können Sie mir das versprechen. Der Bekannte darf nicht erfahren, dass Frau Lambers den Namen genannt hat."

Maertens kratzte sich an der Stirn. „Das wird nicht einfach sein. Wie stellen Sie sich das vor?" „Lassen Sie sich etwas einfallen." „Haben Sie eine Idee?" Ruth war auf diese Frage vorbereitet. „Frau Lambers hat nach dem Tod ihres Vaters den BMW von der Polizei in Brüssel suchen lassen. Frau Lambers war mit ihrem Bekannten bei Kommissar Geven in

Brüssel. Bei dieser Gelegenheit zeigte sie Geven den Schlüssel. Kommissar Geven müsste das bestätigen können." Maertens nickte. „Mit Kommissar Geven habe ich bereits gesprochen. Er leitete die Suche nach dem BMW." „Dann kann er sich bestimmt an den Bekannten von Frau Lambers erinnern." „Gut, sagen Sie mir den Namen des Bekannten. Dann werde ich es überprüfen." „Bitte ziehen Sie Frau Lambers da nicht rein." „Versprochen." Ruth gab Maertens den Zettel, den sie von Bila bekommen hatte." Maertens las den Zettel und nickte. Ruth und Sarah verabschiedeten sich.

„Ich habe kein gutes Gefühl", jammerte Sarah, nachdem sie das Polizeirevier verlassen hatten. Ruth nickte. „Ich hoffe, Maertens nimmt Rücksicht." Auch Bila hatte kein gutes Gefühl, als Ruth ihr von dem Gespräch mit Maertens berichtete. „Hat er tatsächlich versprochen auf mich Rücksicht zu nehmen?" „Ja", versicherte Ruth. Ruth brauchte einige Minuten, um Bila zu beruhigen. Es gelang ihr nicht völlig. Sarah verfiel in eine traurige Stimmung. „Du hättest besser die Finger davon lassen sollen. Jetzt hast du wieder eine Lawine ins Rollen gebracht, die kaum zu stoppen ist. Wahrscheinlich hast du auch Bila mit deiner Idee überrumpelt, den Namen Maertens mitzuteilen." „Nein", widersprach Ruth energisch. „Es war Bilas Wunsch."

Um einem Streit vorzubeugen, schwiegen sie. Es lag Ärger in der Luft. Beide konnten nicht aus ihrer Haut und bei aller Rücksichtnahme aufeinander kamen sie immer wieder an den Punkt, an dem sich ihre gegensätzliche Charaktere zeigten. Die grundsätzliche Angst von Sarah prallte auf Ruths Neugierde und Ermittlungseifer.

18

Ray Maertens blieb in Gedanken an dem Gespräch mit Ruth hängen. Eigentlich wollte er dem Bericht von Ruth nicht nachgehen. Schon aus Prinzip. Er wollte seine Ermittlungen nicht wieder von ihr lenken lassen. Verärgert saß er abends in einer Bar in Ostende und trank Bier und Whisky. Jeder, der ihn ansprach, bekam seine mürrische, abweisende Haltung zu spüren. Das fiel sogar dem Barkeeper auf. „Hey, Ray, etwas mehr Höflichkeit wäre angebracht. Du vertreibst mit deinem grimmigen Gesicht und deiner miserablen Laune noch meine Gäste." Maertens reagierte nicht. Zu sehr war er in seinen Gedanken. Erst am späten Abend ging er nach Hause. Er hatte den ganzen Tag kaum etwas gegessen und spürte jetzt, wie sein Magen knurrte. Trotzdem schaffte er es nicht, sich wenigstens ein Toastbrot zu schmieren oder etwas anderes zu essen.Verärgert über sich selbst, fiel er schwer und träge ins Bett.

Am nächsten Morgen wachte er mit einem dicken Kopf auf. Ihm fiel es schwer aufzustehen, mindestens fünf Minuten starrte er vor sich hin. Dann gab er sich einen Ruck. Nach einer eiskalten Dusche war er wach und freute sich auf ein ausgiebiges Frühstück. Nahezu alles, was er im Kühlschrank finden konnte, stellte er auf den Küchentisch. Er machte sich drei Spiegeleier mit Schinken und kochte sich einen starken Kaffee. Wieder drängte sich das Gespräch mit Ruth in seine Gedanken. Warum soll ich ihrem Hinweis nicht nachgehen, fragte er sich kritisch. Schließlich war es meine Idee, die Sache mit dem Zündschlüssel zu verfolgen. Ich war es, der Bila Lambers aufgesucht hat. Vielleicht hatte sie Angst, sich mir anzuvertrauen. Ich war auf der Spur, nicht Ruth.

Ich darf mich nicht gegen Hinweise sperren, nur weil sie von Ruth Pauls kommen. Das wäre töricht und kindisch. Besser ist es, ich gehe ihrem Hinweis nach und sehe nach, ob ich etwas zu Bilas Bekannten finden kann. Die Einsicht kehrte zurück. Er hatte sich entschlossen, nach dem Frühstück erste vorsichtige Ermittlungen aufzunehmen. Nach einer halben Stunde saß er an seinem Rechner. Von dort konnte er auf alle polizeilich relevanten Daten zugreifen. Schon bei der Eingabe des Namens Fred Roth, Haanstraat, Brügge, hatte er das Gefühl, etwas vorzufinden. Er täuschte sich nicht. Fred Roth war als Narkosearzt in einer Klinik in Brügge aufgeführt. Weitere Ermittlungen ergaben, dass er Inhaber eines BMW und eines Motorboots, einem Kajütboot, war. Das waren für den Anfang genügend Informationen, die er verwerten konnte. So konnte er nachfragen, ob sich Roth am Abend des 30. April im Dienst befand. Außerdem konnte er nachprüfen, ob sich Roths Motorboot im Hafen von Ostende befand. Mit beiden Nachforschungen könnte er Fred Roth schnell als Täter ausschließen.

Nach einer Zigarette und einem Apfel machte er sich an die Arbeit. Er rief in der Klinik in Brügge an und ließ sich mit dem Personalchef verbinden. „Guten Morgen, hier spricht Kommissar Maertens von der Mordkommission in Ostende“, erklärte er, als er eine männliche Stimme hörte. Der Mann am anderen Ende schien verlegen zu sein. Jedenfalls brauchte er etwas Zeit für eine Antwort. „Was kann ich für Sie tun?“, erwiderte er schließlich freundlich. „Eine Routineermittlung. Ich brauche eine Auskunft.“ Maertens wartete vier Sekunden, bis sich seine ersten Worte gesetzt hatten. „Wir können Ihnen telefonisch keine Auskunft geben. Woher soll ich wissen, ob Sie tatsächlich bei der Mordkommission in Ostende arbeiten?“ „Völlig korrekt. Ich kann Ihnen ein Fax senden, oder Sie rufen bei der Mordkommission in Ostende an. Die werden Sie mit mir verbinden. In einer halben Stunde bin ich dort zu erreichen." „Okay, ich werde in einer halben Stunde anrufen", entgegnete Peterson. Maertens bedankte sich und beendete das Gespräch.

Er zog sich an und fuhr mit dem Rad zum Polizeirevier. Nach zwanzig Minuten saß er in seinem Büro. Wenig später erfolgte der Rückruf von Peterson. „Hallo Kommissar Maertens, jetzt kann ich Ihnen ohne Bedenken Auskunft geben. Warum interessiert sich die Mordkommission für unser Personal?" „Ich sagte schon, es ist eine reine Routineanfrage. Es wird Sie nicht viel Zeit kosten, eine Auskunft zu erteilen." „Dann schießen Sie los." „Fred Roth, ein Narkosearzt arbeitet bei Ihnen." „Bis vorige Woche. Sein Arbeitsverhältnis wurde beendet." Maertens hielt inne. War diese Auskunft relevant? Er wollte es später verfolgen. „Okay, was ich wissen will, können Sie mir sagen, ob er am Abend des 30. Aprils abends oder nachts im Dienst war?" „Warum ist das von Interesse?" „Es geht um die Aufklärung eines Unfalls, er ist nicht verdächtig." „Seit wann interessiert sich die Mordkommission für die Aufklärung eines Unfalls?" „Gute Frage. Aber aus Gründen der Ermittlung kann ich sie leider nicht beantworten. Bitte verstehen Sie." Maertens Stimme klang freundlich mit einem leicht gereizten Unterton.

Peterson zögerte. „Was geht es mich an, woran Sie ermitteln? Ich werde nachsehen." „Vielen Dank." Maertens richtete sich auf eine Wartezeit von etwa fünf Minuten ein. Verwundert nahm er wahr, dass sich Peterson bereits nach drei Minuten meldete. „Ich kann Ihre Frage beantworten: Fred Roth befand sich an diesem Abend nicht im Dienst. Genügt die Auskunft?" „Ja, und vielen Dank für Ihr Verständnis." Maertens bemühte sich freundlich zu bleiben. Vielleicht brauchte er später weitere Auskünfte. Er machte sich einen Vermerk und notierte, dass Roth in der Nacht vom 30. April nicht arbeitete und, dass sein Arbeitsverhältnis Mitte Juni endete. Dahinter drei dicke Fragezeichen. Vielleicht war diese Information später hilfreich.

Dann rief er bei der Hafenpolizei an. Dort wurde festgehalten, welche Boote sich zu welchem Zeitpunkt im Hafen befanden. So konnte , auch zum Schutz der Bootseigner, überprüft werden, ob die Sicherheit gewährleistet war. Jeder Bootseigner war verpflichtet, sich abzumelden, sobald er den Hafen verließ. Maertens sprach mit Jeff Bols, der den Anruf entgegennahm. Er kannte Jeff aus mehreren Gesprächen „Wie immer reine Routine, Jeff." „Ja, Ray, ich überprüfe es und ruf gleich zurück." Nach zehn Minuten meldete sich Jeff. „Das Boot lag am Abend des 30. April im Hafen. Grundsätzlich meldet sich Fred Roth ab. Aber hin und wieder hat er es versäumt. Wir machen dann keine großen Vorwürfe. Wir weisen sie dann darauf hin, dass es dem eigenen Schutz dient." „Lässt sich feststellen, ob das Boot an seinem Platz lag?" „Ja, wir haben Videoaufzeichnungen. Die werden nach zwei Monaten endgültig gelöscht. Wenn du mir sagst, welcher Zeitraum relevant ist, prüfe ich es für dich nach." „Danke, zwischen neun und zwölf abends."

Maertens wartete und suchte nach weiteren verwertbaren Informationen zu Fred Roth. Er hatte das Gefühl, dass etwas nicht stimmte. Und auf dieses Gefühl konnte er sich fast immer verlassen. Nachdem er nur noch spärliche Informationen fand, widmete er sich der Frage, warum Roth sein Arbeitsverhältnis in der Klinik beendet hatte. Hatte er Aussicht auf eine bessere Stelle, oder gab es ein Zerwürfnis? Maertens lachte. An sich ging diese Überlegung völlig über seinen Ermittlungsgrund hinaus. Genauso hätte er sich fragen können, ob Roth seinen Stromanbieter gewechselt hatte. Maertens nahm sich vor, nicht von dem Weg abzuweichen. Alles, was am Rand lag und nicht der Aufklärung diente, war unbrauchbar.

Nach einer halben Stunde rief Jeff zurück. „Hallo Ray, er hat sich an dem Abend nicht abgemeldet. Kurz vor zehn lag das Kajütboot noch im Hafen an seinem Platz, um elf Uhr abends war es unterwegs. Das ist eigentlich seltsam. Wer fährt abends noch raus?“ „Ich kenne Roth nicht, vielleicht wollte er etwas Luft schnappen, sein Boot überprüfen, jemandem imponieren.Könnte verschiedene Gründe haben.“ Jeff lachte. „Ja, wer weiß? So gut kenne ich ihn auch nicht.“ „Wenn es dir seltsam vorkommt, solltest du überprüfen, wann er den Hafen verlassen hat. Ich schlage dir vor, wir machen es zusammen.“ „Okay, bis gleich.“ Maertens fuhr mit seinem Rad zur Hafenpolizei und ließ sich von Jeff in den Raum führen, in dem die Videoaufzeichnungen auf Monitoren gesehen werden konnten. Jeff bot ihm ein Jupiler an. Maertens lehnte dankend ab. „Muss mich mal wieder etwas mäßigen.“ Jeff lachte.

Jeff startete die Aufzeichnung vom Abend des 30. April ab 21.00 Uhr. Ray Maertens richtete sich auf eine längere Suche ein und machte es sich auf dem Stuhl bequem. Er war beeindruckt von dem klaren und deutlichen Bild. „War ja ein angenehmer und fast windstiller Abend“, flachste er. „Ja, wenn man das so sieht. Einige Spaziergänger mit ihren Hunden. Ein paar Kneipenbummler auf dem Weg zur Bar. Ein paar Touristen, die in Ostende hängen geblieben sind und nach einem Hotel suchen.“ Über eine halbe Stunde schauten sie sich die Aufnahme an, dann wurde es langweilig. „Spul etwas vor“, forderte Maertens Jeff auf. Schließlich hatte er noch was anderes vor. Jeff wählte einen Zeitraum ab 23 Uhr aus. „So recht?“ „Ja, mal sehen, was passiert. Noch liegt das Boot träge an seinem Platz. Niemand zu sehen, der sich nähert.“ „Du brauchst Geduld“, wetterte Jeff, den die Ungeduld von Maertens nervte.

Maertens lachte. „Du kennst doch das Gefühl, wenn du etwas erwartest.“ „Ja, aber bei so einer Sache brauchst du eben Geduld. Ich kann stundenlang an der Küste sitzen und die Schiffe beobachten. Sehr zu empfehlen. Das beruhigt.“ „Wie du meinst. Mir geht das ab. Ich brauche Bewegung.“ Jeff blieb gelassen. Ruhig verfolgte er die Aufnahme. „Falls du müde bist, mach ein Nickerchen. Ich weck dich, wenn was passiert.“ Tatsächlich ermüdete Maertens. Er schloss kurz die Augen und dämmerte vor sich hin. Nach zwanzig Minuten weckte ihn Jeff unsanft. „Hey Ray, langsam tut sich was.“ Ray Maertens war sofort hellwach. Sie sahen einen Mann, der sich dem Boot näherte. Auf der Schulter trug er etwas in Segeltuch eingewickelt.

„Kannst du die Einstellung schärfer stellen?“ Jeff stoppte die Aufzeichnung und probierte verschiedene Funktionen aus. Das Bild wurde kaum schärfer. „Das ist das beste. Mehr geht nicht.“ Maertens hustete. „Ich hätte mehr erwartet“, stöhnte er enttäuscht. „Wir haben eben keine super Technik. Kannst froh sein, dass wir die Aufnahme noch nicht gelöscht haben. Wenn mein früherer Kollege noch hier wäre, hätte er alles vorschriftsmäßig nach einem Monat gelöscht. Sei froh, dass ich nicht so gründlich bin.“ Maertens beruhigte mit einer freundlichen Geste. Dann betrachteten beide das Standbild. Der etwa dreißigjährige kräftige Mann näherte sich dem Boot und trug etwas auf den Schultern. Sein Gesicht wirkte angespannt und entschlossen.

„Was hat der Mann vor? Es ist kurz vor Mitternacht.“ „Er will bestimmt nicht sein Boot reinigen. Außer , er kann nicht schlafen und ihm ist langweilig." „Da wüsste ich was besseres", schmunzelte Maertens. Er prägte sich die Gesichtszüge des Manns ein und verglich sie mit Aufnahmen von Fred Roth, die er im Internet gefunden hatte. „Könnte Fred Roth sein." „Ist ja auch sein Boot, dem er sich nähert." „Lass die Aufzeichnung weiterlaufen. Da wird sicher noch was kommen." Jeff setzte die Aufzeichnung fort. Der Mann betrat mit geübten Bewegungen das Schiff und legte das Gepäck ab. Dann dehnte er seine Schultern, um eine Verkrampfung zu lösen und fuhr sich über die Stirn. Nach einer Minuten hatte er den Motor in Gang gesetzt. Er schien es nicht eilig zu haben. Das Licht des Motorbootes erleuchtete kaum das dunkle Hafengelände. Es war um diese Zeit kein anderes Boot unterwegs. Und es gab jetzt auch nur noch wenige Menschen, die sich im Hafengebiet herumtrieben.Das Boot entfernte sich langsam vom Hafen.

Jeff unterbrach die Aufzeichnung. „Mehr gibt es nicht zu sehen. Oder willst du seine Rückkehr sehen?" „Nein, das reicht." Maertens überlegte. „Wenn du mir die Aufzeichnung noch auf einen USB Stick ziehen kannst, wäre es fantastisch. Ich danke dir für deine Unterstützung." Maertens holte aus seiner Jackentasche einen USB Stick, den er immer mit sich trug. Jeff lachte. „Kein Problem." Er kopierte die Aufzeichnung und gab Maertens den USB Stick zurück.

Maertens hatte es nicht mehr eilig. Auf den Erfolg trank er mit Jeff doch noch ein Jupiler. „Wenn du willst, können wir gleich zum Hafen gehen und nach dem Boot sehen?", flachste Jeff, der nicht wusste, was Maertens vorhatte. „Gute Idee." „Vielleicht begegnest du Roth. Dann kannst du ihn fragen, wohin seine nächtliche Spritztour führte." Ray Maertens lachte. „Auf ein Gespräch mit ihm bin ich noch nicht genügend vorbereitet." „Das wird sich ergeben. Brauchst dich nicht als Kommissar vorzustellen. Dir würde schon was einfallen, um ein Gespräch zu beginnen."

„Na, eher unwahrscheinlich, dass sich Roth gerade jetzt am Bootshafen aufhält. Aber wir können es versuchen."

Gutgelaunt tranken sie noch ein zweites Bier. Maertens spürte, wie seine Beine schwer wurden. Der Tag war nach seinem Empfinden sehr warm und er hatte nachts wenig und schlecht geschlafen. Trotzdem wollte er Jeffs Angebot nicht ausschlagen. Unter Umständen war es weniger auffällig, wenn er gemeinsam mit Jeff am Hafen spazierte. Sie verließen die Räume der Hafenpolizei und trotteten zum Bootshafen. Jeff konnte Roths Boot aus einiger Entfernung erkennen und zeigte es Maertens. Sie waren etwa zwanzig Meter entfernt.

Maertens blieb stehen. Er hatte einen Mann gesehen, der sich auf dem Boot befand. Er griff Jeff am Arm. „Lass uns warten. Das könnte Fred Roth sein." „Na und. Dann kannst du die günstige Gelegenheit nutzen. Besser, als wenn du einen Hausbesuch planst oder er ins Revier vorgeladen wird. Er wird sicher noch mehr überrascht sein als du." Maertens nickte. Er begriff, dass es eine günstige Gelegenheit war, um unverfänglich mit Roth zu plaudern. Langsam gingen sie zu dem Boot und warteten, bis Roth sie bemerkt hatte. Maertens nickte ihm freundlich zu, Jeff blieb im Hintergrund. „Guter Tag für einen Ausflug." „Ja, aber vorher muss das Boot noch in Ordnung gebracht werden." Roth wandte sich unbeholfen ab. Maertens ließ nicht locker. „Ist es schwer, hier einen Liegeplatz für ein Boot zu bekommen?" „Weiß ich nicht", brummte Roth abweisend. „Mein Boot liegt schon zwei Jahre hier. Wenn Sie es sich leisten können, dürfte es kein Problem werden."

Maertens nickte. „Ganz schön teuer so ein Hobby.“ „Man muss es sich leisten können.“ Roth sah Maertens abschätzig und arrogant an. Maertens Kleidung und Auftreten entsprachen nicht Freds Vorstellung eines Gutverdieners. Maertens nickte und lächelte. Er wollte Roths Eindruck nicht korrigieren. Wenn Roth ihn für einen armen Schlucker hielt, konnte ihm das nur recht sein. „Wie lange brauchen Sie bis zur Küste?“ „Man muss sich anmelden, manchmal muss man etwas warten. Wenn alles klappt, zehn Minuten.“ „Und nachts?“ Fred Roth zuckte kurz zusammen. Schnell hatte er sich wieder gefangen. „Was für eine blöde Frage? Nachts fährt hier niemand raus. Vielleicht abends. Aber nachts ist niemand unterwegs.“

„Sie sind noch nie nachts mit dem Boot rausgefahren?“ „Sicher nicht. Das ist langweilig.“ „Und gefährlich?“ „Nein, warum sollte es gefährlich sein?“ Maertens spürte, dass es unvernünftig war, weitere Fragen zu stellen. Die Beweislage war zu dürftig. Außerdem hatte er einen ersten Eindruck von Fred Roth. „Danke für die Auskunft“, verabschiedete er sich. Er hatte nicht den Eindruck, dass Roth ihn als Kommissar erkannt hatte. Gemeinsam mit Jeff, der von Roth nicht beachtet worden war, entfernte er sich. „Und?“, fragte Jeff. Maertens strich sich über die Stirn. „Ich weiß nicht, ob er derjenige ist, nach dem ich suche.“ „Versteh ich nicht.“

Maertens zögerte. „Es könnte Roth sein, mit dem ich gesprochen habe.“ „Da hätte ich keinen Zweifel“, erwiderte Jeff. Er konnte nicht verstehen, warum Maertens zweifelte. „Es ist sein Boot. Wer sollte sich sonst dort aufhalten? Natürlich hättest du ihn fragen können, ob er Fred Roth ist. Aber das wäre Blödsinn gewesen. Und du hättest schlafende Hunde geweckt.“ Maertens nickte. „Mich treibt was anderes um … Ich weiß nicht, ob es noch einen anderen Fred Roth gibt, der in Brügge wohnt." „Hast du das nicht überprüft?" „ Kam mir nicht so vor, als wäre es ein alltäglicher Name. Aber trotzdem kann ich es nicht mit Gewissheit sagen." „Na, stell dich nicht so an. Trotzdem kann ich verstehen, wenn du es überprüfen willst, bevor du jemand in die Zange nimmst." „Ja, werde ich gleich machen." Maertens bedankte sich bei Jeff und verabschiedete sich. „Ich ruf dich an, und dann gehen wir zusammen was trinken." Jeff lachte."Mach das."

Maertens hatte es eilig. Er ging zurück in sein Büro und rief Ruth an. „Hier ist Maertens. Können Sie bestätigen, dass Fred Roth als Narkosearzt in der Klinik in Brügge tätig war, und dass er ein Motorboot besitzt, dass im Yachthafen von Ostende liegt?", kam Maertens gleich zur Sache. Ruth freute sich über sein Interesse. „Werde mich gleich erkundigen und zurückrufen." Zehn Minuten später bestätigte Ruth diese Angaben. Maertens war beruhigt, jetzt konnte er in intensive Ermittlungen eintauchen. Er hatte mit der richtigen Person gesprochen.

19

Was sich hinter der Traumwand verbirgt, ist dunkel, verworren und brüchig. Wenn es einen Vorhang gäbe, an dem man ziehen könnte, um den Hintergrund beleuchten, würde es trotzdem dauern, bis sich einzelne Bruchstücke zu einem verständlichen Ganzen verbinden würden.

Fred hasste es, sich immer wieder an den Abend Ende April zu erinnern. Einiges hatte er aus seiner Erinnerung hervorgeholt, einiges verdrängt, und es blieb viel übrig, was er leugnete. Seit zwei Monaten hatte er das Gefühl, er müsse alles, was an diesem Abend passierte, unter einen Teppich kehren, oder in einem tiefen Loch vergraben. Er war nicht gewillt und auch nicht bereit, sich mit diesem Abend zu beschäftigen. Deshalb hielt er es für besser, alles auszublenden, was ihn an diesen Abend erinnerte. Hastig und schnell versuchte er, sich zu rechtfertigen. Er hatte nichts getan, wofür er sich schuldig bekennen musste. Und selbst wenn man etwas fände, was ungesetzlich oder unmoralisch war, so musste man seine schwere Situation berücksichtigen. Er hatte an dem Abend einiges getrunken und stand unter der Wirkung von Kokain. Was auch immer ihn getrieben hatte, er hatte unbedacht und leichtfertig gehandelt, ohne ein klares Ziel vor Augen.

Bisher war die Aufklärung, was an diesem Abend tatsächlich passiert war, sehr schwach. Man wusste, dass es auf der Autobahn Ostende einen Unfall gegeben hatte, verursacht durch einen Geisterfahrer. Der Fahrer konnte nicht gefunden werden, weil er ein gestohlenes Auto benutzt hatte. Es gab bisher keinen Verdacht gegen ihn. Und so sollte es bleiben.

Fred glaubte, alles getan zu haben, um sämtliche Spuren zu verwischen. Trotzdem war er wachsam und verfolgte sämtliche Berichte, die sich mit dem Unfall beschäftigten. Er wusste, welcher Kommissar in dieser Sache ermittelte, und er hatte ihn, soweit es ihm möglich war, bei der Aufklärung beobachtet. Das Gesicht von Kommissar Maertens hatte er sich eingeprägt, so tief, dass es ihn in seine Träume verfolgte.

Als der Kommissar ihm an diesem Tag im Yachthafen begegnete, brauchte er nur drei Sekunden, um zu begreifen. Maertens war aus unerfindlichen Gründen auf ihn gestoßen. Wahrscheinlich ohne einen besonderen Verdacht. Fred wähnte sich in Sicherheit. Er hatte sich nichts anmerken lassen und alle Fragen höflich beantwortet. Dass er arrogant wirkte und ein längeres Gespräch ablehnte, konnte ihn nicht verdächtig machen. Er hatte sich natürlich gegeben und keine Angst gezeigt. Einzig in dem Moment, als Maertens ihn fragte, ob er auch nachts mit seinem Motorboot fahre, wurde er für einen Augenblick unsicher. Aber er hatte sich im Griff und die Lage gut gerettet. Schließlich hatte ihn Maertens nicht auf einen bestimmten Abend angesprochen. Die Frage war eher grundsätzlicher Art.

Trotzdem war Fred klar, Maertens wollte über einen bestimmten Abend sprechen. Er war in Begleitung des Kommissars der Hafenpolizei. Auch das war Fred nicht verborgen geblieben. Er musste damit rechnen, dass sie zuvor eine Videoaufzeichnung gesehen hatten und es ungewöhnlich fanden, dass er in der Nacht sein Boot startklar gemacht hatte. Und wenn? Was hatte das zur Folge. Niemand konnte ihm verwehren, nachts mit seinem Boot zu fahren.

Was Fred beschäftigte,war die Frage, wer Maertens den Tipp gegeben hatte. Sofort fiel ihm ein, dass es nur eine Person gab, die Maertens den Hinweis gegeben haben konnte. Bila! Fred schnaufte vor Wut und stieß ein Glas vom Tisch. Zum Teufel, wie kommt sie dazu, mich zu verraten. Maertens musste irgendwie zu dem Schluss gekommen sein, dass bei der Geisterfahrt der passende Zündschlüssel verwendet worden war. Anders konnte sich Fred den Verdacht nicht erklären.

Fred war versucht, Bila anzurufen und sie zur Rede zu stellen. Er hatte selten eine solche Wut in sich gefühlt. Sie staute sich auf und steigerte sich ins Gewalttätige. Er geriet in Panik und verlor seine Selbstkontrolle. Der kalte Schweiß strömte über seine Stirn. Er griff sich in den linken Arm und vergewisserte sich seiner. Was trieb ihn an? Und was bewegte ihn? Halt! Er musste besonnen handeln, sonst würde er alles noch schlimmer machen. Wenn er jetzt in seinem unfassbarem Zorn Bila anrufen würde, würde er sich verraten. Alles, was er sich mühsam aufgebaut hatte, würde zusammenfallen wie ein Kartenhaus. Besser, er wartete ab und suchte nach einer günstigen Gelegenheit.

Nur mit größter Mühe konnte er sich bändigen. Er wischte den Schweiß vom Gesicht, zog sich aus und nahm eine eiskalte Dusche. Trank einen Tee und nahm eine Beruhigungstablette. Während er ungeduldig und zitternd auf die Wirkung wartete, nahm er sich vor, zuversichtlich zu bleiben. Wie oft war er gelobt worden, für seine ruhige und besonnenen Art, eine schnell wirkende Narkose zu geben. Sein schneller Aufstieg in der Klinik kam nicht von ungefähr. Die Patienten und Kollegen schätzten seine Kompetenz. Wie oft war er von Patienten gelobt worden, die ohne Schmerzen nach der Narkose aufgewacht waren. Sie hatten nichts gespürt außer einem tiefen Schlaf. Wenn ihm dieser eine Fehler vor der Operation nicht unterlaufen wäre, hätte es keinen Grund gegeben, ihn zur Rede zu stellen. Erst durch diesen Fehler kam der Stein ins Rollen.

Das Misstrauen seiner Vorgesetzten hatte dazu geführt, ihn zu überprüfen. In diesem Zusammenhang war das Kokain bei ihm gefunden worden. Leichtsinnig war er gewesen. Hatte sich zu sicher gefühlt und nicht gemerkt, dass einige Kollegen nur darauf gewartet hatten, eine Schwäche oder Unregelmäßigkeit bei ihm zu finden, die sie gegen ihn verwenden konnten. Den Fehler, sich für stark und unangreifbar zu halten, durfte er nicht wiederholen. Vorsichtig musste er die Situation ausloten und abwägen, welche Folgen entstünden.

Langsam wurde er müde und spürte die Wirkung der Tablette. Er legte sich aufs Bett und konzentrierte sich auf seine Atmung. Sie wurde langsam und gleichmäßig. Auch sein Puls zeigte an, dass er sich beruhigte. Alles verschwamm und seine Gedanken lösten sich auf. Seine Verkrampfung löste sich. Er schlief ein und nahm nichts mehr wahr. Nach fünf Stunden wachte er nachts auf. Er brauchte einen Moment, um sich zu sammeln. Die Anspannung saß noch in den Knochen. Zwar hatte sich der Krampf etwas gelegt, trotzdem spürte er eine Starre, die es ihm schwer machte, sich zu bewegen. Vorsichtig stand er auf, trank etwas Tee, der noch übrig war, und setzte sich auf einen Sessel. Es war tief in der Nacht, absolute Stille und Leere.

Er versuchte sich zu erinnern. War er schon zu einem Ergebnis gekommen, wie er auf den Besuch von Maertens reagieren sollte? Sollte er etwas ändern, oder weitermachen wie bisher? Die Beweise, falls Maertens solche hätte, müssten äußerst dürftig sein. Was hatte er gegen ihn in der Hand? Der Schlüssel, falls sich sein Verdacht darauf gründete, befand sich im Besitz von Bila. Niemand konnte ihm nachweisen, dass er den Zündschlüssel zu irgendeinem Zeitpunkt benutzt hatte. Niemand hatte von seinem Plan gewusst, nach dem Mietwagen in Brüssel zu suchen.

Er hatte drei verfluchte Abende und Nächte damit verbracht, nach dem Wagen zu suchen. Schließlich hatte er ihn an einer unscheinbaren Stelle gefunden. In der Nähe, wo Bilas Vater seinen Bekannten besucht hatte. Es war bedauerlich. Natürlich hätte auch Bilas Vater den Wagen finden können, wenn er etwas mehr Zeit verwendet hätte. Wahrscheinlich war es so, dass er die Suche nach wenigen Minuten enttäuscht aufgegeben hatte. Er hatte daran gezweifelt, dass er ihn in direkter Nähe zu dem Haus seines Freundes abgestellt hatte.

Fred sah aus dem Fenster. Ein stürmischer Regen hatte begonnen. Schwere Tropfen klatschten gegen sein Fenster. Er hatte sich vorgenommen, nicht mehr mit Bila zu sprechen.

Den Drang, von ihr etwas zu erfahren, musste er unterdrücken. Nach einer halben Stunde legte er sich wieder ins Bett und grübelte.

20

Bila war erschüttert, als sie erfuhr, dass Kommissar Maertens einige Fragen zu Fred hatte. Er hat sich jetzt also auf ihn konzentriert, dachte sie. Sie geriet in Panik und bereute ihren Entschluss, Freds Namen erwähnt zu haben.

Am nächsten Tag rief sie Ruth an. „Mir ist nicht wohl bei der Sache. Ich habe Angst, wenn sich der Kommissar Fred vornimmt. Fred lässt sich das nicht bieten. Er kann sich denken, woher der Tipp kommt. Und er wird sich an mir rächen. Fred ist unberechenbar.“ „Beruhige dich“, bat Ruth. Sie konnte in gewisser Weise Bilas Angst verstehen. Wenn sie Bila mit Sarah verglich, war Bila deutlich ängstlicher, scheu wie ein junges Reh. „Maertens wird ihm nur einige Routinefragen stellen und schnell merken, dass er nicht in den Besitz des Schlüssels kommen konnte. Er hat nichts gegen ihn in der Hand.“ „Das weiß ich nicht.“ „Was weißt du nicht?“ „Ob es Fred tatsächlich nicht möglich war, an den Schlüssel zu kommen.“ „Kannst du dich an eine Gelegenheit erinnern?“ „Ja, es gab zwei Gelegenheiten. Er war zu Besuch, und er wusste, wo ich den Schlüssel aufbewahrte.“ „Das reicht nicht aus. Glaubst du ernsthaft, dass er den Schlüssel an sich genommen hat?“ „Das weiß ich nicht. Bis vor einer Woche hätte ich ihm das nicht zugetraut. Jetzt habe ich Zweifel.“ „Wie sollte er den Wagen finden?“

Bila stöhnte. „Keine Ahnung. Aber er wusste, dass Papa ihn in der Nähe seines Freundes in Brüssel abgestellt hatte. Vielleicht … durch einen glücklichen Zufall. Was weiß ich?“ „Du musst dich beruhigen. Fred ist nur einer von vielen Verdächtigen. Maertens geht jeder Spur nach. Er arbeitet sehr intensiv und souverän. Sobald er erkennt, dass Fred keine Ahnung hatte, wo der Wagen abgestellt worden war, wird er nach anderen Spuren und anderen Verdächtigen suchen. Du musst verstehen, dass Maertens bisher noch keine Anhaltspunkte hat. Deshalb geht er jeder verfügbaren Spur nach. Er braucht endlich einen Erfolg." „Hat er bereits mit Fred gesprochen?" „Keine Ahnung. Das wird er mir nicht sagen. Und ich habe keine Möglichkeit, es zu erfahren. Er kommt nur dann auf mich zu, wenn er meine Unterstützung braucht."

„Was soll ich machen?" „Zuerst ist es wichtig, dass du dich nicht aufregst. Ich empfehle dir, nicht mehr mit Fred zu sprechen. Falls er dich anruft, lass dich nicht auf ein Gespräch über den Unfall ein. Lass ihn nicht mehr in deine Wohnung. Falls er sich dir nähert und dich bedroht, musst du sofort die Polizei rufen." „O je, ich hoffe so weit wird es nicht kommen. Bisher hat er akzeptiert, wenn ich ihn nicht sprechen oder sehen wollte." „Trotzdem solltest du vorsichtig sein. Sobald Maertens mit ihm gesprochen hat, wird er wütend werden. Er wird glauben, dass du Maertens seinen Namen genannt hast. Und dann wird sich sein Ärger gegen dich richten. Ich kann mir vorstellen, dass er dich anrufen und fragen wird, warum du seinen Namen genannt hast. Darauf kannst du dich vorbereiten."

„Und wie?" „Du darfst nicht mit ihm sprechen. Keine Antwort geben. Ich habe mit Maertens vereinbart, dass er ihm auf keinen Fall sagen darf, dass du ihm Freds Namen genannt hast. Wir haben beschlossen, dass der Hinweis von Kommissar Geven aus Brüssel gekommen ist. Schließlich seid ihr beide bei Geven gewesen, nachdem das Auto nicht gefunden werden konnte. Das hast du mir gesagt." „Ja, das stimmt. Bei der Gelegenheit habe ich Geven den Schlüssel gezeigt. Er meinte, er könne damit nichts anfangen."

„Verstehe ich nicht", unterbrach Ruth. „Er hätte ihn doch behalten können und damit den Wagen aufschließen können, wenn er ihn gefunden hat." „Ja, das habe ich auch gedacht. Aber Geven hatte wohl seine eigene Methode. Ich glaube auch nicht, dass Geven ernsthaft länger nach dem Wagen gesucht hat. Wahrscheinlich hat er die Streifenwagen aufgefordert bei ihren Fahrten nach einem BMW mit dem bekannten Kennzeichen zu suchen. Mehr nicht. Er ging wohl davon aus, dass sich alles leicht und schneller über die Versicherung des Autovermieters klären ließe. Welchen Ärger ich damit hatte, interessierte ihn wenig. Auch der Autovermieter wollte nichts tun. Jedenfalls wollte sie sich nicht an der Suche beteiligen."

Ruth dachte nach. „ Es ist gut möglich, dass ein Mitarbeiter des Autovermieters heimlich den Wagen entwendet hat. Wäre ein einfaches Spiel. Sie wussten, in welchem Gebiet der Wagen geparkt worden war, und sie hatten sicher einen Ersatzschlüssel. Hast du dem Vermieter gesagt, in welcher Gegend der Wagen vermutlich abgestellt worden war?" „Ich habe mit einer Mitarbeiterin gesprochen. Und ich habe ihr die Adresse des Freundes genannt, den mein Vater besucht hatte. Ich habe ihr noch gesagt, dass mein Vater nicht gern gelaufen ist und immer in der Nähe seines Ziels geparkt hat. Und, dass er keine Parkhäuser genutzt hat." Ruth lachte. „Das ist schon sehr viel. Sie kannten das Kennzeichen, hatten die Schlüssel und hatte eine ungefähre Vorstellung, wo sie ihn finden konnten. In meinen Augen besteht eher ein Verdacht gegen Mitarbeiter des Autovermieters. Dort gibt es manchmal auch krumme Hunde. Kannst du mir die Adresse des Vermieters geben? Dann werde ich mal sehen, was ich machen kann."

Bila nannte Ruth die Adresse. Nach zwei Minuten beendeten sie das Gespräch, nachdem Ruth Bila nochmals ausdrücklich gewarnt hatte, mit Fred zu reden. Bila hatte sich am Ende des Gesprächs etwas beruhigt. „Tut mir leid, dass ich dich so sehr in die Sache reinziehe. Darf ich trotzdem wieder anrufen, wenn ich Hilfe brauche?" „Ja", versicherte Ruth.

Ruth berichtete Sarah von dem Gespräch. „Ich kann Bila gut verstehen. Sie ist der ganzen Sache nicht gewachsen. Sie hat ein ruhiges Leben geführt und alle Belastungen abgewehrt. Dann stirbt ihr Vater, und plötzlich wird aus einem gemieteten Auto ein Drama. Ich möchte nicht in ihrer Haut stecken. Sie weiß nicht, was noch alles auf sie zukommt", fasste Sarah ihre Gefühle zusammen. Ruth nickte. „Besser hätte ich es nicht sagen können. Deshalb sollten wir ihr helfen, soweit es uns möglich ist." „Klar, aber wir müssen vorsichtig sein. Sonst werden werden wir selbst in den Strudel reingezogen. Und wir sind deutlich älter." Ruth rümpfte die Nase. Sie fühlte sich trotz ihres Alters mit Anfang siebzig immer noch körperlich und geistig in der Lage, selbst zu ermitteln. Auch Maertens war nur zehn Jahre jünger und bei weitem nicht so zäh, dachte sie.

Um das zu beweisen, stand sie eine Stunde später gemeinsam mit Sarah in den Räumen der Autovermietung Gala in Ostende. Dort hatte Bilas Vater Anfang März den BMW gemietet. Entsprechend einem vorgefassten Plan wandte sich Ruth direkt an eine Mitarbeiterin. „Guten Tag, wir wollen einen BMW mieten. Habe Sie welche zur Auswahl?" Die Verkäuferin, Mette Loris, lächelte freundlich. „Wir haben zehn zur Auswahl." „Gut, einer reicht." „Darf ich Ihnen die

Auswahl zeigen?“ Ruth und Sarah begleiteten Mette auf einen Parkplatz. Dort wurden die Mietautos abgestellt. „Hier werden die Autos gewartet, wenn sie nach der Miete zurückkommen. Haben Sie einen speziellen Wunsch? Spritzig, bequem, oder mit gutem Fahrkomfort?“ Ruth überlegte. So genau hatte sie nicht darüber nachgedacht.

Noch vor einer halben Stunde konnte sie sich nicht erinnern, wann sie zuletzt gefahren war. Musste eine Ewigkeit her sein, über zehn Jahre. Sie hatte sich damals in Köln von ihrem Auto getrennt, nachdem sie sich jeden Tag stundenlang durch Staus gekämpft hatte. Morgens eine halbe Stunde und abends doppelt so lange. Sie war nach einem schnellen Entschluss, der nur wenige Minuten gedauert hatte, aufs Fahrrad umgestiegen. Ihr alte Klapperkiste hatte sie verkauft. Von dem Geld ein schickes Tourenrad gekauft, und dann war sogar noch Geld für einen Urlaub in Norwegen übrig.

Aufmerksam verfolgte Mette Ruths Entscheidung. „Ich habe mir darüber noch keine abschließenden Gedanken gemacht. Ich brauche keinen spritzigen Renner. Habe es nicht eilig und muss auch nicht imponieren. Was meinst du, Sarah?“ Sarah grinste. Sie stellte sich vor, mit Ruth auf der Autobahn zu fahren bei Nacht und Nebel. „Wir machen selten eine größere Tour. Über Brüssel oder Antwerpen kommen wir nicht hinaus. Egal wie schnell du fährst, mehr als eine Stunde brauchen wir nicht.“ „Dann gehe ich davon aus, es kommt Ihnen eher auf Bequemlichkeit an“, mischte sich Mette ein, die spürte, dass die beiden Frauen von einer Entscheidung noch weit entfernt waren. Wahrscheinlich war die Absicht, ein Auto zu mieten, einer fixen Idee entsprungen. Das, was man sonst Bierlaune nennt.

„Der Gedanke, ein Auto zu mieten, ist uns erst vor wenigen Stunden gekommen, bisher kamen wir auch ohne ein Auto klar. Wenn wir doch mal eine längere Tour machen wollen, ohne auf die Bahn angewiesen zu sein, wäre es schon von Vorteil“, erklärte Ruth. Sie stellte sich und Sarah als naiv und unwissend dar. Mitleidig nickte Mette. „Ja, es kann schon von Vorteil sein, wenn Sie unabhängig sind. Haben Sie denn noch Fahrpraxis?“ „Ich bin zuletzt vor zehn Jahren gefahren“, mischte sich Sarah ein. „Bei mir sind es fünf Jahre“, log Ruth. Sie wusste, dass es Mette oder einer ihrer Kollegen nicht nachprüfen würden. „Dann hoffe ich, dass Sie sich schnell wieder ans Fahren gewöhnen.“ „Ja, ich werde fahren, und zuerst nur kleine Strecken auf wenig befahrenen Straßen.“ „Vielleicht sollten Sie am Anfang einen geschulten Begleiter mitnehmen“, schlug Mette vor. „Ja, das wäre sinnvoll.“

Ruth und Sarah entschieden sich nach einigen Minuten für einen neuen komfortablen BMW. „Der müsste genügen“, meinte Ruth. Dann gingen sie in den Verkaufsraum zurück. Mette tippte etwas in den Laptop ein. „Ich brauche Ihren Namen und Ihren Führerschein. Die Miete kostet fünfzig Euro am Tag. Wie lange wollen Sie das Auto mieten?“ Ruth und Sarah sahen sich verlegen an. „Zuerst möchte ich die Bedingungen kennenlernen.“ Mette war irritiert. „Welche Bedingungen?“ „Na ja, was passiert im Schadensfall?“ „Falls Sie einen Unfall bauen?“ „Ja, zum Beispiel“, erwiderte Ruth. „Der Wagen ist voll versichert, mit einer Eigenbeteiligung bis zu dreihundert Euro. Das ist die Regel.“ Ruth kratzte sich am Kopf.

Sie dachte nach und war sich unschlüssig. „Was passiert, wenn wir den Wagen abstellen und ihn nicht mehr finden können?“ „Das sollte nicht passieren.“ „Und wenn es trotzdem passiert?“ „Auch dafür haben wir bei den neuen Typen Vorkehrungen. Eine GPS Fahrzeugortung. Sie ist mit einem

System programmiert, damit der Wagen gefunden werden kann. Das muss aber aktiviert sein. Sonst nützt es nichts." Endlich war Ruth an den entscheidenden Punkt gelangt. „Ich hatte in der Zeitung gelesen, dass ein Mietwagenfahrer seinen Wagen nicht finden konnte. Wenige Tage später ist er entwendet worden und damit ein Unfall verursacht worden. War das ein Auto Ihrer Versicherung?"

Mette erschrak. „Sie sind nicht die erste, die danach fragt. Ein schrecklicher Vorfall. Aber wir haben keine Schuld. Die GPS Ortung war nicht aktiviert." „Von Ihnen? Oder von dem Fahrer?" „Von dem Fahrer. Es ist uns untersagt, die Ortung zu aktivieren. Wir wollen schließlich nicht unsere Kunden überwachen." „Und wenn der Kunde die Aktivierung ausschaltet?" „Ist er der Dumme. Dann haben wir keinen Einfluss mehr." „Woher wissen Sie, dass die Ortung nicht aktiviert worden war?" „Wir haben das nach dem Unfall überprüft. Der Fahrer hatte, kurz nachdem er den Wagen gemietet hatte, das System deaktiviert." „Und Sie haben ihn bei Vertragsschluss darauf hingewiesen, welche Folgen es hat?" „In dem Mietvertrag, den er unterschrieben hat, wurde darauf hingewiesen. Ob es ihm außerdem nochmal gesagt wurde, weiß ich nicht. War auch nicht notwendig."

Ruth zuckte mit den Schultern. „Wäre besser gewesen, er hätte den Komfort genutzt. Dann wäre ihm einiges erspart geblieben." Mette nickte. „Das sollte Sie aber nicht davon abhalten, einen BMW zu mieten." „Ja, wir würden die Ortung natürlich nutzen." „Wollen Sie gleich den Wagen mitnehmen?" Ruth war verlegen und sah Sarah zögernd an. War natürlich alles vorher abgesprochen. Jetzt war Sarah an der Reihe. „Lass es uns noch überlegen. Es eilt nicht. Ging eigentlich eher darum, die Bedingungen zu klären." Ruth wollte, wie abgesprochen, widersprechen. Sarahs starre

Miene zeigte ihr jedoch, dass sie nicht diskutieren wollte. „Also gut, wir überlegen es uns", wandte sich Ruth an Mette. „Wir kommen in den nächsten Tagen wieder." Mette lächelte. „Gerne." Ruth und Sarah verabschiedeten sich.

Nach einigen Schritten über die Hofstraat sprach Sarah Ruth an: „Und hat es sich gelohnt?" „Was meinst du?" „Na ja, mir fällt es schwer, die richtigen Schlüsse zu ziehen. Auf mich hat Mette einen ehrlichen und geschäftstüchtigen Eindruck gemacht." „Ja, das geschäftstüchtige stimmt. Ob sie ehrlich war, bezweifle ich." „Warum?" „Die Sache mit dem Ortungssystem fand ich seltsam. Obwohl ich nicht danach gefragt habe, weist sie darauf hin. Gleich danach schiebt sie dem Fahrer sämtliche Verantwortung zu. Das ist typisch. Die Autovermietung will jeglichen Verdacht unterdrücken, der sich gegen sie richtet. Ich werde der Sache mit der Ortung nachgehen. Darauf kannst du dich verlassen." Sarah lachte. „Das dachte ich mir. Aber es wird dir nicht gelingen, etwas herauszufinden. Oder willst du mit Kommissar Maertens darüber sprechen?" „Vielleicht."

Sarah schnaufte. Sie war nach den schnellen Schritten kurzatmig und hustete. „Liebe Ruth, du musst dich nicht in alles einmischen. Es ist besser, wenn du dich mal zur Abwechslung um einfache Dinge kümmerst." „Was meinst du?" „Du hast Idris versprochen, bei der Versicherung anzurufen wegen des Schadens in seinem Restaurant. Besser, du kümmerst dich um solche Dinge." Ruth lachte. „Längst erledigt. Die Versicherung weiß Bescheid und reguliert den Schaden." „So, das hast du mir nicht gesagt." „Nicht wichtig. Kannst dir doch denken, dass ich so etwas in fünf Minuten erledige, ohne besonderes Aufsehen." Sarah sah Ruth verlegen an. Sie wusste nicht, ob sie ihre Freundin loben sollte. „Wenn du das so gut kannst, solltest du mal einen Aushang bei Mikros machen und auf deine besonderen Fähigkeiten als Versicherungsberaterin hinweisen. Das wäre weniger gefährlich, als dich mit Mördern anzulegen.“

Ruth spürte Sarahs Wunsch nach einer Grundsatzdiskussion. Wie so oft war Sarah verunsichert und hatte ein schlechtes Gefühl. „Wir werden noch Ärger kriegen. Und du ziehst mich da mit rein“, schimpfte Sarah, nachdem Ruth nicht antwortete. Ruth zuckte mit den Schultern. „Wir haben Wilma versprochen, ihr zu helfen ...“ „Und dann haben wir Bila versprochen, ihr zu helfen“, unterbrach Sarah.

Noch bevor Ruth etwas sagen konnte, klingelte ihr Handy. Sie nahm den Anruf entgegen. „Hallo Ruth, es ist was furchtbares passiert. Fred ruft ständig an. Und dann schreibt er mir, es wird was schlimmes passieren, wenn ich mich nicht melde.“ Ruth blieb stehen und gab Sarah ein Zeichen, auf sie zu warten. „Das habe ich befürchtet. Wird dir nichts anderes übrig bleiben, als einen Gewaltschutzantrag beim Gericht zu stellen. Oder wir gehen gemeinsam zu Kommissar Maertens.“ „Gibt es keine andere Möglichkeit? Ich habe Angst vor ihm.“ „Wo bist du jetzt?“ „Ich bin noch in der Bücherei. Habe schon mit Claire gesprochen. Sie sagte mir, ich soll dich anrufen.“ Ruth überlegte. Sarah, die das Gespräch mitbekommen hatte, erwartete ebenfalls eine schnelle Antwort von Ruth. „Kannst du nach der Arbeit zu uns nach Ostende kommen? Dann können wir alles in Ruhe besprechen. Vielleicht kann dich Claire begleiten.“ „Ja, wir werden kommen. Gegen 19.00 Uhr sind wir da. Vielen Dank.“ Bila war erleichtert. „Hast du gut gemacht“, lobte Sarah ihre Freundin. Damit war der Grundsatzdiskussion jegliche Grundlage entzogen.

Kurz nach 19.00 Uhr erschienen Bila und Claire. Beide waren sehr aufgeregt. „Er hat uns beobachtet, und ich glaube, er ist uns nachgefahren“, flüsterte Bila, aus Angst, Fred könnte sie hören. Ruth bat sie in die Wohnung und bot ihnen einen Platz im Wohnzimmer an. „Jetzt beruhigt euch und trinkt einen Tee. Hier seid ihr sicher.“ Sarah, die ebenfalls dazu kam, nickte. Sie hatte mit Ruth besprochen, entgegen ihrer Gewohnheit ruhig zu bleiben, und sich keine Furcht anmerken zu lassen. Nachdem sich Bila und Claire beruhigt und etwas Tee getrunken hatten, berichteten Bila. „Seit zwei Tagen ruft Fred andauernd an. Ich habe mich an deine Anweisung gehalten und nicht mit ihm gesprochen. Das regt ihn auf. Ich kenne Fred. Er lässt nicht locker. Er wird mich solange nerven, bis ich mit ihm gesprochen habe. Und es fällt mir schwer, ihn zu blockieren. Ich habe mir ein neues Handy mit einer neuen Nummer besorgt. Diese Nummer kennt er noch nicht. Heute stand er vor dem Haus, als ich zur Arbeit ging. Und eben haben wir ihn vor der Bücherei gesehen.“ „Ja, wie ein krummer Hund, den wir nicht abschütteln können“, bestätigte Claire.

Ruths sorgenvollem Gesicht war zu entnehmen, dass sie die Sache sehr ernst nahm. „Ich kenne Fred nicht. Deshalb bin ich auf eure Hilfe angewiesen. Das, was du sagst, Bila, deutet darauf hin, dass er sehr hartnäckig ist und nicht davor zurückschreckt, dir zu drohen. Ist er schon mal gewalttätig geworden? Hat er dich geschlagen?“ „Nein, noch nicht. Ich hätte nicht im Traum daran gedacht, dass er mich schlägt“, jammerte Bila. Sie schluchzte und verbarg ihr Gesicht hinter den Händen. „Aber nach dem, was in den letzten Tagen passiert ist, traue ich ihm alles zu.“ „Deshalb ist es wichtig, dass du dich wehrst“, erwiderte Sarah. „Du darfst nicht zulassen, dass er bei dir Panik auslöst. Wenn du willst, kannst du einige Tage hier bleiben. Wir gehen morgen zum Gericht in Brügge und stellen einen Gewaltschutzantrag. Und danach gehen wir zu Kommissar Maertens. Er muss schnell handeln und Fred aus dem Verkehr ziehen“, erklärte Sarah mutig.

Ruth gefielen die klaren und deutliche Worte ihrer Freundin. Selten hatte sie Sarah so unerschrocken und entscheidungsfreudig erlebt. „Sarah hat recht. Er versucht seine Unsicherheit auf dich zu übertragen. Er weiß, dass du schwach bist. Das nutzt er aus. So ist es oft in Beziehungen. Der eine Partner, meistens der Mann, versucht seine Unsicherheit und Schwäche durch Gewalt an seinem Partner zu überwinden. Solange der andere Partner dabei mitspielt, wird sich daran nichts ändern. Im Gegenteil. Die Gewalt nimmt zu, und wie in einer Spirale steigert es sich bis zum Exzess.“ Ruth wartete fünf Sekunden, um festzustellen, ob sie verstanden worden war. Dann fuhr sie fort: „Wir müssen davon ausgehen, dass Fred mehr mit dem Unfall zu tun hat, als wir bisher angenommen haben. Wenn er nicht beteiligt gewesen wäre, würde er nicht so einen Aufstand machen. Er könnte locker und sachlich bleiben, und in aller Ruhe abwarten, bis du dich meldest. Nein, er selbst ist in Panik geraten und verliert die Kontrolle über sich selbst. Er lässt sich zu Bedrohungen und wahrscheinlich auch zu Gewalt hinreißen. Das ist für mich ein eindeutiges Indiz dafür, dass er tief im Schlamm steckt.“

Bila nickte, sie hatte begriffen. „Und, wenn er dich nicht treffen kann, richtet er seine Angriffe gegen mich. Er weiß, dass ich dich unterstütze“, bemerkte Claire und schlug mit der Faust auf den Tisch. Bila schluchzte. „Es tut mir so leid, dass ich euch da mit reingezogen habe.“ Sie zitterte am ganzen Körper und stand kurz vor einem Nervenzusammenbruch. Sarah nahm sie in die Arme und legte sie gemeinsam mit Ruth in Sarahs Bett. Sie gab ihr eine Beruhigungstablette und etwas zu trinken. „Ruh dich etwas aus. Hier kann dir nichts passieren.“ Bila war unfähig, zu antworten.

Nach einer halben Stunde bemerkte Sarah, dass Bila schlief. Sie atmete ruhig und entspannt. „Es ist besser, wenn sie heute Nacht hier schläft. Nach der Aufregung wäre es nicht gut, sie zu wecken.“ Ruth nickte. „Ja, das ist kein Problem. Wir haben genug Platz.“ Claire bedankte sich. „Wenn euch das recht ist, vielen Dank. Dann werde ich jetzt aufbrechen. Es ist schon spät und ich muss morgen wieder in die Bücherei.“ Claire stand auf. „Ruth wird dich zu deinem Auto begleiten. Und wir werden morgen zuerst Bila zum Gericht nach Brügge begleiten. Dort kann sie einen Gewaltschutzantrag stellen. Wenn Bila damit einverstanden ist, werden wir danach mit ihr zu Kommissar Maertens gehen. Er muss ihren Bericht hören, damit er endlich in die Gänge kommt.“

Ruth war erfreut über Sarahs mutigen und klaren Worte. Endlich war Sarah in der Lage, selbst Vorschläge zu machen. Sie hatte gelernt, ihre Angst zu überwinden. „Ich bin damit einverstanden. Wir werden Bila unterstützen“, bestätigte Ruth. Sie zog ihre Schuhe und Jacke an und begleitete Claire zu ihrem Fiat, der in der Nähe geparkt worden war. Schon aus einiger Entfernung erkannte Claire, dass alle Reifen platt waren. Sie erschrak. „Das ist doch nicht möglich. Fred hat die Reifen zerstochen. Und außerdem hat er die Türen zerkratzt.“ Sie zeigte Ruth die Türen. Auch Ruth erschrak. Sie fasste Claire am Arm, um sie zu beruhigen. „Wer weiß, was noch passieren wird? Lass uns wieder in die Wohnung gehen. Du kannst bei uns übernachten. Ich werde gleich die Polizei benachrichtigen.“ Beide waren sehr aufgeregt und versuchten einen klaren Kopf zu bewahren.

„Dort“, schrie Claire entsetzt und zeigte mit der linken Hand in eine Richtung. Ruth konnte in der Dunkelheit nur wenig erkennen. Alles, was sie sah, war eine dunkle Gestalt. Ein Mann, der seine Hände in die Taschen einer Lederjacke gesteckt hatte und sich nicht bewegte. Sie schätzte, dass er etwa zehn Meter entfernt war. Ohne Zögern griff sie Claire am Arm und zog sie zurück. Beide eilten zurück in Ruths Wohnung. Aufgeregt ließen sie sich auch die Couch fallen. Angst und Schrecken standen in ihren Gesichtern. Für drei Minuten waren sie unfähig, zu sprechen. „He, was ist los?“ , schrie Sarah panisch, nachdem sie etwas gewartet hatte. „Fred hat ...“, stammelte Claire zitternd. „Was hat er?“ „Er hat sämtliche Reifen zerstochen und die Autotür zerkratzt. Ich habe ihn gesehen“, schrie Claire hysterisch. Mit einer schnellen Bewegung fuhr sie sich über die Stirn, um den Schweiß abzuwischen.

Sarah sah Ruth an und wartete auf eine Bestätigung. Ruth hatte sich gefangen. „Ja, ich habe eine dunkle männliche Gestalt gesehen. Ob es Fred war, kann ich nicht sagen. Die Reifen waren platt und die Tür zerkratzt“, erklärte sie ruhig und gelassen, als wäre es gestern passiert. Sarah war wie immer beeindruckt und gleichzeitig beunruhigt über Ruths Gelassenheit. Entweder ließ Ruth in solchen Momenten nicht nach außen dringen, was sie fühlte, oder es gelang ihr abzuschalten und sich auf die kommenden Aufgaben zu konzentrieren.

Ruth griff nach ihrem Smartphone und wählte die Nummer der Polizei. Nachdem sie eine Stimme hörte, erklärte sie gefasst in kurzen, gewählten und eingeübten Worten: „Hier spricht Ruth Pauls, Albert Promenade …, bitte kommen Sie schnell. Die Reifen eines Autos wurden zerstochen und die Autotüren zerkratzt. Der Täter ist noch in der Nähe. Es sind weitere Taten zu erwarten.“ Die Polizistin hatte alles notiert. „Werde sofort einen Streifenwagen zu Ihnen schicken.“ Ruth bedankte sich und beendete das Gespräch.

Dann stand Ruth auf und verließ mit den Worten „werde mit Jenner beim Auto auf die Polizei warten“ die Wohnung.

Sarah hatte verstanden. Jenner Horn, ein Nachbar, Anfang siebzig, aus dem oberen Stockwerk, der früher beim Militär gedient hatte, sollte Ruth bei ihrer gefährlichen Unternehmung begleiten. Sie waren Jenner am Nachmittag begegnet und er wusste noch nichts von seinem Glück. Aber Jenner, da war sich Sarah sicher, war ähnlich wie Ruth immer auf ein Abenteuer aus. Er konnte, im Gegensatz zu Ruth, Gefahren sicher einschätzen und war alles andere als ein wilder Draufgänger. Und Jenner war die einzige Person, die sie kannte, der sofort mitmachte. Nicht nur, weil ihm das eintönige Rentnerleben langweilig war, auch, weil er Ruth schützen wollte.Er hatte ihr schon manchmal in kniffligen Situationen geholfen.

Ruth klingelte bei Jenner. Obwohl es bereits halb elf Uhr abends war, öffnete er sofort die Tür einen Spaltbreit. Als er Ruth sah, lächelte er. „Ist der Kaffee ausgegangen?" „Nein, wir haben Besuch. Eine Bekannte wollte gerade nach Hause fahren. Aber die Reifen wurden zerstochen und die Autotüren zerkratzt. Habe die Polizei gerufen. Der Täter ist noch in der Nähe." Jenner hatte begriffen. Sofort schaltete er den Fernseher ab, zog seine Sportschuhe an, strich die Jogginghose glatt und griff nach seiner Jacke.

Drei Minuten später standen sie vor dem Haus bei frischen nächtlichen Temperaturen. Es nieselte leicht. Ruth deutete in Richtung Langestraat. Jenner folgte ihr, sein Pfefferspray für den Notfall griffbereit. Wenig später standen sie vor Claires Fiat. Jenner betrachtete das Auto und fluchte. „Dieser Mistkerl. Das wird teuer." Ruth nickte. Sie gingen einige Schritte über die Langestraat und warteten auf den Streifenwagen. Ruth fiel ein BMW mit Brügger Kennzeichen auf, der am Straßenrand parkte. Vorsichtig näherte sie sich dem Auto und gab Jenner zu verstehen, dass es gefährlich werden könnte. Jenner verstand sofort und stellte sich neben Ruth, um sie zu sichern. Ruth machte mit ihrem Handy Aufnahmen von dem BMW und seinem Kennzeichen.

Sie hatte nicht bemerkt, dass sich jemand in dem Auto befand. Plötzlich öffnete sich die Fahrertür. Ein Mann, kräftig, Mitte dreißig, sprang aus dem Auto und stellte sich drohend vor Ruth. „Löschen Sie sofort das Foto. Das ist verboten." Ruth lachte. „Nein, junger Mann. Das, was Sie machen, ist verboten." Jenner erwiderte den drohenden Blick des Mannes. „Lassen wir die Polizei klären, was verboten ist", schlug Jenner vor. Er war auf eine gewaltsame Auseinandersetzung vorbereitet und signalisierte Ruth, dass es keinen Anlass zur Beunruhigung gebe. Ruth steckte ihr Handy in die Jackentasche und zog den Reißverschluss zu. Sie betrachtete ruhig den Mann von oben bis unten und prägte sich sein Gesicht ein.

Gerade, als sich Ruth einige Schritte entfernen wollte, kam ihnen ein Streifenwagen entgegen. Ruth winkte den Polizisten. Sie stoppten den Wagen, zwei Polizisten stiegen aus, ein Beamter, Mitte fünfzig, und eine etwas jüngere Kollegin. Ruth stellte sich und Jenner vor und erklärte, sie habe die Polizei gerufen, weil ein Fiat mutwillig beschädigt worden sei. Sie zeigte mit ihrer rechten Hand in Richtung des beschädigten Fiats. „Und, was hat der Herr damit zu tun?" „Ich vermute, dass er für die bösartige Tat verantwortlich ist." Fred stellte sich ebenfalls vor. „Ich habe damit nichts zu tun. Ich habe ruhig und entspannt in meinem Wagen gesessen. Plötzlich kam diese verbissene und bescheuerte Dame und hat Fotos gemacht. Ich habe ihr höflich und freundlich gesagt, dass es verboten ist. Bitte erklären Sie ihr das."

Die Polizistin beruhigte und wandte sich an Ruth: „Warum haben Sie die Fotos gemacht?" „Zur Beweissicherung. Ich gehe davon aus, bin mir sogar sicher, dass er den Fiat beschädigt hat.“ Die Polizisten folgten Ruth zu dem Fiat. Jenner blieb in der Nähe von Fred. Die Polizisten betrachteten den Schaden und machten Fotos. Dann gingen sie zurück zu Freds BMW. Sie nahmen die Personalien von Ruth, Jenner und Fred auf. Bevor sie wieder in den Streifenwagen einstiegen, forderten sie Fred, der sich gerade wieder verärgert in sein Auto setzen wollte, auf, einen Alkoholtest zu machen. Fred weigerte sich. Deshalb wurde er zum nächsten Revier gefahren. Nachdem dort ein Promillewert von mehr als ein Promille festgestellt worden war, wurde ihm untersagt, sein Auto zu nutzen.

Ruth und Jenner gingen nach Hause. „War das die Person, die ihr verdächtigt?“, fragte Jenner. „Ja, absoluter Volltreffer. Danke, dass du mich begleitet hast.“ Jenner lachte. „War fast so aufregend wie bei meinen UNO- Einsätzen als Blauhelm. Etwas Nervenkitzel ist immer gut. Aber bereite mich nächstens darauf vor.“ Auch Ruth musste lachen. „Werde ich machen, wenn es möglich ist. Die Situation hat sich zugespitzt. Hätte noch vor einer Stunde nicht damit gerechnet.“

21

Fred verließ verbittert und wütend kurz vor eins nachts das Polizeirevier. Er hatte vergeblich gehofft, eine Blutalkoholuntersuchung würde ihm nicht schaden. Er hatte sich getäuscht. Die Polizisten waren trotz seines ruppigen Benehmens höflich geblieben. Die Anweisung, sein Auto stehen zu lassen, würden sie überwachen. Da war er sicher. Er schlenderte durch die Straßen und wollte überprüfen, ob er seinen

BMW abgeschlossen hatte. Nur wenige Personen waren unterwegs und kamen aus Bars, die gerade geschlossen wurden.

Fred hätte gerne noch ein Bier getrunken und war verärgert, dass er zu spät kam. In der Langestraat fand er seinen BMW an dem Platz, wo er ihn abgestellt hatte. Er war verschlossen. Kurz überlegte er, ob er nicht trotz des Verbotes nach Hause fahren sollte. Schließlich konnte er in wenigen Minuten die Landstraße nach Brügge erreichen. Es war unwahrscheinlich, dass man ihn auf dem Weg kontrollieren würde. Unschlüssig stand er fünf Minuten vor seinem Auto, bis er in einiger Entfernung einen Streifenwagen sah. Der Wagen fuhr direkt und langsam auf ihn zu und hielt vor ihm an.

„Lassen Sie besser den Wagen stehen, sonst wir es teuer“, hörte er die Stimme des Fahrers. „Wollte mich nur überzeugen, ob er richtig geparkt und verschlossen ist“, erwiderte Fred.“ „Dann sollten Sie sich jetzt besser entfernen, bevor Sie es sich anders überlegen.“ Fred spürte, dass der Beamte stur und hartnäckig auf die Einhaltung seiner Forderung bestehen würde. Er warf ihm einen wütenden und verächtlichen Blick zu und entfernte sich langsam. Er entschied sich, ein Hotel zu suchen, wo er die Nacht verbringen konnte. Auf dem Weg durch die Langestraat hatte er bisher nur auf Bars und Nachtclubs geachtet. Aber er wusste, dass es auch kleine Hotels gab. Er hatte keine besonderen Ansprüche, ein kleines Zimmer mit Waschbecken und Bett genügte ihm. Völlig unvorbereitet und müde betrat er ein unscheinbares Hotel in der Langestraat und ging auf den Portier zu. „Haben Sie ein einfaches Zimmer?“ „Nein, leider ausgebucht.“ Fred verschwand wortlos. Ihm fiel ein, dass er in seinem Kajütboot am Hafen schlafen könnte. Dafür entschied er sich.

Er vergewisserte sich, ob er den Schlüssel für das Boot dabei hatte, bevor er in Richtung Hafen ging. Ja, er hatte ihn. Zielstrebig ging er durch die Kapellestraat und fror. Es nieselte und seine Jacke und Jeans waren durch und durch nass. Erschöpft erreichte er den Hafen und stieg in sein Kajütboot, das ebenfalls nass und glitschig war. Zweimal stürzte er leichtsinnig auf den Boden und konnte nur mit größter Mühe aufstehen. Trotzdem gelang es ihm, die Tür zur Kajüte zu öffnen. Mit letzter Kraft fiel er auf das schmale Bett und schlief sofort ein, nachdem er seine Jacke ausgezogen hatte. Er hatte einen schweren und tiefen Schlaf. Entgegen seiner Gewohnheit hatte er die Tür nicht verschlossen. Und er vergaß auch, es nachzuprüfen.

Um 11,33 Uhr morgens klopfte es an der Kajütentür. Fred reagierte nicht. Erst nachdem das Klopfen lauter wurde, erwachte er und schrie mürrisch: „Was soll das?“ Kommissar Maertens wartete zwei Minuten, bevor er antwortete. Dann klopfte er erneut. „Lassen Sie mich in Ruhe, sonst rufe ich die Polizei“, schrie Fred und warf eine leere Flasche gegen die Tür. Maertens betrat unbekümmert den kleinen niedrigen Raum, bereit, einen Angriff zu verteidigen.

„Was wollen Sie?“, schrie Fred, nachdem er Maertens erkannt hatte. Maertens zeigte seinen Dienstausweis und nannte seinen Namen. Fred tat so, als würde er ihn nicht kennen, obwohl er genau wusste, warum Maertens gekommen war. „Was ist gestern passiert? Es gibt eine Anzeige.“ Fred rieb sich die Augen. „Was, zum Teufel, haben Sie damit zu tun? Ermittelt die Mordkommission neuerdings bei nächtlichem Streit?“

Maertens blieb ruhig, obwohl ihm Freds Arroganz und Unhöflichkeit mächtig ärgerte. Er war auf sperriges Verhalten gefasst. „Was in der Nacht passierte, war nicht nur ein Streit.

Es war massive Bedrohung und wüste Sachbeschädigung. Sie hatten sich nicht unter Kontrolle. Ohne das beherzte Eingreifen meiner Kollegen, wären Sie völlig ausgerastet." „Ich hatte mich geärgert, dass ich fotografiert wurde. Und habe die Frau höflich gebeten, das Foto zu löschen", lachte Fred abschätzig. „Erinnern Sie sich daran, was vorher passiert ist", schwenkte Maertens auf einen harten Ton um und ergänzte: „Stellen Sie sich nicht blöd. Wir wissen, dass Sie das Auto der Bekannten Ihrer Freundin mutwillig beschädigt haben. Sie können es sich sparen, den Naiven und Unbeteiligten zu spielen. Diese Rolle steht Ihnen nicht."

Fred schluckte. „Das lasse ich mir nicht gefallen. Ich werde mich bei Ihrem Vorgesetzten beschweren." Maertens lachte. „Nur zu." „Verlassen Sie unverzüglich die Kabine. Das ist widerrechtliches Eindringen." Fred schnaufte. Seine Stimme überschlug sich. Auch damit hatte Maertens gerechnet. „Ziehen Sie sich an, Herr Fred Roth.Dann werden wir die Vernehmung im Revier fortsetzen." Fred sah Maertens ungläubig und verächtlich an. „Sagen Sie mir bitte, Herr Kommissar, was so eilig ist. Seit wann wird wegen einer nächtlichen Auseinandersetzung so ein Affentheater gemacht. Ja, es ist ein Affentheater. Laden Sie mich vor. Dann werde ich kommen." „Es geht um einen Verdacht der Unfallflucht und fahrlässigen Tötung", erwiderte Maertens sachlich und beobachtete genau Freds Reaktion.

„Da hab ich mich wohl verhört", lachte Fred. „Gegen wen richtet sich der Verdacht?" „Gegen Sie." „Das ist nicht Ihr Ernst", schnaubte Fred. „Doch nicht etwa die lächerliche Szene gestern Nacht. Sie machen sich lächerlich." „Nein, es geht um einen Vorfall am 30. April." „Und, was habe ich damit zu tun?" „Das ist zu klären. Wo waren Sie an diesem

Abend?“ „Was weiß ich, wo ich am 30. April war. Wahrscheinlich im Dienst in der Klinik.“ „Nein, dort waren Sie nicht. Wurde überprüft.“ „Dann eben zu Hause oder unterwegs.“ „Etwas genauer.“ „Ich müsste in meinem Kalender nachsehen. Ist schon über vier Wochen her.“ „Bitte.“

Fred stand auf und fischte sein Smartphone aus der rechten Jackentasche. Ohne Maertens zu beachten, sah er seine Nachrichten durch und streifte die Eintragungen in seinem Kalender. Nach fünf Minuten legte er das Handy weg. „Ich kann nichts finden. Und ich erinnere mich nicht. Helfen Sie mir auf die Sprünge.“ „Nein, Sie werden selbst darauf kommen.“ Verbissen sahen sich beide an. Keiner wollte einen Millimeter weichen. Nach drei Minuten Schweigens riss Fred der Geduldsfaden. „Dann ist das Gespräch beendet. Kommen Sie wieder, wenn Sie einen konkreten Verdacht haben. Dann werde ich mich dazu äußern.“

Maertens hatte nicht mit diesem Widerstand gerechnet. Geschickt und geübt verteidigte sich Fred und spielte gekonnt die Rolle des Unwissenden. „Sie stehen im Verdacht, an dem Unfall auf der Autobahn Ostende Zandvoorde beteiligt gewesen zu sein.“ „Was meinen Sie damit?“ „Sie waren in einem gestohlenen BMW als Geisterfahrer unterwegs und haben einen Unfall verursacht, bei dem eine junge Frau getötet wurde. Dann sind Sie vom Unfallort geflüchtet.“ „So, dann nennen Sie mir bitte Beweise. Wie kommen Sie darauf, dass ich beteiligt war?“ „Sie haben von Ihrer Freundin, Frau Bila Lambers erfahren, dass der gemietete BMW nicht gefunden werden kann. Dann haben Sie sich selbst auf die Suche gemacht, den BMW in Brüssel gefunden, und sind in dieser Nacht nach Ostende gefahren. Irgendwo sind Sie auf die falsche Fahrspur gekommen und haben einen Frontalzusammenstoß verursacht.“

„Klingt interessant. Aber weit von der Wahrheit entfernt.“ „Dann werden wir uns gemeinsam der Wahrheit nähern … Von dem Unfall am 30.4. haben Sie erfahren?“ „Ja, ich erinnere mich dunkel.“ „Und Sie können auch bestätigen, gemeinsam mit Frau Lambers nach einem BMW gesucht zu haben?“ „Wer sagt das?“ Maertens lachte, langsam machte ihm das Spiel Spaß. „Gerne können wir noch stundenlang diesen Blödsinn fortsetzen.“ „Wer sagt das?“, beharrte Fred auf eine Antwort. Maertens zuckte mit den Schultern. „Diese Frage werde ich Ihnen nicht beantworten. Sie können sich denken, wer mir das gesagt hat.“ Fred war wütend. Natürlich wusste er, woher Maertens seine Informationen hatte. Sie schwiegen und sahen sich verächtlich an.

Nach fünf Minuten stand Fred auf. „Das ist alles sehr dürftig. Reicht nicht für einen Verdacht aus. Selbst wenn ich gemeinsam mit Frau Lambers nach dem BMW gesucht hätte, erklärt das nicht, dass ich später allein den BMW gesucht hätte und mit ihm gefahren wäre. Das sind alles Annahmen ohne jegliche Substanz. Sie machen sich lächerlich, wenn Sie damit einen Verdacht begründen wollen.“ Fred lachte höhnisch. „Ich stimme Ihnen zu. Die Beweise reichen nicht. Aber es gibt weitere Anzeichen. Sie haben Frau Lambers immer wieder auf den Unfall angesprochen. Sie haben Frau Lambers gefragt, ob die Polizei sie zu dem Unfall befragt hätte. Sie haben Frau Lambers bedrängt, sich zu melden und haben ihr gedroht. Schließlich war Ihr Angriff gestern auf Frau Lambers und ihre Freundin gerichtet. Warum dieser Gewaltausbruch, wenn Sie mit dem Unfall nichts zu tun haben? Das ist sehr merkwürdig. Sieht danach aus, als hätten Sie etwas zu verbergen. Ich werde Sie Tag und Nacht überwachen lassen. Frau Lambers hat einen Gewaltschutzantrag beim Gericht gestellt. Es wurde Ihnen untersagt, sich ihr zu nähern und sie anzurufen. Und ich bin mir sicher, dass wir uns langsam der Wahrheit nähern."

Maertens verließ die Kabine ohne weitere Worte. Für den Anfang hatte er schon einiges erreicht. Zumindest hatte er Fred Roth das Gefühl gegeben, beobachtet zu werden. Und er hatte ihn verunsichert. Irgendwann würde er einen Fehler machen. Ray Maertens hatte es nicht eilig. Der Druck, einen schnellen Ermittlungserfolg zu erzielen, hatte sich gelegt. Seit fast zwei Monaten hatte er sämtliche Hinweise zu dem Unfall gesammelt und konnte bisher nur wenige neue Erkenntnisse gewinnen. Jetzt verfolgte er eine Spur, die sehr interessant war. Zwar musste er sich eingestehen, dass die Beweise, die Fred verdächtigten noch sehr spärlich waren und kaum zu einem erhärteten Verdacht ausreichten. Aber so, wie sich Fred verhielt, würde es nicht lange dauern, bis er den entscheidenden Fehler machte.

Ray genoss den fischen Wind und die klare Luft, nachdem es nachts geregnet hatte. Er schlenderte über das Hafengelände und besuchte seine Kollegen in der Hafenpolizei. Sie hatten ihn vor zwei Stunden benachrichtigt, dass Fred nachts in sein Boot gestiegen sei und sich wahrscheinlich dort aufhalte. Auf dem Weg in sein Büro machte er Pause an einem Imbiss und gönnte sich ein Jupiler und eine Portion Backfisch und Fritten. Er traf zwei Bekannte, die sich häufig zur Mittagszeit dort aufhielten. Sie sprachen über Radtouren, die sie in den letzten Monaten gemacht hatten und empfahlen Maertens einige Touren. „Ja, das hört sich gut an. Bin in der letzten Zeit etwas faul. Deshalb brauche ich für den Anfang mal eine leichte Tour. Vielleicht fahre ich am Wochenende in die Normandie." Sofort erhielt er Ratschläge, welche Wege er nach der belgischen Grenze in De Panne nehmen könnte. Ray Maertens bedankte sich. „Werde ich am Wochenende testen."

Nach einer halben Stunde verließ er den Imbiss und ging zum Polizeirevier. Dort fertigte er einen Vermerk an und sprach anschließend mit Ruth Pauls. Ruth freute sich, dass er sich endlich Fred vorgenommen hatte. Sie hatte ihm am Morgen ausführlich über den nächtlichen Vorfall berichtet. Nach ihrer Einschätzung bestand ein Zusammenhang zwischen dem Unfall und Freds Angriff gegen Bila und Claire. Maertens teilte ihre Einschätzung, trotzdem war er ihr gegenüber zurückhaltend und vorsichtig. Er wollte Ruth keine allzu großen Hoffnungen machen. „Wir werden genau beobachten, wie sich Fred in den nächsten Tagen verhält. Entweder er hält sich an die Anweisungen, oder er macht einen Fehler. Es fehlen noch eindeutige Beweise, dass er mit dem BMW gefahren ist. Der Verdacht beruht bisher auf vielen Annahmen, die leicht zu entkräften sind." Ruth seufzte. „Ja, das ist mir schon klar. Wichtig ist, dass er Bila in Ruhe lässt. Ich hoffe, nicht nur der Unfall lässt sich aufklären. Wir brauchen auch dringend eine Antwort darauf, was mit Angela passiert ist." „Sie glauben immer noch, dass Angela neben der Fahrerin saß, die bei dem Unfall getötet wurde?" „Ja, da bin ich mir sicher." „Warum?" „Weil sie zuletzt in ihrem Auto gesehen wurde. Danach gibt es kein Lebenszeichen mehr." „Das muss nicht bedeuten, dass sie in dem Unfallwagen saß." „Dann nennen Sie mir eine andere Möglichkeit", erwiderte Ruth trotzig. Ray Maertens schwieg, er wollte sich auf die Aufklärung des Unfalls konzentrieren. Und er zögerte, Ruth stärker in die Ermittlungen einzubeziehen, als es unbedingt erforderlich war.

Fred war nach dem überraschenden Besuch von Kommissar Maertens verunsichert. Er hatte zwar damit gerechnet, dass Maertens ihn aufsuchen und vernehmen würde. Aber nicht an diesem Morgen und nicht in seinem Motorboot. Bei einem starkem Kaffee dachte er über die gestrige Nacht und vor allem über sein Verhalten nach. Er hatte sich äußerst dumm und einfältig benommen. Mit seinem aggressivem Auftreten hatte er Maertens einen Grund geliefert, etwas gegen ihn zu unternehmen. Natürlich wunderte sich Maertens über sein Verhalten. Was hat mich dazu getrieben, so auszurasten? Ich gebe ihm mit meiner Wut und Unbeherrschtheit Gründe, gegen mich vorzugehen. Er rieb sich die Stirn und schwor, sich zu mäßigen. Er durfte seine Selbstbeherrschung nicht verlieren und musste sich gegenüber Bila zurückhalten.

Fred hatte nicht damit gerechnet, dass Bila sofort einen Gewaltschutzantrag stellen würde. Damit hatte sie es übernommen, ihr Verhältnis zueinander zu regeln. Er durfte sich ihr nicht nähern und sie nicht anrufen. Wütend schlug Fred mit der Faust auf den Tisch. Wie kam Bila dazu, eine Entscheidung gegen ihn zu treffen und eine gerichtliche Anordnung zu erwirken? Hatte er Bila falsch eingeschätzt? Bisher vertraute er darauf, dass sie sich nach jedem Streit versöhnen könnten. Durch die gerichtliche Anordnung wurde ihm jegliches Gespräch verwehrt. Er war darauf angewiesen, dass Bila selbst wieder den Kontakte zu ihm suchte und ihren Gewaltschutzantrag zurücknahm. Er konnte keinen Einfluss mehr nehmen. Das ärgerte ihn mehr als alles andere. Seine Position der Überlegenheit war deutlich geschwächt. Noch vor einigen Wochen hätte er sich das nicht gefallen lassen. Er hätte seine Stärke ausgespielt. Müde und erschöpft besann er sich, dass sich seine Position deutlich verschlechtert hatte. Nachdem er seine Tätigkeit in der Klinik vor einer Woche beendet hatte, hatte er nichts unternommen, um eine neue Stelle zu finden. Er hatte sich nicht damit beschäftigt.

Fred erhielt eine Nachricht auf seinem Smartphone. Sofort prüfte er nach, wer ihm etwas geschrieben hatte. Er hoffte, Bila hätte ihm geschrieben, dass sie ihr Vorgehen bereue. Nein, es war ein anderer Absender. „Ich erwarte weitere 5000 Euro“, las Fred. Er kannte den Absender und wusste, was diese Nachricht zu bedeuten hatte. Er hatte bereits 10 000 Euro gezahlt, in der Hoffnung, man würde ihn in Ruhe lassen. Er hatte sich geirrt. Der Erpresser hatte den Unfall beobachtet und nutzte sein Wissen aus. Er musste ihm nicht drohen. Fred war klar, dass er zur Polizei gehen würde, wenn Fred nicht zahlte. Der Erpresser nutzte es aus, dass die Polizei bisher nur über wenige Hinweise verfügte. Noch vor wenigen Tagen hatte sich Fred vorgenommen, nichts mehr zu zahlen. Er wollte sich mit dem Erpresser treffen, um die Sache anders zu regeln. Aber er hatte ein schlechtes Gefühl. Wie konnte er den Erpresser von weiteren Forderungen abbringen?

Fred beschloss, nicht sofort zu antworten. Er brauchte einen klaren Kopf für eine vernünftige Entscheidung. Fieberhaft wälzte er sich auf dem schmalen Bett. Er hatte kaum geschlafen, wenig getrunken und war sehr verkrampft. Bevor er die nächste Tablette schluckte, wollte er etwas trinken. Es befanden sich aber nur zwei Bierflaschen in dem engen Raum. Das Wasser aus dem Behälter war abgestanden und selbst zum Waschen eigentlich ungeeignet. Deshalb stand er auf, wusch sich kurz die Hände und verließ das Boot. Er schloss die Kajüte ab. Mit vorsichtigen Schritten kletterte er auf den Steg.

Er fühlte sich beobachtet, Maertens Worte hatte er verinnerlicht. Kurz sah er in die Videokamera, die in der Nähe angebracht war. Er lachte trotzig. Der Liegeplatz seines Bootes konnte direkt von der Aufzeichnung eingefangen werden. Als er diesen Platz vor zwei Jahren ausgewählt hatte, hatte er sich darüber keine Gedanken gemacht. Wahrscheinlich hätte er es vor zwei Jahren als vorteilhaft begrüßt. Schließlich konnte das Boot überwacht werden. Das hatten sich geändert. Jetzt bereute er, sich für diesen Platz entschieden zu haben. Er konnte sein Boot nicht mehr betreten, ohne überwacht zu werden. Er musste sich um einen anderen Liegeplatz kümmern. Oder war es besser, das Boot zu verkaufen?

Fred massierte seine verspannten Schultern. Das Boot zu verkaufen, wäre mehr als das Eingeständnis einer Niederlage. Stolz hatte er in den letzten Jahren das Boot seinen Bekannten und Kollegen vorgeführt. Er erinnerte sich, wie neidvoll einige Kollegen seinen Besitz bewundert hatten. Nach seinen Plänen war das erst der Anfang. Vor einem halben Jahr hatte er sich eine Yacht angesehen und war sich damals sicher, dass bei einem weiteren beruflichen Aufstieg spätestens in einem Jahr ein Erwerb möglich war. Der Unfall und sein Ausscheiden aus dem Krankenhaus hatten das Gebäude jäh zum Einsturz gebracht. Trotzdem versicherte er sich, dass er sich nicht von allem trennen musste.Er hatte hart gearbeitet und war geradlinig seinen Weg gegangen. Es war doch nicht möglich, dass ein schuldhaft verursachter Unfall alles zum Einsturz brachte.

Noch stand es nicht so schlecht um ihn, redete er sich ein. Er musste sich mit dem Erpresser einigen. Musste ihm klarmachen, dass er bei einer weiteren Zahlung keine weitere Forderungen stellen dürfe. Alles müsste dann erledigt sein. Endgültig. Fred rang mit sich. Was wäre die Alternative? Er könnte zugeben, dass er an dem Unfall beteiligt war, dass er unvorsichtig die falsche Auffahrt benutzt habe, den Unfall verursacht und anschließend die Nerven verloren habe. Er sei geflüchtet, weniger aus Angst vor Entdeckung, mehr wegen

Überforderung mit der Situation. Würde Maertens ihm glauben?

Fred hatte etwas getrunken und eine Tablette gegen die Schmerzen genommen. Langsam entfernte er sich vom Hafen und schlug den Weg zu seinem Auto ein. In Gedanken wägte er noch ab, ob es besser sei, sich Maertens zu stellen. Sollte er sofort zum Polizeirevier gehen? Nein, das war keine gute Strategie. Er konnte sich an die Umstände, die zum Unfall führten, kaum erinnern. Alles war undurchsichtig und hatte keine klaren Konturen. Die Erinnerung, die ihm vor Augen trat, war undeutlich. Er war unvorsichtig gewesen und hatte einiges getrunken. Sonst hätte er nicht die falsche Auffahrt genommen. Er war so oft diese Strecke gefahren, dass er eigentlich die richtige Auffahrt im Schlaf finden konnte. Andere Umstände führten zu seinem Fehler. Wahrscheinlich war er abgelenkt. Eine Traumwand.

Aber noch weniger Erinnerung hatte er daran, was nach dem Zusammenstoß passiert war. Er glaubte, dass er leicht verletzt aus dem BMW ausgestiegen war und sich das andere Auto angesehen hatte. Hatte er gesehen, dass die Fahrerin gestorben war? Seine Erinnerung war so blass und undeutlich, dass er es nicht sicher sagen konnte. Aber er glaubte, dass danach noch etwas Entscheidendes, Tragisches und Unvorstellbares geschehen war, was er nicht in sein Bewusstsein dringen lassen wollte. Eine Traumwand baute sich vor ihm auf. Sie sollte ihn davor schützen, seinen Fehler und seine Schuld zu erkennen. Fred beschloss, dass es unter diesen Umständen nicht ratsam war, zur Polizei zu gehen. In seinem angegriffenen Zustand wäre es für Maertens leicht, ihn zu überführen. Und Maertens würde keine Ruhe geben, bis er alles aufgeklärt hätte. Mach dir nichts vor, dachte er. Maertens wird dich in die Mangel nehmen, und du bist ihm nicht gewachsen. Vielleicht zu besseren Zeiten, aber nicht jetzt.

Fred schrie wütend, als wäre er gerade verletzt worden. Er raufte sich die Haare und bemitleidete seinen Zustand. Auf der Suche nach der Verantwortlichkeit anderer, die ihm das eingebrockt hatten, kam er nicht weiter. Er lief mit letzten Kräften in die Langestraat und setzte sich in sein Auto. Bevor er losfuhr, vergewisserte er sich, dass er nicht beobachtet wurde. Er konnte keine Videoüberwachung in der Nähe erkennen, und auch ein Streifenwagen war nicht in Sicht. Unauffällig und vorsichtig lenkte er den BMW aus der Parklücke und fuhr durch die Langestraat. Er zwang sich, seine volle Aufmerksamkeit auf die Straße zu richten. Selten hatte er sich so danach gesehnt, nach Hause zu kommen. Nach einer halben Stunde hatte er seine Wohnung in Brügge erreicht. Vorsichtig stellte er sein Auto ab und überprüfte, ob es richtig geparkt war. Dann stieg er erschöpft aus und spürte die Anspannung, die ihm die kurze Fahrt bereitet hatte. Er sah in einer Entfernung von etwa zehn Metern einen Streifenwagen, in dem zwei Beamte gelangweilt saßen. Ein kurzer Blick reichte aus. Die Ankündigung von Maertens stimmte also.

Ohne weitere Prüfung betrat er das Haus, in dem er wohnte. Vielleicht war es auch ein Zufall, dass der Streifenwagen dort parkte und es galt nicht ihm. In der Wohnung legte er sich erschöpft in sein Bett, nachdem er etwas getrunken und eine stärkere Beruhigungstablette genommen hatte. Nichts brauchte er mehr als seine Ruhe, um wieder einen klaren Gedanken zu fassen. Er fiel in einen tiefen, fast ohnmächtigen Schlaf.

22

Bila hatte ihre Wohnung verlassen und war zu Claire gezogen. Claire hatte es ihr angeboten und sie sogar dazu aufgefordert. Die Angst hatte sich nach dem nächtlichen Angriff von Fred nicht gelegt. Auch nachdem sie einen Gewaltschutzantrag gestellt und über diesen entschieden worden war, fürchtete sie einen weiteren Angriff von Fred. So unberechenbar wie sie ihn in den letzten Tagen erlebt hatte, würde er sich selbst bei Androhung einer erheblichen Strafe nicht davon abhalten lassen, sich ihr zu nähern oder Kontakt zu ihr aufzunehmen.

Bila wollte nicht allein sein. Deshalb suchte sie die Nähe zu Claire. An den Werktagen arbeiteten sie in der Bücherei und auch die übrige Zeit verbrachten sie gemeinsam. Bila dachte über das letzte Gespräch mit Fred nach. Hätte es ihr auffallen müssen, was Fred vorhatte? War er tatsächlich in ein Verbrechen verstrickt?

Bei seinem letzten Besuch in ihrer Wohnung war er schweigsam und leicht gereizt. Sie hatten gemeinsam gekocht und gegessen. Wegen einer Kleinigkeit hatten sie gestritten und Fred ließ sich kaum beruhigen. Bila versuchte sich zu erinnern. Worüber hatten sie gesprochen? Sie erinnerte sich, dass sie über den Unfall gesprochen hatten. Fred hatte immer wieder danach gefragt, was sie darüber wisse und, ob ein Polizist aus Ostende schon bei ihr gewesen sei. Bila hatte gesagt, dass sie das meiste aus den Nachrichten erfahren habe. Außer einem Anruf von Kommissar Geven aus Brüssel habe niemand mit ihr darüber gesprochen. Fred hatte sie misstrauisch angesehen und gesagt, dass er ihr nicht glaube. Es war eine peinliche Situation gewesen. Bila hatte ihm freundlich versichert, dass sie tatsächlich nicht mehr wisse. Sie würde ihn anrufen, wenn jemand von der Polizei wegen des Unfalls gekommen wäre.

Fred hatte höhnisch gelacht. Das glaube ich dir nicht, hatte er geschrien. Bila erinnerte sich, dass sie unsicher geworden war und Angst empfunden habe. Immer wieder hatte sie versucht, das Thema zu wechseln. Sie hatte Fred wiederholt gefragt, warum er davon ausgehe, dass jemand von der Polizei mit ihr sprechen wolle. Sie hatte nicht verstanden, warum Fred ein solches Interesse hatte. Fred hatte mit den Schultern gezuckt und sich in Schweigen gehüllt. Als wenige Tage später Kommissar Maertens bei ihr gewesen war, hatte sie sofort an Freds Fragen gedacht. Damals hatte sie nicht verstanden, warum sowohl Fred als auch Maertens mit ihr über den Unfall sprechen wollten. Beide wussten, dass sie den von ihrem Vater gemieteten BMW nie gesehen hatte. Erst langsam dämmerte ihr, dass Fred ein besonderes Interesse hatte, den BMW zu finden.

Schon bei ihrer gemeinsamen Fahrt nach Brüssel hatte Fred Kommissar Geven Fragen gestellt, die ihr seltsam vorkamen. Ihr Interesse bestand allein darin, sich gegenüber der Autovermietung zu entlasten. Sie wollte sich gegen Forderungen des Vermieters wehren, die dadurch entstanden waren, dass sie das gemietete Auto nicht zurückgeben konnte. Auch Fred, erinnerte sie sich, hatte mit dem Autovermieter gesprochen. Hatte er sein Interesse an einer Klärung nur vorgetäuscht?

Claire bemerkte, dass Bila in Gedanken versunken war und sprach Bila an. „Du hängst wieder in deinen Gedanken fest. Kann ich verstehen. In der Bücherei wird dir nichts passieren, und auf dem Heimweg und in der Wohnung werde ich aufpassen. Die Polizei überwacht Fred. Das hat Maertens veranlasst.“ Bila nickte. „Ja, ich habe darüber nachgedacht, wie es dazu gekommen ist, und darüber, ob ich es hätte bemerken können." „Du hast nicht damit gerechnet. Es ist auch noch nicht geklärt, ob Fred an dem Unfall beteiligt war. Sicher ist, dass er dich bedroht. Wenn er sich nicht an die gerichtlichen Anweisungen hält und sich dir nähert, wird er eine empfindliche Strafe bekommen. Ich hoffe, du empfindest jetzt kein Mitleid mit ihm." „Nein", erwiderte Bila trotzig, „er hätte sich denken können, dass ich mir sein böses Verhalten nicht gefallen lasse. Wenn er etwas mit dem Unfall zu tun hat, hätte er sich mir längst anvertrauen können." Bila schlug zur Bestätigung ihrer Worte mit der flachen Hand auf den Tisch. Beide lachten über Bilas Mut.

Am Abend saßen Bila und Claire in einem italienischen Restaurant. Claire hatte Bila eingeladen, auszugehen. Sie meinte, man dürfe sich nicht von den Umständen und vor allem von Fred in Panik versetzen lassen. Bila fiel es schwer, Claire zu folgen, sie wollte aber auch nicht widersprechen. Sie misstraute dem Mut und der gespielten Unerschrockenheit ihrer Freundin. Im Lokal betrachtete sie schon beim Eintreten sämtliche Gäste und zuckte immer zusammen, wenn ein neuer Gast eintrat. Claire schmunzelte. „Ich kann deine Angst verstehen. Aber du musst es nicht übertreiben. Wir müssen lernen, mit der Situation fertig zu werden. Wir dürfen uns nicht unter Druck setzen lassen." Bila nickte, aber die Furcht blieb. Zögernd und gleichgültig suchte sie ein Gericht auf der Karte aus. Sie konnte sich nicht entscheiden. „Was isst du?", fragte sie Claire verlegen. „Soll ich dir die Entscheidung abnehmen, oder dich beraten?"

Bila dachte nach. Was sollte sie antworten. Sie hatte die Auswahl zwischen Beratung und der Entscheidung durch ihre Freundin. „Was schlägst du vor?" Claire lachte. „Das musst du selbst entscheiden. Ich kann dir einen Tipp geben, oder soll ich gleich für dich bestellen. Ich würde eine Lasagne bestellen. Ob du darauf Lust hast, weiß ich nicht." Bila lachte. „Warum nicht. Ich bestelle eine Lasagne. Und du?" „Ich auch", grinste Claire. Beide kicherten befreit. Bilas Anspannung legte sich etwas.

Wenig später betrat ein junges Ehepaar das Restaurant, wenigstens vermutete Bila, dass es ein Ehepaar war, so wie sie sich verhielten. Der Mann wirkte sehr schroff und bestimmend und hatte in seinem Auftreten Ähnlichkeiten mit Fred. Bila zuckte zusammen und konnte ihren Blick nicht abwenden. Claire bemerkte es und gab ihr zu verstehen, sich abzuwenden. „Guck die Leute nicht so eindringlich und mit bohrenden Blicken an", flüsterte sie. Bila schreckte auf. „Ja, hast recht." Sie warteten über eine halbe Stunde auf das Essen. Kurz nachdem das Ehepaar Platz genommen hatte, begann ein Streit unter ihnen. Die junge Frau, die Bila auf Mitte zwanzig schätzte, wirkte sehr schüchtern und angepasst. Der Mann herrschte sie an: „Ich kann nicht immer für dich entscheiden. Du musst selbst wissen, was du willst." Die junge Frau sah ihn ängstlich und verunsichert an. Sie klammerte sich an die Speisekarte, unfähig, eine Auswahl zu treffen.

Über fünf Minuten saßen sie schweigend am Tisch, und der Mann, kräftig, Anfang dreißig, wurde ungeduldig. Schließlich trommelte er mit seinen Fingern nervös auf den Tisch und erklärte verächtlich: „Mir reicht es jetzt. Nirgends kann man mit dir hingehen. Ich werde jetzt was für mich bestellen. Mir egal, wo du bleibst." Die junge Frau sah ihn ängstlich, fast weinerlich an. „Tut mir leid", stammelte sie. Der Kellner kam und der Mann bestellte ein Menü für sich und einen Wein. „Und Ihre Gattin?" „Die kann sich nicht entscheiden", erwiderte der Mann verärgert und roh, als wäre ihm seine

Partnerin fremd. Selbst dem Kellner war die Situation peinlich. Mitleidsvoll betrachtete er die Frau, die sich schämte und den Tränen nahe war.

Bila fühlte mit der Frau und wäre am liebsten aufgestanden und hätte die Frau getröstet. Was in aller Welt trieb den Mann dazu, so böse und abwertend zu sein. Claire bemerkte Bilas Unruhe. „Du wirst dich nicht einmischen. Das müssen sie selbst regeln.“ Bila verkrampfte sich und sah Claire traurig und entrüstet an. „Man sollte ihr helfen“, flüsterte sie. „Klar, aber ich würde mich wundern, wenn du den Mut hättest, ihm die Meinung zu sagen.“ Bila stand auf und ging zu dem Nachbartisch. „So können Sie mit der Dame nicht reden. Sie behandeln Sie völlig respektlos.“ „Das lassen Sie mal meine Sache sein“, keifte der Mann zurück. Die Frau stand weinend auf und stürzte aus dem Lokal. Der Mann blieb seelenruhig sitzen, als wäre nichts geschehen.

Bila sah Claire an. Sollte sie der Frau folgen? Claire beruhigte sie. „Mach dir keine Sorgen. Sie wird ihren Weg finden. Sie wird lernen, sich durchzusetzen. Du warst sehr mutig.“ Bila fiel es schwer, im Restaurant zu bleiben. Das, was sie gesehen hatte, bewegte sie. Trotzdem stimmte sie Claire zu, obwohl es nicht einfach war. Verächtlich sah sie den Mann an. Der Mann verkrampfte sich und starrte mürrisch vor sich hin. Nachdem sein Essen gekommen war, lächelte er den Kellner spöttisch an und wollte ihn ansprechen. Aber der Kellner wandte sich ab. Trotzig und ohne die anderen Gäste zu beachten, aß er einen gebratenen Seelachs und trank Wein dazu. Er bemerkte erst spät die seltsame Stimmung, die er durch seine Szene verbreitet hatte. Nach dem Essen stand er auf, ging zum Kellner und zahlte. Dann verließ er grußlos das Restaurant.

Bila und Claire waren erleichtert, nachdem der Mann gegangen war. Bila lächelte dem Kellner zu und er erwiderte es. „Man kann sich seine Gäste nicht aussuchen“, erklärte er traurig. „Ich hätte ihn nach der Szene mit seiner Frau rausschmeißen sollen“, ärgerte er sich über sich selbst. Bila und Claire freuten sich über die würzige Lasagne und lobten das gute Essen. Sie tranken noch ein zweites Glas Wein und unterhielten sich mit dem Kellner. Erst nach zwei Stunden verließen sie das Lokal in guter Laune. „Ich bin mir sicher, dass dir Ähnliches mit Fred passiert ist“, vermutete Claire. Bila schüttelte den Kopf. „Nein, Fred konnte sich in der Öffentlichkeit immer benehmen. Er ist nur bestimmend aufgetreten. Und wenn ihn jemand nicht kannte, kam es so vor, als wäre er unhöflich.“ Claire lachte höhnisch. „So kann man es auch nennen. Ich fand, der Mann hatte viel Ähnlichkeit mit Fred. Sein bestimmendes und autoritäres Verhalten war sicher subtiler. Er konnte seine Schroffheit mit Charme überdecken. Mich konnte er nie täuschen.“

Bila seufzte. „Wahrscheinlich hast du recht. Ich habe mich auch von seinem Charme und sicherem Auftreten lange blenden lassen. Ich habe mich getäuscht. Trotzdem frage ich mich, was er mit dem Unfall zu tun hat. Glaubst du ernsthaft, dass er allein nach dem BMW gesucht hat und den Unfall verursacht hat? Vielleicht hatte er vor, mich zu überraschen und mir eine Freude zu machen.“ Claire lachte herzhaft. „Nein, da machst du dir was vor. Hätte er tatsächlich den BMW gefunden und die Absicht gehabt, dir zu helfen, hätte er dich angerufen und es dir gesagt. Und spätestens nach dem Unfall hätte er es dir erklärt.“ Bila zuckte mit den Schultern und schwieg.

In Claires Wohnung angekommen, tranken sie noch ein Glas Wein. Bila war traurig und nachdenklich. „Wie kann es sein, dass ich mich so getäuscht habe? Warum hat Fred nicht erwähnt, dass er nach dem Auto suchte? Warum gibt er nicht zu, dass er den Unfall verursacht hat?“ Claire nahm sie in den Arm. „Noch ist nicht bewiesen, dass Fred den Unfall verursacht hat. Maertens wird ihn sicher noch einige Male vernehmen. Trotzdem wäre Fred zu empfehlen, reinen Tisch zu machen. Wenn er damit nichts zu tun hat, sollte er alles unternehmen, um sich zu entlasten. Und endlich damit aufhören, dich unter Druck zu setzen.“ Bila nickte. „Egal, ob er damit was zu tun hat. Ich will ihn nicht mehr sehen.“

Nach einer kurzen Nacht, standen sie morgens früh auf und gingen in die Bücherei. Bila vermisste ihre Wohnung, hielt es aber für besser, noch eine Weile bei Claire zu wohnen. Sie wollte abwarten, bis Maertens die Ermittlungen abgeschlossen hatte. Nach Einschätzung von Claire konnte das noch lange dauern. Claire ärgerte sich, dass Maertens zu zögerlich und zaudernd ermittelte und hatte deshalb schon mit Ruth gesprochen. Ruth hatte ihr bestätigt, dass sie oft nicht wisse, ob Maertens einer klaren Linie folge. Trotzdem habe sie das Gefühl, dass er sehr sorgfältig ermittle. „Besser, wir warten ab, bis er genügend Beweise hat“, schlug Ruth vor.

23

Fred hatte zwei Tage lang überlegt, wie er auf die Forderung des Erpressers reagieren sollte. Er war innerlich zerrissen und, obwohl er in den letzten Tagen keinen Alkohol getrunken hatte, nicht fähig, eine Entscheidung zu treffen, mit der er zufrieden war. Schließlich war die Anspannung und der innere Druck so groß, dass er sich mit dem Erpresser verabredete. Sie trafen sich spätabends am Bahnhof in Ostende. Es gab einen heftigen Wortwechsel, in dem der Erpresser Fred ein Ultimatum setzte. Fred sollte innerhalb der nächsten zwanzig Stunden 5000.- Euro zahlen. Andernfalls ... Das sprach der Erpresser nicht aus. Aber Fred ahnte, was der Erpresser tun würde.

„Wenn Sie mich anzeigen, werde ich Sie ebenfalls wegen Erpressung anzeigen“, schleuderte Fred dem Erpresser wütend entgegen. Dieser lachte verächtlich. „Damit kann ich leben“, versicherte er.

Auf dem Weg nach Hause forderte Fred sich auf, einen kühlen Kopf zu bewahren und sich nicht unter Druck setzen zu lassen. Er verbrachte eine schlaflose Nacht und suchte krampfhaft und nervös nach einer Entscheidung. Zermürbt und erschöpft beschloss er, nicht zu zahlen. Er traute dem Erpresser nicht. Er rechnete nicht damit, von weiteren Forderungen verschont zu werden. Der Erpresser war ein mieser Schuft, der seine Notlage ausnutzte, dachte Fred. Er verspricht mir, zu schweigen, und am nächsten Tag hat er es vergessen. Wenn es mir gelänge, ihm deutlich zu machen, dass er nach einer weiteren Zahlung seinen Mund hält. Nein, das wird mir nicht gelingen. Ich habe nichts gegen ihn in der Hand und werde immer von seinem Schweigen abhängig sein. Selbst wenn er mich einige Tage, Wochen und vielleicht Monate in Ruhe lässt. Irgendwann wird er seine Erpressung fortsetzen.

Wenn dem Erpresser nichts passiert. Nein, mit einer schweren Krankheit oder einem Unfall des Erpressers konnte er nicht rechnen. Und er wollte auch nicht nachhelfen. Es blieb die Möglichkeit, selbst in die Offensive zu gehen und den Erpresser anzuzeigen. Fred lachte über diese absurde und törichte Idee. Dann würde er sich Maertens ausliefern. Maertens würde alles begeistert in seine Ermittlungsergebnisse aufnehmen. Spätestens nach einer Vernehmung des Erpressers wäre Fred geliefert. Fred ließ die Zeit verstreichen, ohne das Geld zu zahlen. Nachdem er sich kurz beruhigt hatte, traten die Ängste und Zweifel wieder auf. Stärker als zuvor. Aber da war es zu spät. Eine Rücksicht des Erpressers konnte er nicht erwarten. Jetzt war es zu spät.

Drei Tage verharrte Fred in seiner Wohnung und erwartete einen Besuch von Ray Maertens. Ununterbrochen überlegte er, wie er auf die neuen Vorwürfe des Kommissars antworten sollte. Eine geeignete Strategie wollte ihm nicht einfallen. Wie sollte er sich entlasten?

Nach fünf Tagen sah er morgens, kurz nach zehn Uhr, Maertens und einen Kollegen, die auf sein Haus zusteuerten. Fred trank einen Schluck Whisky und erinnerte sich daran, besonnen zu bleiben. Nach dem Klingeln wartete er eine Weile und öffnete dann die Tür. Er zeigte sich überrascht, als er Maertens und seinen Kollegen Snyder sah. „Guten Morgen, Kommissar. Haben Sie noch Fragen?“, lächelte er selbstbewusst und bat Maertens in seine Wohnung. Maertens lächelte ebenfalls und setzte sich auf einen Stuhl, der ihm angeboten worden war. „Sie können sich denken, warum ich komme, Herr Roth“, begann er das Gespräch, nachdem sich Fred ebenfalls gesetzt hatte. Fred spürte, dass Maertens bestens informiert war. Er zeigte sich verlegen und unschlüssig. „Nein, offen gestanden hatte ich geglaubt, dass sie den Fall ohne meine Hilfe lösen können.“

Maertens lächelte zufrieden. „Wenn es so einfach wäre.“ Er zog zwei Fotos aus seiner Jackentasche und zeigte sie Fred Roth. „Vielleicht können Sie dazu etwas sagen?“ Fred schaute beide Fotos gelangweilt an. Eine Aufnahme vom Unfallort. Sein Gesicht war schlecht zu erkennen. Das andere Foto wurde vor dem Krankenhaus in Brügge aufgenommen. Es zeigte Fred ‚jetzt deutlicher, in Begleitung einer jungen Frau Anfang zwanzig. Fred runzelte die Stirn und zeigte wenig Anspannung. „Was wollen Sie damit beweisen?“ „Das ist ein eindeutiger Beweis dafür, dass Sie am Unfallort waren, oder?“ „Die Fotos beweisen gar nichts. Sie sind auf dem Holzweg.“ „Gut, vielleicht kennen Sie Jeff Torns.“ „Nein, den Namen habe ich nie gehört.“ Fred gab sich weiter gelassen und gelangweilt. Maertens hatte mit dem sperrigen Verhalten gerechnet.

„Jeff Torns ist der Taxifahrer, der ihnen am Unfallort begegnet ist. Er hat Sie gemeinsam mit der jungen Frau zur Klinik gefahren. Erinnern Sie sich?“ „Nein das kann nicht sein.“ Maertens wurde ernst und fauchte Fred an. „Junger Mann, das ist ein Verhör. Ihnen wird vorgeworfen, unerlaubt vom Unfallort geflüchtet zu sein und eine fahrlässige Tötung begangen zu haben. Es steht Ihnen frei, zu schweigen, wenn Sie glauben, sich zu belasten. Ich würde Ihnen aber empfehlen, zu gestehen. Das würde Ihnen eine Menge Ärger ersparen.“ Fred zögerte. Er ahnte, dass Maertens noch einiges mehr in der Hand hatte. Das war erst der Anfang.

„Gut, ich erinnere mich an den Taxifahrer. Ein Erpresser, der meine Notlage ausnutzt. Glauben Sie einem Mann, der andere erpresst.“ „Die Erpressung ist ein anderes Verfahren. Ich kann mir denken, dass er etwas Geld mit seinem Wissen verdienen wollte. Anders ist es nicht vorstellbar, warum er sich so spät gemeldet hat. Aber jetzt, nach über zwei Monaten, hat er sich gemeldet, und darum geht es. Bleiben wir bei Ihnen. Gestehen Sie, den Unfall verursacht zu haben?“ Fred antwortete nicht. Er zog es vor, zu schweigen. Maertens wartete geduldig zwei Minuten, bevor er das Verhör fortsetzte.

„Gut, Sie ziehen es vor, zu schweigen. Ihr gutes Recht. Die Beweise sind erdrückend. Wenn Sie nicht erklären können, warum Sie sich zur Tatzeit am Unfallort aufgehalten haben, wird sich der Verdacht gegen Sie richten. Das Foto, welches Sie am Eingang der Klinik mit der jungen Frau zeigt, ist viel interessanter. Wenn Sie den Unfall einräumen, kommen Sie unter Umständen mit Bewährung davon.Es besteht der Verdacht, dass die junge Frau in dem Unfallauto saß, dessen Fahrerin getötet wurde. Was ist mit der jungen Frau geschehen? Wir gehen davon aus, dass es sich bei der jungen Frau um Angela Geers handelt, nach der wir seit dem Unfall suchen.“ Fred zuckte ahnungslos mit den Schultern. „Tut mir leid, Maertens, dazu kann ich Ihnen leider nichts sagen. Das Foto zeigt eine zufällige Begegnung.“

„Eine zufällige Begegnung“, schrie Maertens. „Damit kommen Sie nicht durch. Jeff Torns hat Sie und die junge Frau zur Klinik gefahren.“ „Dann steht eben Aussage gegen Aussage. Glauben Sie einem Erpresser?“ „Ich habe keine Bedenken, ihm zu glauben. Das mit der Erpressung steht auf einem anderen Blatt.“ „Dann werde ich jetzt nichts mehr sagen“, erwiderte Fred trotzig und brach das Gespräch ab. Endgültig.. Maertens und Snyder standen auf. „Ich werde Sie nicht in Ruhe lassen, bis Sie sagen, was mit der jungen Frau geschehen ist. Wir haben Ihre Überwachung verstärkt. Sie werden keine Ruhe finden. Und die Staatsanwaltschaft wird einen Haftbefehl beantragen. Unten wartet ein Streifenwagen, der bringt Sie in Polizeigewahrsam, bis über den Haftbefehl entschieden wird.“

Kommissar Maertens und Kommissar Snyder forderten Fred Roth unmissverständlich und drohend auf, ihnen zu folgen. Fred war nicht verwundert über diese Entwicklung. Er hatte sich gedanklich darauf vorbereitet. Er ahnte, was folgen musste, wenn der Erpresser eine Aussage bei der Polizei machen würde. Eine Zwangsläufigkeit. Er wusste auch, dass er am Unfallort von dem Erpresser fotografiert worden war. In seiner Aufregung hatte er es versäumt, auf die Löschung des Fotos zu bestehen. Dass es auch eine Handyaufnahme von ihm und der jungen Frau vor dem Eingang der Klinik gab, wusste er nicht. Er hatte den Erpresser nicht mehr beachtet, nachdem er mit Angela Geers, deren Namen er erst später erfahren hatte, aus dem Taxi gestiegen war.

Was blieb ihm anderes übrig, als der Aufforderung von Maertens nachzukommen? Maertens würde unerbittlich sein und bei Gegenwehr seiner Forderung Nachdruck verleihen. Er wartete nur auf die ersten Anzeichen eines Widerstands, um Fred zu fesseln. Fred bedeutete ihm, dass er ein Aufsehen bei den Nachbarn durch ein Abführen vermeiden wollte. Er fügte sich der Aufforderung und begleitete Maertens und Snyder auf die Straße, wo ein von Snyder angeforderter Streifenwagen bereits wartete. Fred wurde in den Streifenwagen gesetzt. Fred sah Maertens bei der Abfahrt des Streifenwagens verächtlich und hasserfüllt an.

Einen Tag später wurde gegen Fred Roth ein Haftbefehl erlassen. Es bestand der begründete Verdacht, dass er Angela Geers ermordet hatte. Fred wurde in die Untersuchungshaft nach Brügge gebracht. Maertens war nunmehr davon überzeugt, dass Angela Geers in dem Unfallwagen gesessen hatte und Fred sie zuletzt gesehen hatte. Er allein wusste, was mit ihr passiert war. Das ließ Maertens keine Ruhe. Mit Hochdruck suchte er nach Zeugen, die Angela und Fred in dieser Nacht entweder am Eingang oder innerhalb der Klinik gesehen hatten. In seiner Verzweiflung wandte er sich an Ruth Pauls und gab zähneknirschend zu, dass er es nicht für möglich gehalten hatte, dass Angela bei dem Unfall verletzt worden war. Jetzt sei er sicher, dass sie in dem Unfallauto gesessen hatte. Er bat Ruth, auf Bila einzuwirken. Sie sollte Fred zum Reden bringen. Ruth hatte große Bedenken. „Ich kann mir nicht vorstellen, dass Bila mit ihm reden wird. Nur mit größter Mühe konnten wir Bila dazu bringen, ein Kontaktverbot durchzusetzen. Ich glaube nicht, dass sie sich darauf einlässt und ich würde ihr nicht dazu raten."

„Frau Pauls, es geht darum, ob Angela Geers noch am Leben ist. Das zu klären war Ihr Interesse." Ruth fühlte sich innerlich zerrissen. „Ich werde mit Bila Lambers sprechen. Es wird sehr schwierig. Ich bin mir unsicher, ob ich sie überzeugen kann, wenn ich selbst nicht davon überzeugt bin." Maertens bedankte sich bei Ruth, die versprach, sich zu melden, wenn sie mit Bila gesprochen hatte.

Nachdenklich saß Ruth lange Zeit in ihrem Zimmer und überlegte, wie sie sich verhalten sollte. Konnte sie es Bila zumuten, mit Fred zu sprechen? Die ganze Sache hatte jetzt ein verwirrendes Ausmaß erreicht. Erst musste sie auf Bila einreden, kein Wort mit Fred zu sprechen, und jetzt sollte sie Bila zu einem Gespräch mit ihm auffordern. Sie raufte sich die Haare und schwankte. Es sprach einiges dafür, Bila vor Fred zu schützen. Aber es sprach auch einiges dafür, die Hintergründe zu erfahren. Wenn es ein Foto gab, das Fred und Angela am Unfallort zeigte, und dann noch eins, das beide vor dem Eingang der Klinik zeigte, konnte dies einiges bedeuten. Fred und Angela waren mit dem Taxifahrer nach dem Unfall zur Klinik gefahren. Und was danach geschah, konnte nur Fred erklären. Also war es logisch, dass Maertens alles daran setzte, Fred zum Reden zu bringen. Und es war verständlich, dass er auf Bila vertraute, wenn er nicht weiterkam. Meine Rolle ist die der Vermittlerin, lachte Ruth säuerlich. Er nutzt es aus, dass ich mich in alles einmische.

Ruths Grübeln wurde durch einen Anruf unterbrochen. Wilma meldete sich aufgeregt. „Hast du von Kommissar Maertens erfahren, dass es Fotos von Angela nach dem Unfall gibt?“ „Ja, habe gerade mit Maertens gesprochen.“ „Und, was sagst du dazu, dass sie sich in Begleitung eines Mannes befand, der vermutlich für den Unfall verantwortlich ist.“ „Maertens wird schon klären, was das bedeutet“, erwiderte Ruth zurückhaltend. Sie wollte nicht sagen, mit welcher Bitte Maertens an sie herangetreten war. „Es ist ärgerlich, dass der Mann schweigt und sich weigert, Auskunft zu geben, was mit Angela passiert ist.“ Ruth stöhnte. „Ja, das wird eine schwere Aufgabe für Maertens.“ „Er meinte, vielleicht könnte ihm Bila Lambers helfen. Was denkst du?“ Und schon hatte Wilma das Thema angesprochen, worüber Ruth nicht reden wollte. „Unter Umständen findet Maertens eine andere Möglichkeit, etwas zu erfahren“, wich Ruth aus. Sie wollte sich nicht drängen lassen, nicht von Maertens und auch nicht von Wilma.

Wilma schwieg, die Antwort genügte ihr nicht. „Wenn du mir helfen könntest ...“ „Ja, ich werde es versuchen“ , erwiderte Ruth kurz und knapp. Dann wechselten sie das Thema und beendeten kurz darauf das Gespräch. Wilma hatte Ruths Einsilbigkeit bemerkt, aber Ruth nicht darauf angesprochen. Sarah kam nach einer halben Stunde aus ihrem Zimmer und spürte Ruths Nachdenklichkeit und Unzufriedenheit. „Kann ich dir helfen?“, fragte sie. „Maertens hat vor einer Stunde angerufen, und kurz darauf Wilma. Fred befindet sich in Haft. Maertens hatte ihm bei einem Verhör Fotos gezeigt, für die Fred keine Erklärung abgeben wollte.“ „Konnte er nach dem Unfall fotografiert werden?“, fragte Sarah erstaunt. „Ja, sowohl am Unfallort und wenig später vor dem Eingang einer Klinik in Brügge. Auf beiden Fotos ist auch Angela zu erkennen.“ „Nein, das kann doch nicht sein.“ „Doch, Maertens ist sich sicher.“

Sarah setzte sich neben Ruth. Beide sahen sich schweigend an. Nach zwei Minuten unterbrach Sarah die Stille. „Und jetzt muss Maertens ihn zum Reden bringen.“ Ruth nickte. „Deshalb hat er angerufen. Er glaubt nicht, dass es ihm gelingt. Ich soll Bila bitten, mit Fred zu sprechen und über den Unfall zu reden. Maertens zweifelt, dass er sich ihm anvertraut.“ „Das kann doch nicht sein“, empörte sich Sarah und rieb sich die Stirn. „Erst bringen wir Bila in langen Gesprächen dazu, jeglichen Kontakt zu Fred abzulehnen, wir drängen sie zu dem Kontaktverbot, und jetzt, nachdem sie sich etwas beruhigt hat, sollen wir sie davon überzeugen, mit Fred zu sprechen … Nein, das werden wir nicht machen. Sag Maertens, dass du ihn dabei nicht unterstützt. Sofort!“ „Das ist nicht so einfach.“ „Doch, zum Teufel. Was erwartest du von Bila? Wir können Sie doch nicht bitten, sich mit Fred einzulassen, um Kommissar Maertens zu helfen.“

Ruth wartete einige Sekunden, bis sich Sarah etwas beruhigt hatte. „Das ist nicht so einfach, wie du denkst. Du hast recht, wir müssen Bila schützen. Aber wir haben auch Wilma versprochen, ihr bei der Suche nach Angela zu helfen. Fred scheint zu wissen, was mit Angela nach dem Unfall passiert ist. Und darüber will er nicht sprechen. Wenn Bila die einzige ist, der er sich anvertraut, dann ...“ „Hast du mit Wilma gesprochen?“ „Ja, Wilma hat mich vorhin angerufen. Sie erwartet natürlich, dass wir ihr helfen.“ Sarah nickte. „Hast du Bila angerufen?“ „Nein, ich habe mich nicht dazu entscheiden können. Glaub mir bitte, auch ich will Bila schützen und keine voreiligen Entscheidungen treffen.“ „Gut, dann lass uns gemeinsam nach einer Lösung suchen“, schlug Sarah versöhnlich vor. „Ich schlage vor, du rufst Maertens an und erklärst ihm, dass ein Gespräch zwischen Bila und Fred nur die allerletzte Möglichkeit sein darf. Wir, und auch Maertens, müssen auf Bila Rücksicht nehmen. Außerdem muss Maertens vorher prüfen, wie die Chancen sind, dass Fred mit Bila spricht. Wenn er sich allen gegenüber sperrt, wird auch Bila nichts sagen.“ „Ja, das ist ein guter Gedanke. Und schließlich soll Bila selbst entscheiden, ob sie sich ein Gespräch mit Fred zutraut. Wenn sie es ablehnt, werde ich sie in Ruhe lassen und nicht bedrängen.“

Nach einer halben Stunde rief Ruth Maertens an und erklärte ihm, dass sie Bila zu einem Gespräch nur im äußersten Notfall raten und sie auf keinen Fall dazu drängen würde. Maertens hatte Verständnis. „Ja, das kann ich verstehen, wir werden Fred Roth in den nächsten Tagen gemeinsam mit der Staatsanwältin und einem Psychologen verhören.“

24

Ray Maertens ärgerte sich. Er hatte zu spät bemerkt, dass Angela an dem Unfall beteiligt gewesen war. Bisher war er davon ausgegangen und hatte gehofft, dass Angela nicht in dem Auto gesessen hatte, deren Fahrerin bei dem Unfall getötet worden war. Nach den Fotos, die ihm Jeff Torns gegeben hatte, konnte er nicht mehr daran zweifeln. Es war eindeutig. Er machte sich starke Vorwürfe. Umso mehr musste er sich jetzt darauf konzentrieren, Fred zu einem Geständnis zu bringen. Nach dem letzten Verhör hatte er kein gutes Gefühl. Fred sperrte sich und war nur bereit, das zu bestätigen, was er nicht leugnen konnte. So hatte er stillschweigend eingeräumt, am Unfallort gewesen zu sein. Zu dem Foto, welches ihn und Angela vor dem Eingang der Klinik zeigte, wollte er nichts sagen. Aber er war ebenso wie Angela eindeutig zu erkennen.

Maertens kochte sich Kartoffeln, die er zu gebratenem Lachs essen wollte. Dazu wollte er ein Bier trinken und über das Verhör am nächsten Tag nachdenken. Gleich am frühen Morgen wollte er sich mit der Staatsanwältin Buur und Freds Anwalt, Reno Bork, treffen. Bork hatte eine Haftprüfung beantragt und durchblicken lassen, dass sein Mandat zu einer vollständigen Aussage bereit wäre. Maertens war misstrauisch. Er konnte sich nicht vorstellen, dass Fred sein sperriges und abweisendes Verhalten aufgegeben hatte. Andererseits konnten die letzten Tage in der Untersuchungshaft vielleicht etwas bewirken. Fred war die Haft nicht gewohnt. Deshalb war es nicht verwunderlich, dass er unter den Bedingungen besonders litt. Eine Haftverschonung konnte er nur bei einem Geständnis erreichen.

Maertens verbrachte einen ruhigen Abend und verzichtete bewusst auf jegliche Ablenkung. Er konzentrierte seine Gedanken auf das Verhör und stellte sich immer wieder die Fragen, die von Bedeutung waren. In erster Linie ging es darum, was mit Angela geschehen war. Fred hatte sämtliche Angaben darüber verweigert. Dabei deutete alles darauf hin, dass er etwas sagen konnte und etwas wusste. Maertens rieb sich nervös die Stirn, er spürte, wie intensiv er von den Gedanken an das Verhör eingenommen wurde. Er konnte vor lauter Aufregung und Anspannung kaum schlafen. Morgens wachte er erschöpft auf und hatte Angst zu versagen.

Kurz vor neun Uhr traf er sich mit Rechtsanwalt Bork und Staatsanwältin Buur. Auch der Psychologe Peer Naaldsteek war erschienen. Nach einer kurzen Begrüßung gingen sie in den Vernehmungsraum der Haftanstalt. Fred wirkte bei seiner Vorführung wie ausgewechselt. Bleich und mit einem unsicheren, fast schon unterwürfigen, Blick nickte er Maertens zu. „Wie fühlen Sie sich?“, fragte Maertens. „Beschissen. Ich will hier raus“, jammerte Fred, weniger trotzig, eher verängstigt. „Dann erklären Sie bitte, was mit Angela Geers geschehen ist, nachdem Sie mit ihr vor der Klinik angekommen waren. Die Tatsache, dass sie für den Unfall verantwortlich sind, werden sie wohl nicht mehr bestreiten.“ Fred rutschte auf dem Stuhl. Er hatte Schwierigkeiten, die Augen offen zu halten. Dann trank er einen Schluck Wasser und versuchte, sich zu konzentrieren.

„Den Unfall gebe ich zu und nehme die ganze Schuld auf mich. Aber ich weiß nicht, was passiert ist, nachdem ich gemeinsam mit der jungen Frau das Taxi verlassen habe. Sie können sich nicht vorstellen, wie es mir geht. Seit diesem Abend denke ich ständig und unentwegt darüber nach. Können Sie sich vorstellen, wie es ist, wenn man an einer Szene hängen bleibt? Die letzte Erinnerung, die ich habe, ist, dass wir aus dem Taxi ausgestiegen sind. Ich wollte der Frau helfen. Wir hatten beide nach dem Unfall nur leichte Verletzungen. Ich vermutete, dass die Frau eine leichte Gehirnerschütterung hatte. Das wollte ich klären lassen. Ich glaube, dass mir nach dem Aussteigen schummrig geworden ist und ich mich auf eine Bank gesetzt habe. Was die junge Frau gemacht hat, weiß ich nicht. Habe nicht mehr auf sie geachtet. Das werfe ich mir vor. Bitte glauben Sie mir.“ Fred hob die Hände und legte sie schützend vor sein Gesicht. Er schämte sich. „Irgendwann, vielleicht eine Stunde später, bin ich aufgewacht. Die junge Frau und der Taxifahrer waren weg. Ich habe vergeblich nach der Frau gesucht. Das müssen Sie mir glauben.“ „Das sollen wir Ihnen glauben?“ „Bitte“, flehte Fred. „Ich kann Ihnen nichts anderes sagen. Was glauben Sie, wie oft und krampfhaft ich seit dem Unfall an diesen Moment gedacht habe.“ „Sie wissen wirklich nicht, was nach dem Aussteigen passiert ist.“ „Nein, wirklich nicht. Als wir noch im Taxi saßen, war ich äußerst müde und erschöpft. Nur mit Not konnte ich aussteigen. Ich bin geschwankt und habe nach einem Halt gesucht.“

Maertens rieb sich irritiert die Hände. Er dachte über Freds Aussage nach und versuchte alles einzuordnen. Eine Weile schwieg er und sah Fred eindringlich an. Fred wirkte hilflos und erschöpft, gleichzeitig erleichtert, nachdem er seine Erklärung abgegeben hatte. Es sah danach aus, als hätte er sich auf diese Erklärung vorbereitet. Er konnte dem Blick des Kommissars nicht standhalten und sah hilfesuchend seinen Anwalt an. Rechtsanwalt Bork versuchte, ihn zu beruhigen.“

„Hat Sie jemand beobachtet?“ „Der Taxifahrer und die junge Frau.“ „Haben andere Personen etwas gesehen?“ „Weiß ich nicht. War mit mir beschäftigt, konnte kaum laufen. Todmüde und nahe an einem Zusammenbruch. Der Kreislauf war unten und nahe an einem Herzinfarkt. Mit letzter Kraft habe ich mich zu der Bank geschleppt. Ich kann mich nicht erinnern, was dann passiert ist. Es ist wie eine Traumwand, die ich nicht durchbrechen kann.“ „Können Sie uns die Bank zeigen?“ „Natürlich.“ „Wie erklären Sie sich diese Müdigkeit? Ein Schock nach dem Unfall?“ Fred lachte bitter. „Nein, das glaube ich nicht. Sicher war ich nach dem Unfall erschöpft und erschüttert. Schließlich hatte ich festgestellt, dass die Fahrerin durch meine Schuld getötet worden war. Das hat mich hart getroffen. Aber ich habe danach genug Kraft gespürt, mich um die andere Frau zu kümmern. Der Taxifahrer hatte als erster an der Unfallstelle angehalten und angeboten, uns ins Krankenhaus zu bringen. Ich habe ihn gebeten, uns zum Sint-Janshospitaal in Brügge zu fahren und habe ihm den Weg beschrieben. Daran können Sie sehen, dass ich noch handlungsfähig war. Mit Einschränkungen."

Maertens notierte diese Aussage. „Dann muss es einen anderen Grund geben, der zu Ihrem Zusammenbruch führte", sprach er mehr zu sich selbst. Fred nickte. „Fragen Sie meine früheren Kollegen im Sint-Janshospital. Ich bin einiges gewohnt und bleibe auch in Stresssituationen ruhig und ausgeglichen." „Was könnte der Grund sein?" „Ich weiß es nicht. Nach meiner Erfahrung als Narkosearzt deutet einiges auf eine Betäubung hin. Ich habe viele Betäubungen durchgeführt, auch bei der Behandlung beim Zahnarzt. Es kam mir so vor, als hätte mir jemand ein starkes Beruhigungsmittel, ähnlich wie Propofol, gegeben." „Haben Sie sich selbst betäubt?" „Nein, ich habe vor dem Unfall zwei Bier getrunken und war nicht besonders aufmerksam. Sonst hätte ich nicht die falsche Auffahrt zur Autobahn genommen. Aber nach dem Unfall war ich hellwach und konzentriert. Warum sollte ich mich betäuben? Ich wollte die Sache klären." „Dann muss etwas anderes zu ihrer Erschöpfung geführt haben. Haben Sie nach dem Unfall wirklich keine Tabletten genommen?" „Nein, bitte glauben Sie mir. Der Taxifahrer hat mir etwas zu Trinken gegeben. Sonst habe ich nichts zu mir genommen. " „Der jungen Frau auch?" „Ja, wir haben beide aus einer angebrochenen Wasserflasche getrunken."

„Dem sollte man nachgehen", mischte sich Rechtsanwalt Bork ein. Staatsanwältin Buur, die das Verhör aufmerksam verfolgte, nickte. Maertens war verunsichert. Er hatte nicht mit dieser Entwicklung gerechnet und musste seine Fragen anpassen. „Sie sind ganz sicher, dass Sie sich direkt nach dem Aussteigen aus dem Taxi auf eine Bank vor dem Eingang der Klinik gesetzt haben“, hakte Maertens ungläubig nach. „Ja, so war es.“ „Warum, zum Teufel, haben Sie das nicht früher erklärt?“, erregte sich Maertens. Fred Roth war verlegen und schwieg. Maertens wartete ungeduldig und verärgert eine Weile, bevor er nachhakte. Nach zwei Minuten räusperte sich Fred. Sein Anwalt hatte ihn eindringlich aufgefordert, reinen Tisch zu machen.

„Das ist meine Schuld. Ich habe lange Zeit Angst gehabt, mich zu melden. Ich wollte meine Schuld an dem Unfall nicht zugeben und hoffte, alles würde sich auch ohne mein Geständnis irgendwie erledigen. Das war naiv. Aber ich dachte mir, dass ich an dem Tod der Fahrerin auch mit meinem Geständnis nichts ändern könnte. Und auf das Schicksal der anderen Frau hatte ich keinen Einfluss. Sie war spurlos verschwunden. Was hätte ich tun sollen?“ „Es war Ihre verdammte Pflicht bei der Aufklärung mitzuwirken. Ihr Verhalten ist in jeder Hinsicht falsch. Es ist unmoralisch. Erst jetzt, wo Ihnen nachgewiesen wurde, dass Sie den Unfall verursacht haben, versuchen Sie sich zu entlasten“, schrie Maertens erregt.

Rechtsanwalt Bork versuchte zu beruhigen. „Mein Mandant bekennt sich schuldig. Und er weiß, dass es seine Pflicht gewesen wäre, sich selbst anzuzeigen. Aber es führt nicht weiter, ihm das ständig vorzuhalten. Wichtiger erscheint mir, aufzuklären, was mit der jungen Frau geschehen ist. Mein Mandant erklärt sich bereit, an der Aufklärung mitzuwirken. Er hat seinen Fehler eingesehen.“ „Danke für die Belehrung“, erwiderte Maertens verärgert. Staatsanwältin Buur gab Maertens zu verstehen, dass er sich mäßigen solle. Nach zehn Minuten beendete Maertens das Verhör. Er ermahnte Fred Roth, keinen Kontakt zu Bila Lambers aufzunehmen.

Rechtsanwalt Bork und Staatsanwältin Buur waren sich einig, dass die Untersuchungshaft unter Auflagen beendet werden konnte. Staatsanwältin Buur versprach, einen entsprechenden Antrag zu stellen. Fred wurde nach drei Tagen aus der Haft entlassen, mit der Auflage, sich regelmäßig bei der Polizei zu melden.

Staatsanwältin Buur versicherte Maertens, dass sie Verständnis für seine Wut habe. „Trotzdem ist es auch Ihre Aufgabe, für Roth entlastende Tatsachen zu finden. Ich schlage vor, Sie überprüfen, ob jemand Fred Roth nachts auf der Bank gesehen hat. Außerdem sollten Sie überprüfen, ob Jeff Torns zu einem späteren Zeitpunkt mit Angela Geers gesehen wurde. Es gibt genug Stellen, an denen eine Videoüberwachung stattfindet." Maertens sah die Staatsanwältin verärgert an und enthielt sich eines Kommentars. Er war gereizt und wollte seine schlechte Laune nicht an der Staatsanwältin auslassen.

Maertens fuhr nach dem Verhör mit der Bahn nach Ostende . Erst hatte er vor, in seinem Büro zu arbeiten. Er spürte aber, dass er zu unruhig, bedrückt und wütend war. Er hatte seine Selbstbeherrschung verloren und sich angreifbar gezeigt. Das ging ihm sehr nahe. Eine tiefe Traurigkeit überkam ihm, und er machte sich Vorwürfe. In seiner Not ging er zum Grab seiner vor einigen Jahren verstorbenen Frau in der Stuiverstraat und suchte dort Trost und Verständnis. Eine Weile verharrte er ruhig und demütig an dem Grab seiner Frau, die vor drei Jahren gestorben war. Die Ruhe und die friedliche Stille beruhigten ihn und im Gespräch mit seiner Frau, deren leise Sprache und Lächeln er hören konnte, entspannte er sich. Sie gab ihm Mut und Hoffnung. „Es ist nicht alles schlecht, was du bisher gemacht hast. Immerhin bist du auf die Spur gestoßen, die zu Fred Roth führte. Du konntest nicht ahnen, was nach dem Unfall passiert ist“, hörte er die Stimme seiner verstorbenen Frau.

Maertens richtete sich langsam auf und spazierte noch eine Stunde durch den Friedhof. Das leise Rascheln der Blätter und der melodische Gesang der Vögel verkündeten eine harmonische und friedliche Stimmung. Seine Verbitterung über seinen Misserfolg und seine schlechte Laune legte sich. Langsam gewann er wieder an Selbstvertrauen und ging mit neuem Tatendrang in sein Büro. Dort erwartete ihn Kollege Snyder, der ungeduldig auf das Ergebnis des Verhörs wartete. „Es sieht danach aus, als hätten wir in die falsche Richtung ermittelt. Fred Roth hat anscheinend mit dem Verschwinden von Angela Geers nichts zu tun. Er sagte, er könne sich an nichts erinnern, nachdem er vor dem Eingang der Klinik abgesetzt worden sei.“ „Und, glaubst du ihm?“ „Ich hatte anfangs meine Zweifel. Aber seine Aussage wirkt sehr klar und stimmig. Das ist auch der Eindruck der Staatsanwältin. Er behauptet, direkt nach dem Aussteigen aus dem Taxi vor dem Eingang der Klinik zusammengebrochen zu sein. Erst nach einer Stunde sei er auf einer Bank aufgewacht und habe dann vergeblich Frau Geers gesucht.“ „Wird er aus der Haft entlassen?“ „Ja, mit Auflagen. Staatsanwältin Buur hat mich aufgefordert, nach für ihn entlastenden Faktoren zu suchen.“

Snyder lächelte. „Du musst dir keine Vorwürfe machen. Es war naheliegend, dass Fred Roth für das Schicksal von Frau Geers verantwortlich war. Und er hatte auch einen Grund, sie zum Schweigen zu bringen. Schließlich wollte er seine Schuld an dem Unfall verheimlichen.“ „Ja, das habe ich auch gedacht. Aber es sieht so aus, als wären wir auf dem Holzweg. Wir müssen Fred Roth nachweisen, dass er für den Tod von Angela Geers verantwortlich ist, falls sie getötet wurde.

Und dazu brauchen wir eindeutige Beweise." „Hat er den Verdacht auf den Taxifahrer, Jeff Torns, gelenkt?" „Nicht direkt. Aber wenn Roth sich entlasten kann, bleibt eben nur Torns übrig."

Snyer schwieg und dachte nach. „Was hast du vor?" „Wir werden überprüfen, ob Fred Roth in dieser Nacht auf der Bank vor dem Eingang zur Klinik gesehen wurde. Und dann prüfen wir, ob es Videoaufnahmen von Torns und Frau Geers von dieser Nacht gibt." Snyder nickte.

Sie fuhren zum Sint-Janshospitaal nach Brügge. Vor dem Eingang der Klinik war auf der rechten Seite ein geräumiger Taxistand zu erkennen. In drei Taxis warteten die Fahrer auf Gäste. Der Taxistand befand sich etwa zehn Meter vor dem Haupteingang in das Klinikgelände. Nahe an der für Taxis reservierten Parkbucht befanden sich zwei Sitzbänke. Rob Snyder parkte den Wagen auf dem Parkplatz des Klinikgeländes. Dann ging er gemeinsam mit Maertens zu dem Taxistand. Maertens sah, dass sich in der Nähe eine Videokamera befand, machte sich jedoch keine Hoffnung, dass noch Aufnahmen vom Abend des Unfalls vorhanden waren. Schließlich waren seitdem über zwei Monate vergangen. Er steuerte direkt auf eine Taxifahrerin zu, nachdem er sich vergewissert hatte, dass Jeff Torns nicht ebenfalls mit seinem Taxi wartete.

Die Taxifahrerin, Julie Frank, Mitte fünfzig, kräftig, mit einem energischen Blick, lächelte, als sie die Kommissare sah. Sie ging davon aus, dass beide nach einem Krankenbesuch zum Bahnhof fahren wollten. „Guten Tag, ich bin Kommissar Maertens", stellte sich Ray Maertens vor und zeigte seinen Dienstausweis. „ Wir ermitteln zu einem Unfall, der sich am 30. April abends ereignete. Vielleicht können Sie uns einige Fragen beantworten." „Das ist schon zwei Monate her.

Meinen Sie den Unfall, den der Geisterfahrer auf der Autobahn verursacht hat? Davon habe ich gehört." „Ja, genau dieser tragische Unfall." „Was könnte ich dazu sagen. Ich fahre nur selten Gäste über die Autobahn. Jedenfalls nicht an diesem Abend." „Darum geht es nicht. Und ich bitte Sie, meine Fragen vertraulich zu behandeln ... Ein Taxifahrer hat die Verletzten des Unfalls an diesem Abend zur Klinik gefahren. Wir müssen aufklären, was sich danach ereignete." „Dann fragen Sie doch besser in der Klinik nach", schlug Julie vor. „Sie sind nicht in der Klinik angekommen. Jedenfalls konnte sich niemand daran erinnern, dass die Verletzten behandelt worden sind. Und die Namen der Verletzten wurden an diesem Abend auch nicht vermerkt."

„Vielleicht wurde das versäumt." Maertens lächelte. „Wir gehen davon aus, dass sie die Klinik nicht betreten haben. Haben Sie an diesem Abend auf Fahrgäste gewartet?" Julie Frank überlegte. Sie blätterte in ihrem Kalender. „Es ist möglich, dass ich nachmittags hier gewartet habe. Abends bin ich selten an diesem Platz. Es lohnt nicht, weil abends keine Besucher gefahren werden wollen. Und Patienten werden selten abends entlassen. Abends verlassen nur Ärzte und Krankenpflegerinnen die Klinik. Und die brauchen selten ein Taxi." „Falls doch mal ein Patient abends entlassen wird, oder selbst die Behandlung abbricht, könnte sich eine Fahrt lohnen", warf Snyder ein. „Das stimmt. Ich habe mal bei einer Fahrt nach Gent zweihundert Euro eingenommen", bestätigte Julie.

Maertens hatte seit einer Stunde überlegt, ob er bei einer späteren Befragung den Namen Jeff Torns nennen konnte. Schließlich hatte er sich nach Abwägung dafür entschieden. „Ihr Kollege Jeff Torns hat an diesem Abend die beiden Verletzten zur Klinik gebracht. Haben Sie Torns an diesem

Abend gesehen?" Julie Frank war verlegen und bat die Kommissare, in das Taxi einzusteigen. Maertens nahm auf dem Beifahrersitz Platz und Snyder setzte sich auf den Rücksitz. „Ich möchte das nicht vor den Augen der anderen Kollegen besprechen. Macht es ihnen was aus, wenn wir ein Stück fahren und dann zurückkehren?" Maertens nickte, er erhoffte sich weitere Informationen.

Julie fuhr aus der Parkbucht und langsam auf die Straße. In einiger Entfernung zur Klinik parkte sie das Taxi am Seitenstreifen. „So ist es besser. Sie meinen Jeff Torns?" „Ja, kennen Sie ihn?" „Ein mieser Typ. Leider haben Sie ihm die Lizenz nicht entzogen." „Warum?" „Er ist äußerst schmierig, fährt Umwege, um mehr zu kassieren, hält sich nicht an die Vorschriften und gelegentlich berührt er die Kundinnen unsittlich. Meint, er könne sich alles erlauben."

„Wissen Sie denn auch, ob er am 30. April abends zur Klinik gefahren ist?", hakte Maertens nach. Er wollte sich auf seine Ermittlungen konzentrieren. „Nein, aber das lässt sich klären." „Wie? Die Aufzeichnungen aus den Videokameras wurden sicher nach zwei Monaten vernichtet." Julie lächelte. „Es gibt andere Möglichkeiten, etwas zu klären. Ich könnte Kollegen fragen, ob er an diesem Abend im Dienst war." „Wir wissen, dass er im Dienst war. Wichtig ist, herauszufinden, wohin er gefahren ist, nachdem er die Verletzten vor der Klinik abgesetzt hat. Vor allem geht es darum, ob er allein seine Fahrt fortgesetzt hat, oder eine der Verletzten mitgenommen hat", unterbrach Maertens höflich.

„Sie glauben, er hätte einen Verletzten vor der Klinik abgesetzt und sei mit dem anderen Verletzten weitergefahren?" „Bei der anderen Verletzten handelt es sich um eine junge Frau, die seit dem Unfall vermisst wird." Julie erschrak. „Oh, das ist furchtbar. Ich traue ihm zu, dass er die Situation ausgenutzt hat. Warum hat der andere Verletzte nicht eingegriffen?“ „Er behauptet, ihm sei schwindlig gewesen und er sei auf der Sitzbank vor den Taxis zusammengebrochen. Wenn Sie Kollegen finden, die das bestätigen können, wäre uns schon sehr geholfen.“ Julie hatte verstanden. „Sie können sicher sein, dass ich alles unternehme, um das zu klären. Torns ist ein Kollege, der jede Schwäche ausnutzt. Was Sie sagen, traue ich ihm zu. Die arme Frau, sie ist nach dem Unfall nicht mehr aufgetaucht?“ „Nein.“ „Furchtbar, ich hatte mit Torns vor drei Jahren mal eine Auseinandersetzung. Seitdem gehen wir uns aus dem Weg“, erklärte Julie und fuhr zurück zur Klinik.

Die Kommissare stiegen aus und baten Julie um sofortige Benachrichtigung, falls sie etwas erfahre. Julie sicherte zu, so schnell wie möglich sämtliche Kollegen zu fragen, ob sie einen Mann spätabends auf der Bank vor dem Taxiplatz gesehen hätten. Maertens und Snyder bedankten sich und gingen zu dem Dienstwagen zurück. Snyder schlug vor, nochmals in der Klinik nachzufragen, ob ein Arzt oder ein anderer Mitarbeiter, Fred Roth am 30. April nachts auf der Bank vor den Taxis gesehen hätte. Maertens stimmt sofort zu. „Wenn wir fragen, ob sie ihren ehemaligen Kollegen Fred Roth gesehen haben, erinnern sie sich eher.“ Snyder lachte. „Ja, der wäre sicher aufgefallen.“ Sie sprachen mit einigen Ärzten und einigen Krankenpflegern. Niemand konnte sich erinnern, Roth in dieser Nacht gesehen zu haben. Aber eine Pflegerin meinte, es gäbe noch einige Kollegen, die nicht im Dienst seien. Vielleicht könnte sich doch jemand erinnern. Sie erkundigten sich nach Videoaufzeichnungen vom 30. April, erfuhren aber, dass diese seit einem Monat gelöscht worden waren. Ein Techniker versprach, zu prüfen, ob alte

Aufnahmen wieder aufgerufen werden könnten. Er hatte große Zweifel.

Snyder und Maertens fuhren zurück nach Ostende. Beide waren zuversichtlich, dass sich jemand an den schlafenden Fred Roth erinnern konnte. Nach einer halben Stunde erhielt Maertens einen Anruf von einer Krankenpflegerin, die sich daran erinnern konnte, Fred Roth in dieser Nacht auf der Bank liegend gesehen zu haben. Sie habe ihn angesprochen, aber er habe nicht geantwortet. Snyder war gerade damit beschäftigt, vor dem Polizeipräsidium in Ostende einen Parkplatz zu finden. „Brauchst nicht weiter zu suchen. Wir fahren zurück nach Brügge", rief Maertens begeistert. Noch während der Fahrt rief Julie an und bestätigte, dass einem Kollegen in dieser Nacht ein Mann aufgefallen sei, der auf der Bank vor dem Taxiplatz gelegen habe.

„Ich verstehe nicht, warum Fred Roth nicht selbst jemanden gesucht hat, der ihn nachts auf der Bank gesehen hat", murmelte Snyder verärgert. „Eigentlich wäre es doch sein Interesse, sich zu entlasten." Maertens lachte „Eigentlich. In dieser Sache ist einiges faul und ungewöhnlich. Sonst hätten wir nicht zwei Monaten im Dunkeln getappt." Snyder blieb nachdenklich und zögerte. „Ich vermute, es gibt noch einen anderen Grund, warum er nicht nachgeforscht hat." „Auch das ist möglich. Wirklich aufschlussreich war das alles nicht, was er bisher verraten hat. Ich werde aus dem Mann nicht schlau. Erst verhält er sich arrogant, hochnäsig und abweisend, und dann zeigt er sich flehentlich und unterwürfig. Er selbst behauptet, er könne sich an nichts erinnern, was nach dem Aussteigen aus dem Taxi geschehen sei. Nur daran, dass er sich zur Bank vor dem Taxiplatz geschleppt habe. Stell dir mal vor, du hättest gerade einen Menschen mit einem dummen Wendemanöver getötet. Du wirst von einem Taxi in die nächste Klinik gefahren, und du willst der Verletzten helfen. Brichst du dann vor der Klinik zusammen? Also ich würde mich mit letzter Kraft in die Klinik retten, schon allein, um die Verletzte zu retten. Meine Schuldgefühle würden alles überlagern."

Snyder sah Maertens ergriffen an. „Ja, das hast du sehr berührend beschrieben. Ich glaube, ich würde ähnlich handeln. Aber er wirkt glaubwürdig, wenn er tatsächlich kurz vor einem Zusammenbruch stand und keine Kraft mehr hatte. Oder … er hatte plötzlich Angst bekommen, dass sein Unfall aufgedeckt wird. In der Klinik hatte er einen Ruf zu verlieren. Die Scham hinderte ihn an einer mutigen Entscheidung." Ray Maertens nickte. „Seine Motive sind unbekannt. Nach dem letzten Verhör schwanke ich, ob ich ihm glauben kann. Irgendwie hat er sich bisher so geschickt verhalten, dass sein plötzliches Schuldeingeständnis überrascht. Wahrscheinlich hat ihm sein Anwalt dazu geraten."

Snyder parkte vor dem Eingang der Klinik. Julie Frank saß immer noch, auf Fahrgäste wartend, in ihrem Taxi. „Konnte Ihnen meine Nachricht helfen. Haben Sie schon mit dem Kollegen gesprochen?" „Nein", erwiderte Maertens „eine Krankenpflegerin hat den Mann angeblich gesehen und ihn angesprochen. Wir wollen es überprüfen." „Na dann, viel Erfolg." Die Kommissare gingen in die Klinik und sprachen mit der Krankenpflegerin. „Ich hatte einige gemeinsame Dienste mit Roth und bin mir sicher, dass ich ihn an dem Abend gesehen habe. Ich weiß auch, dass es der 30. April war. Hatte später in den Nachrichten von dem Unfall gehört und mir das Datum gemerkt. Ich hoffe, ich habe Herrn Roth nicht verraten und ihm geschadet." Maertens nickte. „Vielen Dank für Ihre Aussage. Ich glaube nicht, wahrscheinlich haben Sie ihm eher geholfen." Die Krankenpflegerin, die sich als Mira Wout vorstellte, verstand nicht, was Maertens meinte. Sie wollte aber auch nicht nachfragen.

Die Kommissare schwiegen eine Weile. „Ist es wichtig, dass jemand den Arzt an diesem Abend gesehen hat? Er arbeitet nicht mehr in der Klinik. War sein Verhalten ein Grund dafür, dass er die Klinik verlassen hat?“, unterbrach Mira die Stille. „Nein“, erwiderte Maertens, „das hat damit nichts zu tun. Wir ermitteln zu dem Unfall vom 30. April. Weshalb er nicht mehr in der Klinik arbeitet, wissen wir nicht.“ „War er an dem Unfall beteiligt?“ „Das können wir Ihnen aus Ermittlungsgründen nicht beantworten“, sagte Maertens höflich. Er hatte Angst, Snyder würde es bestätigen. Aber Maertens war klar, dass seine Antwort unbefriedigend war und für Mira ein Anlass war, es zu überprüfen.

Mira war verlegen und unsicher. „Brauchen Sie mich noch?“ „Sie sind sich völlig sicher, dass Sie Fred Roth in dieser Nacht gesehen haben?“, vergewisserte sich Snyder. „Ja, absolut.“ „Können Sie sich erinnern, ob ein Taxi am Taxistand wartete?“ Mira überlegte. „Nein, darauf habe ich nicht geachtet. Ich bin nach Ende meines Dienstes kurz nach zehn Uhr abends zur Bushaltestelle gelaufen. Eine Taxifahrt kann ich mir nicht leisten.“ „Können Sie sich erinnern, ob Sie heute vor Ihrem Dienstbeginn Taxis vor dem Eingang gesehen haben?“ Mira überlegte, was die Frage bedeutete. Sie zuckte mit den Schultern. „Ich kann mich nicht erinnern. Manchmal begleite ich Patienten, die entlassen wurden , zum Taxi. Kommt aber selten vor. Dann bin ich froh, wenn ein Taxi wartet. Sonst achte ich nicht auf die Taxis.“

Maertens zeigte ihr ein Foto von Jeff Thorns. „Haben Sie diesen Mann irgendwann gesehen?“ Mira sah sich das Foto genau an. „Kann mich nicht erinnern. Ist es ein Taxifahrer?“

Maertens nickte. Die Kommissare bedankten sich und verabschiedeten sich. „Sie haben uns geholfen. Wenn Ihnen noch etwas einfällt zu diesem Abend, teilen Sie es bitte mit. Es ist sehr wichtig.“ Mira nickte.

25

Beim Verlassen der Klinik bemerkten die Kommissare, dass Julie immer noch in ihrem Taxi wartete. Maertens ging auf das Taxi zu. „Können Sie feststellen, ob Jeff Torns im Dienst ist? Und wo er ist?“ Julie lächelte. „Gerne.“ Maertens und sein Kollege warteten geduldig zehn Minuten am Taxistand. Zumindest Maertens hatte das Gefühl, dass ihn noch etwas besonderes an diesem Tage erwartete. Er gab Snyder das Gefühl, auf einem guten Weg zu sein. Sie sahen Julie dabei zu, wie sie mit der Taxizentrale sprach.

„Ein Fahrgast hat in einem Taxi einen Laptop vergessen. Er erinnerte sich an den Namen des Fahrers, Jeff Torns habe auf der Brusttasche seines Hemdes gestanden. Weißt du, ob er im Dienst ist? Hält er sich an einem Taxistand auf?“ Julie gab den Kommissaren ein Zeichen, dass Jeff Torns in seinem Taxi säße. Jetzt wartete sie auf die Auskunft, ob er unterwegs mit einem Fahrgast sei, oder an einem Taxistand wartete. Es dauerte fünf Minuten. Dann beendete Julie das Gespräch und bedankte sich. Sie lachte, anscheinend hatte sie gute Nachrichten. „Alles geklärt“, rief sie freudig. „Jeff Torns wartet in seinem Taxi in der Kuipersstraat. Das ist in der Nähe der Vlamingstraat.“ „Ja, ich kenne den Taxistand“, erwiderte Maertens. „Können Sie bitte Torns ausrichten lassen, er soll warten. Der Fahrgast mit dem verlorenen Laptop sei auf dem Weg zu ihm“, schmunzelte Snyder. Julie nickte.

Jetzt hatten es die Kommissare eilig. Sie rannten zurück zu dem Dienstwagen und Snyder steuerte mit hoher, gerade noch zulässiger Geschwindigkeit in die Kuipersstraat. Aus einiger Entfernung konnten sie Torns in seinem Taxi entdecken. Snyder parkte an einem Kundenparkplatz und beide verließen schnell den Wagen. Zügig gingen sie auf Torns zu.

Als Torns die Kommissare bemerkte, schien er nicht überrascht. „Haben Sie noch Fragen zu den Fotos?“, wandte er sich an Maertens. Er war Snyder noch nicht begegnet. Beide setzten sich ohne Aufforderung in das Taxi, Maertens auf den Beifahrersitz, Snyder auf den Rücksitz. Maertens sollte nach Absprache mit Snyder die Befragung leiten. „Was hat Ihnen Fred Roth dafür gezahlt, dass Sie schweigen?“ Torns war verlegen. „Wer sagt, er hätte was gezahlt?“ „Ich nehme an, Sie hatten einen Grund, warum Sie so lange die Fotos zurückgehalten haben. Schwer zu verstehen, dass Sie Fotos machen vom Unfallort und später beide am Eingang der Klinik fotografieren, ohne einen Hintergedanken.“ Torns lachte überheblich. „Ist mein Hobby, andere Menschen in einer schweren Situation abzulichten.“ Maertens sah ihn böse und verärgert an.

„Sie machen auf mich einen sehr schmierigen Eindruck. Scheint Ihnen zu gefallen, die Notlage anderer auszunutzen. Eine komische und perverse Art der Befriedigung.“ Torns lachte. „Sie sind sicher nicht gekommen, um mit mir über moralische Dinge zu plaudern. Habe auch keine Zeit. Warte auf einen Kunden, der glaubt, sein Notebook im Taxi liegengelassen zu haben. Und dann habe ich einen Auftrag für eine Fahrt.“ „Sie werden sich die Zeit nehmen, mit uns zu sprechen“, ermahnte Maertens schroff.

„Also, versuchen wir es nochmal, was hat Roth für Ihr Schweigen gezahlt?“ Torns räusperte sich. „Roth hat mir

Geld angeboten aus Dankbarkeit. Ich hatte ihn und seine Begleiterin zur Klinik gefahren. Und ich dachte mir, es wäre ihm recht, die Sache mit dem Unfall nicht an die große Glocke zu hängen." „Deshalb haben Sie also so lange geschwiegen?" Jeff Torns nickte. „Was hat er Ihnen gezahlt?" „Tausend Euro." „Nein, zehntausend Euro. Sie lügen." Torns rutschte nervös auf seinem Sitz. „Das kann er nicht beweisen", rief er. „Wir glauben Fred Roth", zeigte sich Maertens überzeugt. Jeff Torns schwieg verlegen. „Sie haben Roth und die junge Frau vor der Klinik aus dem Wagen gelassen?" „Ja, das sehen Sie doch auf den Fotos, die ich Ihnen gab." „Warum haben Sie die Fotos gemacht?", wiederholte Maertens. „Habe ich doch gesagt. Ich mache gerne Fotos von Menschen in Ausnahmesituationen." „Das ist nur die halbe Wahrheit. Sie wollten etwas kassieren."

„Habe es doch gestanden. Roth hat mir Tausend Euro gegeben." „Weil er wusste, dass Sie die Fotos hatten." „Vielleicht." „Sie haben sich strafbar gemacht, weil Sie ihn erpresst haben." Torns schluckte und erwiderte gereizt: „Sie sollten mir dankbar sein. Ich habe Ihnen bei der Aufklärung geholfen." Maertens lachte verächtlich. „Noch ist der Fall nicht endgültig aufgeklärt. Wir wissen noch nicht, was mit der Begleiterin von Roth geschehen ist. Haben Sie eine Ahnung?" „Nein, ich habe beide vor der Klinik abgesetzt. Mehr kann man von mir nicht erwarten." „Vielleicht haben Sie auch die junge Frau erpresst?" „Dafür gab es keinen Anlass. Ich war mir sicher, dass Roth den Unfall als Falschfahrer verursacht hatte. Warum sollte ich etwas von der jungen Frau fordern?"

„Sie hätten den Unfall gleich am nächsten Tag melden können. Schließlich hatten Sie die Fotos. Warum haben Sie das nicht getan?" Torns wurde ungeduldig. „Wir drehen uns im

Kreis. Und ich habe keine Zeit. Machen Sie, was Sie für richtig halten.“ Torns wollte das Gespräch beenden. Maertens öffnete die Autotür. Snyder folgte ihm. „Sie konnten mir nicht erklären, was mit der jungen Frau geschehen ist. Ich werde es herausfinden. Das versichere ich Ihnen“, erklärte Maertens verbissen. Torns zuckte kurz zusammen, hatte aber schnell wieder seine Haltung angenommen. „Das ist Ihr Job. Mehr kann ich Ihnen nicht helfen“, erwiderte er mit einem spöttischen Lächeln. „Wir werden Sie überwachen“, betonte Maertens.

Die Kommissare fuhren zurück nach Ostende. Jetzt begann die eigentliche Arbeit. Bevor sie in ihr Büro gingen, aßen sie in einem Restaurant an der Strandpromenade eine Portion Hähnchen und Fritten. Maertens genehmigte sich ein Jupiler. Snyder trank eine Flasche Selters. „So, jetzt haben wir Torns verunsichert. Mal sehen, wie er reagiert“,fragte sich Maertens. Snyder rümpfte die Nase. „Ich hatte mehr erwartet, auch von dir. Du hast nur wenige Fragen gestellt über die weitere Entwicklung, nachdem er sie vor der Klinik abgesetzt hatte. Hatte das einen Grund?“ „Natürlich. Es ging mir darum, ihn zu verunsichern. Noch wiegt er sich in Sicherheit. Trotzdem wird er alles tun, um Beweise zu vernichten. Wir haben noch wenig gegen ihn in der Hand. Bisher haben wir noch niemanden gefunden, der Torns gemeinsam mit Angela Geers in dem Taxi gesehen hat, nachdem sie von der Klinik weggefahren sind.“

„Wir haben die Aussage der Krankenpflegerin, die Roth auf der Bank gesehen hat.“ „Das hat noch keine Bedeutung. Wir wissen nicht, ob Angela Geers wieder in das Taxi eingestiegen ist.“ „Was hätte sie sonst machen können? In der Klinik ist sie nicht angekommen. Sie hatte eine Gehirnerschütterung, die abzuklären war. Sonst hatte sie keine auffallende

Verletzung, sagt Roth." „Sie hätte auch einen anderen Weg nehmen können", erwiderte Maertens. „Was meinst du damit?" „Na ja, es könnte auch sein, dass sie irgendwo untergetaucht ist. Ruth Pauls hat berichtet, Angela wollte sich endgültig von ihrer Oma zu trennen. Das war eine günstige Gelegenheit." „Nein, das kann und will ich nicht glauben", widersprach Snyder. Maertens lächelte. „Bevor wir keine sicheren Beweise haben, dass sie sich mit Torns eingelassen hat, müssen wir in alle Richtungen ermitteln." Maertens sah seinen jungen Kollegen väterlich an. Er hatte Verständnis für Snyder. Früher war er auch seinen Eingebungen und Gefühlen sofort gefolgt. Die vielen Jahre als Kommissar hatten ihn verunsichert. Und gerade sein Irrtum und sein falscher Verdacht gegenüber Fred Roth hatten ihn vorsichtig gemacht. Er glaubte nur noch an das, wofür es handfeste Beweise gab. Snyder sah ihn verständnislos an, begriff aber, dass Maertens nicht wieder in eine Falle tappen wollte. Nachdem sie in Ostende angekommen waren, trennten sie sich. Snyder wollte im Internet Informationen zu Jeff Torns sammeln. Maertens überlegte, wie er eine gute und unauffällige Observation von Jeff Torns in die Wege leiten konnte.

Am nächsten Tag überraschte Snyder mit einigen neuen Erkenntnissen. „Torns hat einige Vorstrafen. Körperverletzung, sexuelle Belästigung und Trunkenheit im Verkehr. Liegt alles schon zwei Jahre und länger zurück. Die Verstöße im Straßenverkehr sind interessanter. Er wurde in der Nacht vom 30. April in der Blankenberger Kerkstraat geblitzt. Kurz vor zehn Uhr abends. Eine geringfügige Geschwindigkeitsüberschreitung in der 50er Zone. An sich nicht der Rede wert, wenn nicht Angela Geers im Wagen gesessen hätte." Maertens war verblüfft und fast sprachlos. „Zeig mir das Foto." Snyder übergab es ihm. Jeff Torns und die schlafende

Angela Geers waren ausreichend zu erkennen. „Hast du das Foto auf Frau Geers überprüfen lassen?“ „Ja, ich habe es einem Experten gegeben, der es mit anderen Fotos der jungen Frau verglichen hat. Er hat keine Zweifel. Die Gesichtsform, die Nase, die Ohren und die Mundpartie stimmen überein. Er sieht eine fast hundertprozentige Übereinstimmung.“

„Gute Arbeit. Du scheinst mehr Glück als ich in diesem Fall zu haben. Und ich dachte schon, ich hätte dich gestern zu Unrecht verunsichert“, lobte Maertens. „Tut mir leid, Chef. Ich kann deine Zweifel verstehen, nachdem du dich zuerst auf Fred Roth konzentriert hast.“ „Was schlägst du vor?“ „Ich bin noch am überlegen. Eigentlich sollten wir Torns mit dem Foto konfrontieren. Jetzt wissen wir ja, dass er mit Angela Geers unterwegs war, nachdem er Roth in der Klinik abgesetzt hatte. Aber ich will keinen Fehler machen. Vielleicht ist es zu früh und wir machen einen Fehler.“ Maertens nickte. „Gute Idee. Spontan würde ich dir zustimmen, ihn mit dem Foto in die Mangel zu nehmen. Ich habe nur Angst, dass er Spuren vernichtet, wenn er von unserem Verdacht erfährt. Wie könnte er sich verteidigen, wenn wir ihm das Foto zeigen?“

Snyder dachte nach. „Mit einer billigen Ausrede kann er nicht kommen. Es muss schon einen triftigen Grund dafür geben, dass er nachts mit der schlafenden Frau durch Blankenberge fährt. Dass sie Lust auf eine Spazierfahrt hatte, nimmt ihm keiner ab. Außerdem habe ich erfahren, dass Torns die ganze Nacht nach dem Unfall für die Taxizentrale nicht erreichbar war.“ „Sehr gut. Auch wenn es vielleicht ein Fehler ist, ihn jetzt dazu zu vernehmen. Wir bringen ihn in Erklärungsnot“, schlug Maertens vor. Er hielt ein weiteres Abwarten im Hinblick auf Angelas Geers Schicksal für unvertretbar.

Nachdem sie bereits gestern gute Erfahrungen mit der Unterstützung von Julie gemacht hatten, baten sie sie Jeff Torns Aufenthalt festzustellen. „Ist er im Dienst?“, fragte Maertens. „Werde ich gleich überprüfen“, erwiderte sie. Sie schien ein besonderes Interesse an der Aufklärung zu haben und brachte ihre Verachtung gegenüber Torns deutlich zum Ausdruck. Nach zehn Minuten meldete sich Julie. „Er ist im Dienst. Und er wartet am Bahnhof in Brügge auf Gäste. Heute wird es euch nicht gelingen ihn zu überraschen, oder wollt ihr wieder die Geschichte mit dem verlorenen Notebook ausgraben?“ „Nein, wir fahren jetzt nach Brügge. Sobald wir am Bahnhof sind, werden wir auf ihn warten. Vielen Dank“, erwiderte Snyder.

Nach vierzig Minuten erreichten die Kommissare den Hauptbahnhof von Brügge. Dort standen einige Taxis an dem Taxistand. Vorsichtig näherte sich Snyder mit dem Dienstwagen und suchte in der Nähe einen Parkplatz. „Hast du Torns gesehen?“, fragte er seinen Kollegen. „Ich glaube, er saß im dritten Wagen in der Warteschlange. Bin mir aber nicht sicher.“ Snyder hatte einen freien Parkplatz gefunden und fuhr an den rechten Rand. Ohne besondere Eile gingen die Kommissare zu den Taxis und gaben Torns, der sie bemerkt hatte, ein Zeichen. Torns öffnete die Fahrertür.

„Ist nicht gut, wenn Sie mich immer während der Arbeit stören. Was sollen die Kollegen und die Kunden denken?“ „Wir können Sie auch vorladen, wenn Ihnen das lieber ist. Das würde deutlich mehr Zeit in Anspruch nehmen“, bemerkte Maertens trocken. „Okay, dann stellen Sie Ihre Fragen. Ich hoffe, Sie kommen jetzt nicht jeden Tag.“ „Keine Sorge, wir haben besseres zu tun. Und wir wollen nicht jeden Tag nach Brügge fahren. Das nächste Mal laden wir Sie zum

Revier in Ostende." Torns Miene verdüsterte sich. „Der Aufwand ist nicht nötig, wenn Sie alle Fragen jetzt stellen." Snyder zog ein Foto aus der Jackentasche und überreichte es Torns. „Wir dachten, wir revanchieren uns, nachdem Sie uns vor einiger Zeit so interessante Fotos übergeben haben. Sehen Sie es sich in Ruhe an. Sicher können Sie uns bestätigen, an welchem Ort und an an welchem Tag die Aufnahme gemacht wurde. Die geringfügige Geschwindigkeitsüberschreitung machen wir Ihnen nicht zum Vorwurf. Sie haben das Bußgeld bereits gezahlt."

Torns brauchte nur einen kurzen Blick auf das Foto zu werfen. Er erschrak. „Wie kommen Sie zu diesem Foto?" Snyder lachte. „Dumme Frage. Das ist eine Aufnahme der Verkehrsüberwachung. Dürfte Ihnen doch bekannt sein. Sie bekommen einen Bußgeldbescheid und das Foto. Dann zahlen Sie und die Sache ist erledigt." „Also?", fragte Torns verärgert, „was wollen Sie mit dem Foto beweisen?" Snyder sah Torns verärgert an. „Anscheinend haben Sie immer noch nichts begriffen. Dabei wäre jetzt der richtige Zeitpunkt, reinen Tisch zu machen." Torns wurde wütend. „Zum Teufel, ich bin zu schnell gefahren und hatte einen Fahrgast. Wie Sie richtig bemerkt haben, habe ich das Bußgeld bezahlt."

Kurze Zeit sahen die Kommissare Torns streng an und schwiegen. Torns wurde unruhig. „Noch Fragen?", schnauzte er die Kommissare an. „Wenn Sie uns beantworten, wer die junge Frau ist, mit der Sie gefahren sind, ist alles erledigt", erwiderte Maertens ruhig und sachlich. „He, das ist ein Fahrgast. Erwarten Sie von mir, dass ich mich nach über zwei Monaten noch an Fahrgäste erinnere. Soll ich mir künftig von jedem Fahrgast Namen und Adresse aufschreiben?" „Sie wissen genau, wer die junge Frau neben Ihnen ist. Nachdem Sie Fred Roth vor der Klinik abgesetzt haben, sind Sie mit der jungen Frau, weitergefahren. Es ist Angela Geers. Wohin sind Sie mit ihr gefahren? Warum nach Blankenberge?“

Torns nutzte einen Moment der Unaufmerksamkeit der Kommissare aus. Er schlug Kommissar Maertens hart mit der Faust ins Gesicht und schloss die Fahrertür. Dann startete er das Taxi und entfernte sich schnell vom Taxistand. Alles ging so schnell, dass die Kommissare nicht sofort reagieren konnten. Sie hatten nicht mit einer Flucht von Torns gerechnet. Es gab auch keine Anzeichen dafür. Nach einigen Sekunden hatten die Kommissare sich gefangen. Maertens berührte sein verletztes linkes Auge, Blut tropfte aus seiner Nase. „Weit wird er nicht kommen“, rief er trotzig. Die anderen Taxifahrer, die die Gründe für Torns Flucht nicht kannten und dachten, es wäre eine Auseinandersetzung mit Kunden, lachten. „Typisch Torns“, rief einer der Taxifahrer, „erstatten Sie eine Anzeige.“

Maertens und Snyder rannten zu ihrem Dienstwagen und nahmen die Verfolgung auf. Gleichzeitig informierten sie sämtliche Polizeidienststellen in Brügge, Ostende und Gent und baten um Unterstützung. Sämtliche verfügbare Polizisten beteiligten sich an der Verfolgung. Trotzdem gelang es erst zwei Tage später, Jeff Torns am Flughafen in Brüssel bei dem Versuch der Ausreise festzunehmen. Er wurde unverzüglich in Gewahrsam genommen und nachts zur Polizeistation in Ostende gebracht.

Maertens wurde sofort unterrichtet, nachdem Torns gefasst worden war. Er hatte es nicht eilig, Torns zu verhören. Erst am frühen Vormittag unterrichtete er seinen Kollegen von der Festnahme, und sie beschlossen Torns um zehn Uhr vormittags zu vernehmen. Maertens war am Abend zuvor von einem grausamen Fund in Bredene unterrichtet worden. Der Verdacht gegen Torns hatte sich deshalb verstärkt.

Als Torn gefesselt in den Verhörraum gebracht wurde, wirkte er gefasst und selbstsicher. „Hätte nicht gedacht, dass Sie mich so schnell finden. Warum dieses großes Aufgebot bei der Suche?“ „Sie hatten es sehr eilig“, erwiderte Maertens. Dann nannte Maertens ihm den Tatvorwurf. „Sie stehen unter Mordverdacht und können schweigen. Brauchen Sie einen Anwalt?“ Torns lachte überheblich. „Wüsste nicht, wozu ich einen Anwalt brauche. Bisher habe ich alle Fragen wahrheitsgemäß beantwortet und werde das auch künftig tun.“

Die Kommissare konnten sich ein Lächeln nicht verkneifen. „Also gut, der Reihe nach“, begann Maertens. „Warum hatten Sie es so eilig vor zwei Tagen?“ „Ich hatte einen wichtigen Termin und hatte keine weiteren Fragen erwartet.“ „Das war eine Flucht, nichts anderes“, bemerkte Maertens trocken. „Widmen wir uns Ihrem strafbarem Verhalten. Warum haben Sie Fred Roth und Angela Geers nach dem Unfall betäubt?“ „Wer sagt das?“, erregte sich Torns. „Roth ist sich sicher, dass er betäubt wurde. Er hat aus der Flasche getrunken, die sie ihm und Frau Geers angeboten haben.“ „Da muss er sich irren.“ „Roth ist, nachdem er vor dem Eingang der Klinik aus dem Taxi ausgestiegen ist, zusammengebrochen und konnte sich nur mit letzter Kraft auf eine Sitzbank retten. Dafür gibt es Zeugen. Haben Sie anscheinend nicht bemerkt.“ „Verdammt nochmal. Was verlangen Sie von mir? Bin doch nicht sein Kindermädchen. War schon eine nette Geste, ihn zur Klinik zu bringen.“

„Hören Sie auf mit dem Quatsch. Sie hatten einen Plan. Sie wussten, dass er zusammenbrechen würde, nachdem Sie ihm das Schlafmittel gegeben haben. Dann haben Sie die Gelegenheit ausgenutzt und sind mit der ebenfalls betäubten Frau weitergefahren. Es gibt ein Foto von Ihnen und Frau Geers, aufgenommen in der Kerkstraat Blankenberge. Sie kennen das Foto.“ „Na und. Frau Geers wollte nach Zeebrugge, und von dort mit einem Schiff eine Reise antreten. Was geht mich das an?“ Maertens und Snyder sahen Torns verächtlich an. Staatsanwältin Buur sah gelangweilt aus dem Fenster und hoffte, Maertens würde Torns endlich in die Mangel nehmen. Maertens rieb sich sein verletztes Auge und wartete geduldig, wie sich Torns verhalten würde. In solchen Situationen zählte er leise bis sechzig. Torns wurde unruhig und zitterte vor Wut.

„Wenn Sie nicht mehr zu bieten haben, lassen Sie mich in Ruhe. Für einen Haftbefehl reicht das vorne und hinten nicht. Das ist lächerlich“, schrie er verärgert. „Wir haben den Leichnam von Angela Geers in den Dünen von Bredene gefunden“, erklärte Maertens. Torns verlor die Beherrschung und musste sich am Tisch abstützen. Dann vergrub er sein Gesicht in den Händen. Wie ausgewechselt nahm er wenig später wieder seine bisherige Haltung ein. „Mir können Sie nichts anhängen“, erklärte er selbstsicher. „Die Indizien reichen für einen Haftbefehl aus“, urteilte Staatsanwältin Buur. Kommissar Maertens sah Torns eindringlich an. „Besser Sie geben jetzt eine Erklärung ab. Ihr Verhalten nach dem Unfall ist äußerst seltsam. Erst fahren Sie die Unfallopfer in die Klinik, dann betäuben Sie Herrn Roth, nehmen Frau Geers für eine weitere Fahrt mit und erpressen anschließend Fred Roth. Das macht alles keinen Sinn. Ich werde Ihnen jetzt sagen, wie ich es mir vorstelle: Sie haben Herrn Roth und Frau Geers am Unfallort gesehen. Dann haben Sie sich gedacht, die Situation zu ihrem Vorteil auszunutzen. Sie haben beide aus einer angebrochenen Wasserflasche trinken lassen, nachdem ein Schlafmittel eingerührt worden war. Oder waren es k.O.-Tropfen? Sie sind mit beiden zur Klinik in Brügge gefahren,haben Roth abgesetzt, und sind mit Angela Geers weiter gefahren. Vorher haben Sie noch ein Foto von beiden gemacht, um den Verdacht auf Roth zu lenken. Sie wollten ihn belasten. Schließlich haben Sie die betäubte junge Frau belästigt, bedroht und sie ermordet. Um dem Verdacht Nachdruck zu verleihen, haben Sie anschließend Fred Roth erpresst. Anfangs hatten Sie Glück, Roth war völlig verunsichert, konnte sich an nichts erinnern. Vielleicht dachte er selbst, Angela Geers getötet zu haben. Roth wollte alles vergessen und nicht weiter nachforschen. Er hatte nicht den Mut und war verzweifelt."

Maertens machte eine kurze Pause und trank einen Schluck Wasser. Torns saß teilnahmslos am Tisch. „Der eigentliche Fehler, den Sie gemacht haben, besteht darin, dass Sie Roth erpresst haben. Ich habe bis gestern nicht verstanden, warum Sie Roth zweimal fotografiert haben. Jetzt vermute ich den Grund. Sie wollten nicht nur Geld von ihm erpressen, Sie wollten auch den Verdacht gegen ihn verstärken. Zum Glück konnten Zeugen gefunden werden, die Roth schlafend auf der Parkbank gesehen haben. Sie wurden in Blankenberge geblitzt. Zu diesem Zeitpunkt lag Roth noch auf der Parkbank vor dem Taxistand. Ich empfehle Ihnen, sich einen Anwalt zu nehmen. Er wird Ihnen zu einem Geständnis raten. Das wäre das Beste." Torns nahm diese Erklärung äußerlich gelassen entgegen, innerlich brodelte es. „Ich werde keine weiteren Angaben machen", entschied er. Er wurde zurück in die Haftzelle gebracht. Am Abend wurde ein Haftbefehl erlassen.

26

„Wenn der Tag mit einer Suche beginnt“, murmelte Sarah. Ruth lachte. Sie sah ihrer Freundin dabei zu, wie sie nach Musiknoten im Wohnzimmerregal suchte. „Hast du wahrscheinlich verlegt. Sieh mal auf dem Stapel in der Küche nach.“ In der Küche lagen in einem Regal Kochrezepte und Fotos von asiatischen Gerichten, die Sarah und Ruth benutzten, um ein Gericht nach Anleitung zu kochen. Im Gegensatz zu Ruth hatte Sarah ein sehr gutes fotografisches Gedächtnis. Ihr reichte meistens ein Foto als Vorlage aus, um ein Gericht so wie auf dem Foto zu kochen. Für Ruth war es wichtig, zuerst genau die Mengenangaben zu studieren.

Sarah ging in die Küche und wühlte in dem großen, unübersichtlichen Stapel von Blättern, die sie aus den Zeitschriften getrennt hatte. An unterster Stelle fand sie die Musiknoten, die sie suchte. „Gefunden, danke für den Tipp“, rief sie erfreut aus der Küche. Ruth nippte an ihrem Kaffee. Sie war beruhigt, denn Sarah war immer sehr angespannt und gereizt, wenn sie wichtige Dinge nicht finden konnte. Zufrieden setzte sich Sarah zu Ruth. „Ich hatte schon seit Tagen überlegt, wo ich die Noten zuletzt gesehen habe. Hätte nicht gedacht, dass ich sie zu den Kochrezepten gelegt habe. Sonst achte ich eigentlich immer darauf, dass alles wieder an seinen Platz kommt.“ „Wahrscheinlich hast du zur Überbrückung der Wartezeit die Noten gelesen. Und dann musste schnell gehandelt werden. Du hast sie dann eilig zu den Rezepten gelegt und vergessen, sie wieder ins Regal zu legen.“ „Ja, so wird es gewesen sein. Wenn ich nur wüsste, wann es gewesen ist und was ich gekocht habe.“

Ruth lachte. „Ist doch nicht wichtig. Du hast doch die Noten gefunden. Alles andere ist nicht von Interesse.“ „Doch, für mich ist es wichtig. Nur wenn ich mich erinnere, was passiert ist, kann ich daraus lernen." „Gut, aber mach es nicht zu einem Prinzip. Man kann auch lernen, ohne sich an frühere Ereignisse zu erinnern. Wenn du dich immer wieder an früheren Erfahrungen festklammerst, bist du immer auf diese Erinnerung angewiesen. Besser ist es, wenn du dir vornimmst, Musiknoten sofort wieder ins Regal zu legen, oder beim Kochen nicht Musiknoten zu lesen. Hilfreich wäre es auch, wenn du gelegentlich die Ablage der Kochrezepte ordnest. Dann wirst du sicher auch Blätter finden, die du nicht mehr brauchst." Sarah nickte. „Ja, gute Idee. Werde gleich mal die Ablage durchsehen. Vielleicht ist es besser, einen Ordner für die Rezepte anzulegen."

Ruth schmunzelte. Sie wollte nicht widersprechen. Andererseits musste man es mit der Ordnung auch nicht übertreiben. „Hast du mit Bila gesprochen ?", wechselte Sarah das Thema. „Ja, ich habe gestern mit Bila gesprochen. Und auch mit Wilma. Wilma ist sehr bestürzt und erschüttert darüber, dass die Leiche ihrer Enkelin gefunden wurde. Sie fragt sich andauernd, was in dieser Nacht nach dem Unfall geschehen ist." „So ganz konnte es Maertens noch nicht klären?" „Nein, der Taxifahrer ist weiter in Haft, aber er hat noch nicht gestanden. Die Indizien sprechen klar gegen ihn, er wurde nachts in Begleitung von Angela in Blankenberge gesehen. Nicht weit entfernt von Bredene, wo man Angela gefunden hat." „Wurde geklärt, wie Angela gestorben ist?" „Einiges deutet darauf hin, dass sie erwürgt wurde. Vermutlich hat sie sich gegen den Taxifahrer gewehrt, der sie bedrängte."

Sarah seufzte. „Furchtbar. Wenigstens konnte Maertens klären, dass Fred Roth damit nichts zu tun hat. Was sagt Bila dazu?" „Bila ist erleichtert. Ihr ist ein Stein vom Herzen gefallen, als sie hörte, dass Fred kein Verbrechen begangen hat.

Der von ihm verursachte Unfall erscheint jetzt in einem anderen Licht. Sie glaubt, dass Fred Hilfe braucht und will das Kontaktverbot aufheben lassen." Sarah erschrak. „Ich hoffe, sie macht da keinen Fehler. Vor einigen Tagen hat sie sich noch vor Fred geängstigt. Ich glaube nicht, dass er sich so sehr geändert hat." „Trotzdem muss man ihm eine Chance geben. Er hat wohl selbst gemerkt, welchen Mist er gebaut hat. Die Tage in der Haft haben ihn sehr mitgenommen. Und Bila hat immer noch Gefühle für ihn." Sarah schüttelte den Kopf. „Fällt mir schwer, das zu verstehen. Ich hoffe , du rätst Bila nicht dazu, sich mit Fred zu treffen." „Das muss sie selbst entscheiden. Wilma will uns später besuchen."

Ala Wilma Ruth und Sarah am späten Nachmittag besuchte, wirkte sie gefasst und traurig. Sarah nahm sie in den Arm und sprach ihr Beileid aus. „Wir können verstehen, was du ertragen musst. Es ist so traurig." Wilma bedankte sich für die Anteilnahme. „Es fällt mir schwer, zu begreifen, was an diesem Abend passiert ist. Wahrscheinlich werde ich es nie verstehen." Ruth nickte. Sie tranken Kaffee und aßen Kuchen. „Ich danke euch für die Unterstützung und den Beistand. In zwei Tagen ist die Beerdigung im kleinen Kreis. Würde mich freuen, wenn ihr kommt." „Wir werden kommen", erwiderte Sarah. „Wenn wir dir irgendwie helfen können ..." „Vielen Dank, es geht schon. Ich habe schon vor einem Monat geahnt, dass etwas schlimmes geschehen ist. Jetzt habe ich die Gewissheit." Es war eine äußerst bedrückte Stimmung, in der nicht viel gesprochen wurde. Nach einer halben Stunde wollte Wilma wieder gehen. „Ich brauche viel Ruhe und Zeit zum Nachdenken."

Am Abend erhielt Ruth einen Anruf von Kommissar Maertens. Er teilte mit, dass Torns gestanden hatte, Angela getötet zu haben. Er habe sie bei einer Auseinandersetzung erwürgt. Genauere Angaben wollte Maertens nicht machen. Aber er bedankte sich bei Ruth, dass sie Wilma geholfen hatte und auch ihre Unterstützung für Bila lobte er. „Ich habe einen Fehler gemacht", gab er offen zu. „Ich hätte früher und intensiver nach Angela suchen müssen", räumte er ein. „Schon gut", erklärte Ruth, „auch ich hatte Zweifel, ob Angela in dem Unfallwagen gesessen hat. Es ist Ihnen gelungen, Fred Roth zu entlasten." „Roth hat sehr darunter gelitten, dass er keine Erinnerung daran hat, was nach dem Unfall geschehen ist. Er ist wegen einer schweren Depression in der geschlossenen Abteilung der Psychiatrie."

An einem trüben Junitag gingen Ruth und Sarah über den Friedhof in der Stuiverstraat in Ostende. Die Beerdigung sollte um 11.00 Uhr stattfinden. Ruth und ihre Freundin waren schon etwas früher erschienen. Nur wenige Trauergäste waren gekommen, zwei Freundinnen von Angela und Wilma in Begleitung einer Freundin. Abseits standen Bila und Claire, die Wilma ihr Beileid bekundeten, aber zögerten, teilzunehmen. Wilma bat sie dazu.

Nach der Beerdigung entdeckte Bila Fred, der in einiger Entfernung hinter einer hohen Fichte stand. Er befand sich in Begleitung eines Krankenpflegers. Schüchtern ging sie auf Fred zu und blieb einige Meter vor ihm stehen. Vorsichtig wandte sie sich an ihn. „Wie geht es?" Fred wirkte sehr müde, nachdenklich und um Jahre gealtert. Sehr langsam und schleppend bewegte er sich. Er versuchte zu lächeln. Der Pfleger erklärte, dass er starke Medikamente einnehmen müsse und an manchen Tagen nichts esse, trinke und nicht spreche. Trotzdem sei es sein Wunsch gewesen, von Angela Abschied zu nehmen. Fred weinte bei diesen Erklärungen und nickte. „Es tut … mir leid“, stammelte Fred. Bila warf ihm einen versöhnlichen Blick zu. „Gut, dass du dich behandeln lässt.“ Sie schwiegen eine Weile. Bevor Bila sich von Fred verabschiedete, wollte sie ihn etwas fragen, was sie seit langer Zeit beschäftigte. Aber sie konnte sich nicht entscheiden, ob sie Fred fragen sollte. Fred spürte, dass sie noch etwas sagen wollte. „Du willst wissen …, warum ich allein … nach dem Auto gesucht habe und dir nicht gesagt habe, dass ich es gefunden habe … Wollte dich überraschen.“ Bila lächelte. „Danke.“

Ende